STALKER

TARRYN FISHER

STALKER

Tradução:
Elenice Barbosa de Araujo

COPYRIGHT © 2017 BY TARRYN FISHER
COPYRIGHT © FARO EDITORIAL, 2018

Todos os direitos reservados.
Nenhuma parte deste livro pode ser reproduzida sob quaisquer meios existentes sem autorização por escrito do editor.

Diretor editorial **PEDRO ALMEIDA**
Preparação **TUCA FARIA**
Revisão **GABRIELA DE AVILA E JULIA DANTAS**
Capa e Diagramação **OSMANE GARCIA FILHO**
Imagens de capa **NINA MASIC | TREVILLION IMAGES**

Dados Internacionais de Catalogação na Publicação (CIP)
Angélica Ilacqua CRB-8/7057

Fisher, Tarryn
　　Stalker : quando a inveja se torna uma obsessão / Tarryn Fisher ; tradução de Elenice Barbosa de Araujo. — São Paulo : Faro Editorial, 2018.
　　256 p.

　　ISBN 978-85-9581-047-1
　　Título original: Bad mommy

　　1. Ficção norte-americana 2. Mulheres casadas – Ficção 3. Terror – Ficção 4. Literatura psicológica I. Título II. Araujo, Elenice Barbosa de

18-1636　　　　　　　　　　　　　　　　　　CDD-813.6

Índice para catálogo sistemático:
1. Ficção norte-americana 813.6

1ª edição brasileira: 2018
Direitos de edição em língua portuguesa, para o Brasil, adquiridos por **FARO EDITORIAL**

Avenida Andrômeda, 885 - Sala 310
Alphaville – Barueri – SP – Brasil
CEP: 06473-000
www.faroeditorial.com.br

Para Amy Holloway
#estoucomvocê

Nada mais ardiloso e irremediavelmente mau que o coração.
Quem o poderá compreender?

Jeremias 17:9

PARTE UM

A PSICOPATA

CAPÍTULO UM

MÃE DESNATURADA

Ver você conseguir as coisas sem merecer, e ainda por cima se esbaldar com elas, é um horror. Isso me revolta. Quem deveria tê-las sou eu, pois mereço muito mais que você. Na verdade, eu poderia ser uma versão sua melhorada. Sou todas as mulheres; tenho todas dentro de mim.

O CABELO DELA ERA LOIRO. QUANDO O VENTO SOPROU, ELE ficou todo esvoaçante, criando uma aura dourada que emoldurou o rosto da garotinha, feito cabelo de milho. O meu cabelo na certa era assim também, quando eu era pequena. Não tenho como saber, pois a minha mãe vivia trabalhando, sempre ocupada demais pra tirar fotos de mim. Meu Deus, pra que ter filhos se não tem tempo de fotografá-los, não é mesmo? Cada dia, um problema diferente. Bem, a verdade é que a minha mãe é uma filha da puta.

Peguei o celular e fotografei a menininha correndo, a cabeleira esvoaçando. O tipo de foto que a gente manda ampliar e emoldurar. Meus olhos se encheram do mais puro encantamento.

Assim que a vi, acordei de um longo sono, os ossos estalando, o coração batendo forte, revigorado. Fechei os olhos e agradeci ao universo por tamanha bênção. Então, tornei a erguer o celular e tirei outra foto dela, porque eu não serei uma droga de mãe.

Era ela. Eu tinha certeza. Tudo o que eu queria, meu maior desejo. Fiquei paralisada olhando a menina ir até um carro com uma morena alta. Seria a mãe? Ou quem sabe a babá...

Não havia semelhanças entre as duas, exceto pelo castanho dos olhos. Mas então ouvi a garotinha chamá-la de mamãe e estremeci... murchei... morri. *Ela não é quem você pensa que é, gatinha.*

Eu as segui desde o parque até em casa no meu Ford Escape branco, tinindo, recém-lavado — discreto feito uma espinha inflamada na testa. Temi chamar a atenção e com isso fazer com que a mãe notasse que estava sendo seguida. Eu faço suposições demais, sabe? Minha mente é feito um computador com milhares de janelas abertas ao mesmo tempo. Tenho uma inteligência superior, é por isso. Gente muito inteligente pensa o tempo todo, a cabeça está sempre tomada por pensamentos brilhantes.

Procurei me acalmar ativando a minha aba da razão — muitas mães não notam as coisas, não as coisas certas. Elas vivem muito ocupadas, concentradas demais nos filhos: se o rosto deles está limpo; se não estão colocando germes demais na boca; se conseguem dizer o alfabeto. Pode-se afirmar que elas vivem acomodadas na bolha da vida moderna. No passado, as mães tinham medo de tudo: disenteria, gripe, catapora, pólio. Agora, tudo com que se preocupam é conferir na embalagem de suco se o teor de frutose do xarope de milho não é excessivo para seus filhos. Ora, era só o que faltava, não? Todo o mundo se exalta por coisas sem importância. Acorde, você está sendo seguida até em casa por uma estranha num utilitário branco impecável, insuspeito; acorde, você está criando uma narcisista; acorde, você vai notar que em vinte anos sua filha a odiará porque você não soube impor os devidos limites.

Elas pararam para abastecer; assim, dei a volta no quarteirão e fiquei esperando num estacionamento vizinho, pronta pra dar a partida a qualquer momento. Um mendigo bateu no meu vidro, enquanto eu vigiava o carro delas. Como estava de bom humor e queria que ele fosse embora, dei-lhe um dólar. Era possível enxergar a mãe de onde eu me encontrava. Ela colocou a mangueira de gasolina de volta na bomba, o cabelo encobrindo o rosto, e foi até o lado do motorista. Liberei a alavanca do câmbio, e partimos juntas.

Eu queria checar o cabelo do pai, contando que existisse um, é claro. Hoje em dia vale tudo em matéria de ter filhos: junte dois homens ou duas mulheres e dê-lhes uma criança. Está tudo mudado. Não que eu seja homofóbica ou coisa parecida, mas acho injusto darem filhos para os gays e pra mim não.

O carro delas estacionou na entrada de uma casa e eu parei em frente, sob a sombra de uma cerejeira carregada de botões graúdos cor-de-rosa. Era a estação do ano em que o mundo se enfeitava e ficava cheio de vida, o anúncio de uma porção de novidades, depois de um inverno rigoroso. Exceto eu. Fiquei olhando os botões florescendo, ciente de estar num vazio sem vida, mas não de fato por minha culpa. Humanos eram sanguessugas, desertores. Eu me sentia sozinha e isolada, porque não havia ninguém como eu. As pessoas diziam "Procure a sua tribo". Mas qual era a minha tribo e onde ela estaria? Seriam as garotas de cidade pequena que tinham crescido comigo? Não. As mulheres do escritório onde consegui meu primeiro emprego? Deus me livre. Desde bem cedo me conformei que viveria sozinha. Brincava com amigos que só eu enxergava e, já adulta, a maioria dos meus relacionamentos era virtual.

Observei a mãe soltar o cinto da menina, que dormia, tirá-la da cadeirinha do carro e pegá-la de lado no colo. Senti uma ponta de ciúme e, quando a cabecinha dela pendeu pra fora do ombro, tive vontade de sair correndo e... E o quê? Ajeitá-la? Pegar a criança?

— Droga... — resmunguei, atrás do volante, ao ver a cena.

Mãe desnaturada. Tem gente que não nasceu pra ter filhos.

Elas viviam num casarão vitoriano cinza, de alvenaria, a menos de dois quilômetros da minha modesta casinha. *Que coincidência!* Pensei nas datas e refiz as contas de cabeça. Dois anos, dois meses, seis dias. Será que essa criança poderia ser ela? No fundo eu sentia que sim, mas havia sempre aquela dúvida recorrente. Consultei uma médium logo depois que todas aquelas coisas horríveis aconteceram. Ela me disse que um dia eu toparia com a alma da minha filha e que eu saberia que era ela. Eu imaginara isso tantas vezes, ao ver uma adolescente, uma adulta; cheguei até a crer que poderia ser a enfermeira cuidando de mim na velhice, no meu leito de morte no hospital.

Apanhei um pacote de biscoitos na bolsa e passei a comer compulsivamente.

Estava quase cochilando quando um sedã dourado estacionou na entrada da casa pontualmente às 18h15. Ninguém suspeita de sedãs dourados, pois só gente sem graça dirige um. Gente que, pra começar, não tem lá muita personalidade pra escolher um carro, digamos... vermelho ou branco. Eles são os neutros da sociedade. Os apagados.

Larguei o saco de bolachas no banco ao lado, sentei direito e limpei os farelos do queixo. Um homem desceu do veículo. Escurecia, então espremi os olhos tentando enxergar a cor do cabelo dele. Estava escuro demais pra distinguir. Mais um exemplo de como o horário de verão consegue arruinar vidas.

Cogitei descer do automóvel. Eu poderia fingir estar fazendo uma caminhada ou, quem sabe, parar na frente da garagem dele e pedir alguma informação. Que nada, não podia arriscar ser vista. Ele segurava uma valise, que balançava pra lá e pra cá à medida que andava. Ele estava assobiando? Tudo denotava alegria, os ombros, os lábios, o jeito de andar. Nada no comportamento dele era real. Tive vontade de ir até lá e avisá-lo de que um dia arrancariam tudo aquilo dele. A vida é assim.

Quando o homem chegou à varanda, uma luz se acendeu, aí eu me inclinei pra frente. O cabelo dele era castanho! Ele provavelmente já tinha costeletas grisalhas. Mas de onde eu me encontrava só dava pra ver a cabeleira castanha sob a luz amarela da varanda.

Eu me recostei, sem respirar, acertara. Cobri os olhos com as pontas dos dedos e desatei a chorar. As lágrimas de tristeza rolaram pelo meu rosto e molharam meu suéter. Eu chorava pela minha perda, pelo que eu não tive chance de experimentar.

Deslizei os dedos pra secar as lágrimas. Vi a porta se abrir e a mulher enlaçá-lo pelo pescoço. Eles eram o retrato de uma família perfeita e a felicidade caíra do céu na bela casa deles. Eu podia jurar que ela não fazia jus a essa felicidade.

Mãe desnaturada.

CAPÍTULO DOIS

EM PONTO

— NÃO SE PODE DIZER QUE EU ESTEJA PROPRIAMENTE OBCECADA POR ELES.

— Não?

— Não. — Ora, por que minha voz soou desse jeito? Toquei o pescoço e pigarreei antes de falar. — Hãhã... Claro que estou interessada neles. Sinto que temos uma ligação. Mas não sou nenhuma maluca. — Por que eu vivia insistindo em afirmar para os outros que eu não era louca? Talvez porque eles parecessem normais demais, sem graça demais?

— Fig... — Minha terapeuta sentou-se na ponta da cadeira, a luz rebatendo na armação vermelha dos seus óculos.

Desviei o olhar para os sapatos dela, vermelhos também. Ela parecia uma bonequinha com tudo combinando. Pelo visto, alguém não estava nem aí pra personalidade. Dei uma batidinha no meu relógio de ouro *rosé* e contornei com o dedo meus brincos de argola prateados. Quem sabe ela notasse, aquilo poderia lhe servir de inspiração. A vida se resume a isso. Fazer com que os outros desejem ser você.

— Você seguiu a mãe e a filha desde o parque até em casa, certo?

Ela estava distorcendo minhas palavras, tentando me fazer soar como louca. Fazer terapia oferece esse risco.

— Eu seguia em direção ao meu bairro — expliquei —, passando pelo parque. Elas moram bem perto.

Achei que a resposta a convenceria, mas ela me olhou como se lesse a minha alma.

— E você não as seguiu até em casa e não passou horas estacionada na rua esperando pra conferir a cor do cabelo do pai dela?

— Sim, fiquei lá parada — admiti —, já te contei essa parte. Eu estava curiosa.

Ela se recostou na cadeira e fez uma anotação no bloquinho. Estiquei o pescoço, mas minha terapeuta era mestra em manter a discrição. Talvez ela fosse uma psicopata. Escrever coisas que eu não consigo ler é um joguinho de poder, não?

— E com que frequência você tem feito isso, desde a primeira vez?

De repente, senti uma sede absurda, minha língua grudava no céu da boca. Olhei ao redor à procura de água. Vinha uma brisa morna da saída de ar no teto. Tirei meu suéter novinho e umedeci os lábios.

— Algumas vezes — respondi casualmente. — Você tem água aqui?

Ela apontou para um frigobar no canto da sala. Eu me levantei e fui até lá. Havia um estoque de garrafinhas, fileiras e fileiras delas. Peguei uma do fundo, a mais gelada de todas, e tornei a me sentar. Ocupei-me de abrir o lacre e beber a água toda, sem pressa, ganhando tempo. A qualquer instante ela avisaria que nossa sessão terminara e eu só teria de enfrentar sua próxima pergunta na semana seguinte. Porém, ela não encerrava a consulta e eu comecei a suar.

— Por que você se sente ligada a essa mãe e a essa filha em particular?

Com essa ela me pegou desprevenida. Fiquei pensativa, deslizando a unha do dedão no pulso, de leve, pra relaxar.

— Nem imagino. Nem pensei nisso. Talvez seja porque a garotinha tem a idade que a minha filha teria.

Ela assentiu com a cabeça, toda compreensiva, e eu me aninhei nas almofadas.

— E talvez porque a mulher…

— Você quer dizer a mãe dela.

Eu lhe lancei um olhar de reprovação.

— A *mulher* — enfatizei bem — não parece uma mãe normal. Ela é uma antítese de mãe.

— E isso te chateia ou te atrai?

— Nem imagino — repeti. — Talvez as duas coisas.

— Fale-me sobre a mãe. — Ela se acomodou na cadeira e eu comecei a puxar a cutícula.

— Ela usa coisas que chamam a atenção das outras mães, sabe? Tipo calça de couro, camiseta do Nirvana com blazer, um montão de pulseiras juntas como eu nunca vi. Uma vez ela estava de chapéu de feltro preto e camiseta cinza transparente; a única coisa entre o resto do mundo e os mamilos dela era uma mecha de cabelo.

— E como as outras mães no parquinho reagem a ela? Você já reparou?

Claro que reparara, foi justamente o que me fez notá-la. Vi como elas a olhavam e fiquei interessada.

— Ela não faz questão de conversar com as outras mães. Está claro que não gostam dela por isso. Ela as esnobou antes que elas tivessem chance de esnobá-la. Acho brilhante, aliás. Elas são como uma matilha e a veem com um misto de curiosidade e pura contrariedade.

— Você admira isso nela?

Refleti um pouco.

— Sim, gosto do fato de ela não se importar. Sempre quis aprender a não dar a mínima.

— É bom não se perder de vista, Fig. Saber como você funciona.

— Então, por que acha que eu as sigo? — perguntei num momento de abertura.

— Nosso tempo acabou. Vejo você na próxima semana. — Ela sorriu.

Já era tarde da noite quando fui de carro até a casa da Mãe Desnaturada e estacionei a um quarteirão de distância. Pensei em não ir, mas eu não iria me deixar abater por uma mera psiquiatra.

Fazia frio. Peguei meu blusão no banco traseiro e o vesti tomando o cuidado de colocar o cabelo todo pra dentro do capuz. Não que eu temesse ser flagrada nem nada, mas o meu tom de loiro chama muita atenção. Essa parte da cidade era habitada em sua maioria por famílias jovens, que iam pra cama pontualmente às 21h30, mas todo o cuidado era pouco. Resolvi que meu álibi seria fazer *jogging* tarde da noite. Algo bem inocente. Caso alguém espiasse pela janela, veria uma mulher de agasalho tentando cuidar do corpo.

Abaixei-me pra verificar o cadarço do meu tênis novinho. Eu o comprei pela internet especialmente pra isso. Vi a Mãe Desnaturada usando um igual no parquinho: era branco brilhante com detalhes de oncinha. Na hora eu quis um igual. Imaginei que nos cruzaríamos no mercado, ou no posto de gasolina, lado a lado mexendo na bomba, e ela comentaria: "Olha, tenho um tênis igualzinho! Não é incrível?". Aprendi essa técnica com a minha mãe, que costumava fazer isso com os homens, depois que meu pai a deixou. Ela dizia: "Você faz de conta que gosta do que eles gostam, pra ter algo em comum. Pode ser até que você passe a gostar de fato; daí, o sucesso é completo."

Eu estava a uns poucos metros agora.

Dei uma olhada rápida ao redor da ruazinha com suas caixas de correio pintadas à mão e floreiras exuberantes. Nem uma viva alma à vista. A maioria das janelas das casas mostrava luzes apagadas. Fiquei correndo parada no lugar por alguns segundos e então abri a portinhola da caixa. Dentro, três correspondências e, sobre elas, uma caixinha marrom. Peguei tudo e enfiei nos bolsos amplos do agasalho, atenta, espiando ao redor. O tênis apertava meus dedos e tudo o que eu mais queria era me aninhar no meu sofá com a correspondência da Mãe Desnaturada e uma xícara de chá. Talvez eu até comesse um biscoito amanteigado com o chá, daqueles escoceses que vêm numa lata xadrez com um terrier preto estampado.

A primeira coisa que fiz ao entrar em casa foi me despir, calça é coisa de perdedores. E, afinal, ela me apertava a cintura, acentuando o meu pneuzinho no cós — uma sensação nada agradável. Levei a correspondência da Mãe Desnaturada até a mesa de jantar e deixei lá, sem olhar. *Paciência*, disse a mim mesma. As coisas importantes requerem paciência. Preparei um chá e acrescentei o leite delicadamente, no ponto exato. Peguei a lata de biscoitos amanteigados e a xícara de chá e fui até a mesa de madeira — uma relíquia que eu restaurara e pintara sozinha —, e me acomodei em uma das cadeiras amarelas. Arrumei todos os envelopes com a frente pra baixo e o pacote por último. *Respire fundo, isso...* Desvirei a primeira. Ela se chamava Jolene Avery.

— Jolene Avery — pronunciei em voz alta. E pra não me deixar afetar pelo nome bonito, completei: — Mãe Desnaturada.

Abri o envelope com a unha e puxei a folha branca solitária de seu interior. Uma fatura médica... que sem graça. Passei os olhos pela sucessão de palavras. Ela havia feito um exame de sangue duas semanas antes. Prestei atenção aos termos médicos buscando detalhes, mas aquilo era tudo. Laboratório. Mas por qual motivo? Uma gravidez? Um exame de rotina? Eu estava bem familiarizada com problemas de saúde. No último ano, fui hospitalizada duas vezes com a pressão nas alturas e tive de fazer uma porção de testes quando detectaram algumas manchas no meu cérebro. Culpei o George e todo o mal que ele me causou. Eu era perfeitamente saudável até descobrir o canalha que ele era.

Coloquei o recibo de lado e desvirei o envelope seguinte. Estava endereçado ao marido dela, Darius Avery. Era uma cotação de seguro, propaganda. Darius e Jolene Avery. Mordi um biscoito. A terceira carta era um convite de aniversário. Balões vermelhos e laranja espalhados pelo cartão todo. "Você está convidado!", vinha escrito em letras grandes.

Festa de 3 anos da Giana!

Onde: Queen Anne Park

Pavilhão 7

14h em ponto

RSVP Celular da Tiana

Fiquei pensando: que tipo de mulher escreve "em ponto" no convite de aniversário da filha? Só pode ser alguém com TOC. O tipo de pessoa que espia pela janela à noite pra verificar se os vizinhos não colocaram o latão de lixo muito perto do gramado dela. Gente pequena, patética. Afinal, quem não sabe que pais de filhos pequenos costumam se atrasar? É uma forma de desmoralizá-los, lembrá-los de suas falhas por meio de um convite de aniversário.

Coloquei o convitinho da Giana de lado e puxei o pacotinho pra perto. O que poderia estar numa caixa tão pequena? O cabeçalho era quase ilegível. Letras espremidas, rabiscadas, em tinta azul. Estava endereçada a Jolene Wyatt — devia ser o nome de solteira dela.

Cortei a fita adesiva com uma tesoura, cantarolando sozinha. Abri a caixa e a inclinei, deixando o conteúdo deslizar. Uma caixinha de veludo azul caiu na palma da minha mão — uma típica embalagem de joias. Havia uma nota fiscal dobrada por cima; deixei-a de lado e tirei a tampa. Logo de saída fiquei decepcionada. Era uma conta de lápis-lazúli presa a um cordão de linha vermelho. Tirei da embalagem e segurei contra a luz. Nada de mais — ou, como diria a minha mãe, nada que valesse a pena escrever pra contar.

Talvez a Mãe Desnaturada fosse uma dessas pessoas prendadas que fazem pulseiras e tal. Era de uma joalheria do site do Etsy. Memorizei bem pra pesquisar sobre ela mais tarde. Ter uma filha não bastava pra ela, a Jolene precisava de atividades extras pra tornar a reviver seu lado vadia que pula de bar em bar, fazedora de colares.

Coloquei a conta de volta na caixa e guardei tudo em uma gaveta, pois, pelo visto, vinha uma crise de enxaqueca por aí. Eu não iria mais pensar naquilo, na ingratidão das pessoas. Aquilo estava me fazendo mal. Ela não merecia aquela filhinha.

Eu me acomodei no sofá e coloquei uma toalhinha gelada sobre os olhos. Caí no sono ali mesmo.

CAPÍTULO TRÊS

A CASA AO LADO

TODO O MUNDO VIVIA ME PERGUNTANDO: "FIG, POR QUE você não tem filhos? Você é tão boa com crianças..." Que resposta eu poderia dar? Quase tive uma, certa vez. Mas meu marido me deixou na mão, sabe? E eu perdi o bebê — era uma menina.

A minha bebê.

Esperei tanto por ela, fiz diversos tratamentos de fertilidade que esvaziaram a nossa conta corrente e resultaram em um útero vazio. Eu já perdera a esperança, mas daí a menstruação falhou no primeiro mês... e no segundo... o teste de gravidez. Porém, estava tudo perdido quando veio a confirmação naquele dia triste no consultório. O obstetra me entregou um maço de lencinhos de papel depois de me contar sobre o resultado do exame de sangue e eu solucei... como um... como um bebê.

Ela não era maior que uma tangerina. Eu vinha acompanhando o seu crescimento através de um aplicativo no celular, checava diariamente como o corpinho dela se transformava. Mandei todas as capturas de tela pro George, que me respondia com emojis. Ela passou do tamanho de um girino a uma pessoinha transparente com dedos nos pés e nas mãos. E então ela virou nada. Minha garotinha abençoada se foi. Meu corpo a expeliu em partes. Uma violência que nenhuma mulher deveria vivenciar.

O George estava ausente, lógico, trabalhando. Fui dirigindo até o hospital e fiquei lá sentada sozinha, enquanto o médico me explicava que eu estava sofrendo um aborto. O George não chorou quando soube. Ficou pálido como se tivesse visto um fantasma e apenas perguntou ao médico em quanto tempo poderíamos tentar de novo. Ele queria apagá-la e tentar outro. O George, o cara que me fazia tirar a casca de pão do queijo quente dele e soprar a sua sopa pra ele não queimar a boca, não chorou como o bebezão que era. Eu me tornei amarga, cheia de rancor. Atribuí o aborto à negligência dele comigo. Boa sorte pro George e seu coração gelado. Eu iria deixar de ser a mamãezinha dele e seria mãe de uma menininha de verdade. E eu a reencontrara, não é mesmo? Dos bilhões de pessoas no planeta, lá estava ela, a apenas cinco quarteirões de distância. Parecia bom demais pra ser verdade.

PASSEI A FAZER LONGAS CAMINHADAS, PERCORRENDO TODA A extensão da rua Cavendish, passando pelo parque com bancos roxos e a lojinha de frozen yogurt. Que sensação erguer a alavanca e ver o sorvete caindo naquele copo grande de papel! Eu virava à esquerda na altura do Little Caesars, em frente ao qual sempre havia ao menos dois gatos no muro, e parava na cafeteria Tin Pin pra tomar um *cappuccino*. A Tin Pin tem *cappuccinos* ótimos, mas as garotas que trabalham lá levam jeito pra prostitutas. Tento fazer o pedido sem ficar reparando nelas, mas às vezes é inevitável. Não entendo o que todo aquele pink e a pele à mostra têm a ver com café. Cheguei a escrever algumas mensagens que coloquei na caixinha de sugestões na parede: "As garotas deveriam usar roupas menos provocativas." "Contratem mulheres mais maduras que saibam respeitar o próprio corpo", escrevi numa outra ocasião. E por fim: "Espero que todas essas vagabundas seminuas queimem no fogo do inferno." Mas tudo continuou na mesma e as garotas jamais cobriram os seios fartos que saltavam pra fora do sutiã. Nunca tive seios rijos como aqueles, não que eu me lembre.

Havia mesas e cadeiras na calçada e como o tempo estava agradável decidi tomar minha bebida lá fora. Assim, me sentei observando o tráfego e também os gatos, que pouco tinham se movido desde a minha chegada. Daí, quando terminei de beber, segui até a casa deles na rua West Barrett.

Odeio admitir, mas a rua deles era bem melhor que a minha. As árvores eram maiores, as casas mais bem cuidadas. Eram os pequenos detalhes — as venezianas brancas e as tulipas preenchendo as floreiras — que deixavam tudo mais… mais… pessoal. Naquele dia, as flores cor-de-rosa formavam um verdadeiro tapete estendido na rua. Eu podia até mesmo ouvir a menininha toda animada perguntando pra Mãe Desnaturada se podia correr entre elas, que provavelmente deixaria. "Não ligue para os carros, pode brincar na rua, meu amor." Cuca fresca, negligente, distraída.

Fiquei uns instantes parada em frente à residência, fazendo de conta que amarrava o cadarço. Por fim, eu me reclinei pra pegar algo na calçada, reclamando do lixo jogado por uma mulher que passava. Ela me olhou como se eu fosse insana e seguiu, com os fones enterrados na orelha, na certa ouvindo alguma bobagem, tipo Justin Bieber. Minha audição se aguçou. Ouvi um barulho que parecia ser de uma criança. Ouvi com atenção. Uma risada vinda lá de dentro ou, quem sabe, um choro. A verdade é que eu ansiava por qualquer traço da vozinha dela, por mínimo que fosse. Mas que nada, apenas carros passando e latidos espaçados. Respirei fundo, desapontada.

Foi então que notei: a casa ao lado da deles estava à venda. No início fiquei surpresa, mas depois me deu um estalo. Seria possível? Todas as peças estavam se encaixando. Eu precisava de algo novo na minha vida, não é mesmo? Eu merecia. Com todas aquelas lembranças tristes me assombrando feito fantasma... Não precisava ser assim, certo? Eu podia me mudar pra aquela casinha charmosa com venezianas bege e uma oliveira na frente. Construir momentos agradáveis e me tornar vizinha da minha menininha. Quem sabe o que o futuro reservava? Quem sabe...

CAPÍTULO QUATRO

MENSTRUAL

CONTEI PRA MINHA TERAPEUTA SOBRE O PLANO DE COMPRAR a casa nova.

— Não acho uma boa ideia, Fig. Você vai comprar um imóvel pra ficar mais perto de uma criança que acredita ser a reencarnação da bebê que você perdeu.

A doutora Matthews era meio imatura — jovem demais pra saber ao certo o que fazer. E em grande parte era o que me atraía nela. Ela não me julgava tanto quanto alguém com, digamos, duas décadas na profissão. Estávamos aprendendo tudo juntas. E, pensando no assunto, ela deveria agradecer o fato de ter alguém como eu pra estudar e se aprimorar.

— Ah, imagina — eu disse sorrindo. — Não sou louca a esse ponto. Vender a minha casa e mudar por causa de outra pessoa seria insensato. É só uma coincidência, eu gostei de fato daquele lugar.

A doutora Matthews ficou me olhando e batendo com a caneta no bloquinho amarelo que segurava. Que significado teriam essas batidinhas? Será que ela estava frustrada comigo? Facilitava o raciocínio dela? Ou estaria imitando um metrônomo, tentando dar ritmo aos meus pensamentos? Cada batida deixava um pontinho no papel, criando traços desfigurados de azul. Que tipo de profissional usava tinta azul, afinal? Ela dava a impressão de ter tocado na fanfarra do colégio, com aquela sua palidez, seus óculos e cabelo castanho opaco. Nesse dia ela usava um casaquinho amarelo combinando com sapatos do mesmo tom. Aposto que a doutora tocava trombone, o que lhe rendeu a cabeça grande.

— Você tem um histórico de se fixar nas coisas a ponto de se tornar obcecada, Fig.

Não gostei do tom que ela usou.

— Ah, é? Como o quê?

— Por que não responde você mesma? — ela sugeriu.

Reparei no modo como seu jeans estava esgrouvinhado no tornozelo, logo acima da sapatilha. Sim, sem dúvida a doutora participava da fanfarra. Fazia eu me lembrar da personagem principal de *Nunca fui beijada*.

— Bem... — comentei timidamente. — Eu fiquei um tanto obcecada pela casa por um tempo. Os projetos, pequenas obras que eu mesma realizaria...

— E o que mais? — ela quis saber.

Não consegui pensar em nada. A doutora Matthews estreitou os olhos já bem pequenos e me lançou um olhar desconfiado. Me encolhi na cadeira. Os olhos dela desapareciam, quando ela fazia daquele jeito. Ela se transformava na mulher sem olhos.

— Você tem um histórico de obsessão sobre a opinião das pessoas a seu respeito, Fig.

Ah, isso, pensei.

— É o que você acha? Isso me chateia tanto... —brinquei, mas ela não compreende bem a minha tentativa de fazer graça sempre que me sinto desconfortável. Acho que preciso procurar uma terapeuta com algum senso de humor.

— Você imagina por que se importa tanto com a opinião dos outros? — Ela não deu bola pro meu exame de consciência e foi logo na jugular.

Fiquei abalada. Não confio em quem não ri das minhas piadas. Eu fui engraçada. Isso era natural pra mim.

— Não sei... problemas com meu pai? — Espremi as pernas. Fiz de conta que estava apertando uma bola contra o estresse... só que doeu.

— Você tem um transtorno de personalidade paranoide, Fig.

Estremeci toda, horrorizada.

— O que isso quer dizer?!

— Nosso tempo acabou — a doutora Matthews disse. — Vamos explorar melhor isso na semana que vem.

Ambas nos levantamos, eu em estado de choque e ela pronta pra ir almoçar. Quanta crueldade dizer a alguém que está ferrado e deixá-lo no vazio tentando digerir aquilo por uma semana.

A primeira coisa que fiz ao chegar em casa foi pesquisar no Google sobre transtorno de personalidade paranoide. Se a doutora Matthews decidira me diagnosticar e então esperar uma semana pra discutir o caso, eu teria de buscar a ajuda de São Google.

"Indivíduos com esse transtorno em geral são rígidas e muitos críticas para com os outros, embora tenham muita dificuldade em aceitar críticas." Este foi o primeiro trecho do texto que eu estava lendo que me chamou a atenção. Roí a cutícula e pensei no jeans engrouvinhado da doutora Matthews. Daí terminei de ler o restante:

- São desconfiados crônicos, sempre à espera de que o outros irão molestá-los, enganá-los, conspirar contra eles ou traí-los.

- Culpam os outros por seus problemas com outras pessoas e outras circunstâncias e atribuem suas dificuldades a fatores externos. Em vez de reconhecer a própria atuação nos conflitos interpessoais, eles tendem a se sentir incompreendidos, maltratados ou vitimados.

- São hostis e com tendência a sofrer ataques de fúria.

- Enxergam seus próprios impulsos de não aceitação em outras pessoas em vez de em si mesmos e portanto estão inclinados a atribuir injustamente a hostilidade aos outros.

- São controladores, divergentes, do contra, ou sempre prontos a discordar e a guardar ofensas.

- Despertam desaprovação ou animosidade e não têm amizades próximas nem relacionamentos.

- Apresentam distúrbios de raciocínio, além de pensamentos paranoicos. Suas percepções e julgamentos por vezes são estranhos e idiossincráticos e se tornam facilmente irracionais em situações que despertam emoções fortes, ao ponto de parecerem delirantes.

Quando terminei de ler o artigo, respirei aliviada. Nada daquilo se aplicava a mim. A doutora Matthews estava totalmente equivocada. *Ela* era tudo aquilo e muito provavelmente estava tentando atribuir a mim a própria psicose. Talvez eu devesse alertá-la disso e quem sabe até ela venha me agradecer.

Resolvi que não a veria mais e cancelei minha sessão da semana seguinte — deixei uma mensagem com a secretária dela dizendo que iria a um casamento. Só depois que desliguei que me ocorreu que meu horário era numa quarta-feira e que ninguém se casa no meio da semana. Lésbicas, quem sabe... Se me questionassem, eu diria que era um casamento lésbico. Liguei pra minha corretora de imóveis e disse a ela pra fazer uma proposta pela casa. Eu não dependia da aprovação de ninguém pra tocar a minha vida.

CAPÍTULO CINCO

TOURO

ASTROLOGIA É UMA BOBAGEIRA DESLAVADA. AS ESTRELAS são gigantescas bolas flamejantes de gás flutuando no vácuo. Elas não se importam com a gente, nem com futuros maridos ou o emprego ideal, nem se enxergamos o mundo em branco e preto e quase não temos uso pro cinza (Escorpião). Elas com certeza não ligam, taurinos, se vocês tendem ao conservadorismo ou se vocês são persistentes ou determinados. Se nos encaixamos numa dessas definições, a culpa é nossa, não da galáxia. Eu sou taurina e não preciso da ajuda das estrelas pra saber como sou.

Não tenho personalidade de seguidora, mas também não sou corajosa o suficiente pra liderar. Não encaro isso como uma falha; na verdade é uma qualidade. Os líderes se queimam por suas opiniões firmes. Eu conservo as minhas sem a bravata pretensiosa. Como toda vez em que um tema no Facebook gera controvérsia e eu repasso a opinião de alguém sem ter de emitir uma única palavra. Sigo o líder de uma forma que os fortalece e os encoraja sem abrir mão da minha independência. Por exemplo, quando alguém diz "Não concordo com seu status", posso dizer "Bem, sim, mas veja que não fui eu que redigi o artigo e há alguns pontos *bem* válidos". Então quando a pessoa indica que concorda, eu me safo.

De presente de aniversário, pedi galochas. Na verdade, não pedi, eu simplesmente as marquei no meu mural de moda do Pinterest — são da marca Nightfall Wellingtons. A Mãe Desnaturada tem um par em preto com detalhes em branco, então escolhi a branca com detalhes em preto, pra não ficar igual. Verdade seja dita: moro em Seattle. Já tenho um par de galochas.

Daquelas baratinhas, da loja de departamentos, com estampa floral. O modelo de designer é pouco prático, o que definitivamente não é uma característica do taurino (que bobageira deslavada). Eu as desejava e estava aprendendo a aceitar os desejos como naturais. Minha mãe, imagine só, providenciou as galochas, uma verdadeira surpresa considerando que custam os olhos da cara e minha mãe é mão de vaca do tipo que quer rachar a gasolina quando oferece carona. Isso é o que anos de abandono dos filhos podem custar— galochas caras de marca pra amenizar a culpa. Mas que se dane, ficaram lindas em mim. Meu horóscopo provavelmente dizia: "Você vai receber um presente caro e inesperado de um ente querido!"

Bem no dia do meu aniversário, quando a minha corretora de imóveis ligou, eu estava usando as minhas galochas novas.

— Marcamos a data pra fechar o contrato! — ela anunciou toda esfuziante.

Era costume dela falar gritando o tempo todo. "Esta casa é tão linda, tem tanto potencial! Ah, meu Deus, olha só o revestimento sobre a pia!"

— Jura mesmo? Comigo nunca acontece nada de bom.

— Bem, sua sorte parece estar mudando, minha cara — ela acrescentou, animada.

Num primeiro momento, fiquei sem ar e tentei chorar, pois parecia a coisa certa a fazer. Mas consegui apenas fazer runs ruídos com a garganta e um "Sniff!".

— Está resfriada? — ela quis saber num tom bem agudo. — Beba um chá quente com mel! É ótimo pra acabar com o catarro!

Agradeci e desliguei. Que narcisista. Ainda assim, enviei-lhe uma cesta de frutas, pra agradecer por seus esforços. Tenho consideração pelas pessoas, mesmo as chatas.

— Ficou feliz? — minha mãe perguntou quando liguei pra contar a novidade.

— Sim. A menos que aconteça alguma merda até lá... como é de praxe comigo. Você me ajuda com a mudança?

— Preciso ver com o Richard, mas acho que sim.

Richard, o novo namorado dela. Eu o apelidei de Dick Vigarista, pois é o que ele era.

— O Richard também pode vir, mãe. Músculos nunca são demais.

Eu estava embalando as coisas do armarinho do banheiro. Fui colocando todos os frascos em uma caixa de sapatos. Peguei um vidro do tempo em que fiz de conta que sofria de câncer e chacoalhei bem diante dos meus olhos. Sempre me agradou a ideia de estar condenada. Além do mais, estar morrendo cria uma perspectiva, um objetivo. As pessoas dizem que você é forte e acreditam nisso, como se tivesse sido minha escolha desenvolver um câncer que na verdade eu nem tinha.

Minha mãe ficou em silêncio por um tempo.

— Ah, ele não é muito dado a esse tipo de coisa...

O tipo de coisa é o fato de a namorada ter filhos?

— Tudo bem, mãe. De qualquer modo, prefiro ter você só pra mim por alguns dias — inventei.

— Eu me encarrego da limpeza — ela disse, animada. — Você sabe como sou exigente.

Ah, sim, eu sabia.

— Preciso desligar, mãe. Está entrando uma ligação da Tina.

— Ah, que bom. Dá um oi pra...

Desliguei antes que ela terminasse. A Tina era minha amiga. Minha amiga imaginária. Eu a inventei pra me livrar de telefonemas e compromissos familiares. Ela era missionária no Haiti, portanto, passava a maior parte do tempo fora do país. Por isso mesmo, quando ela me ligava ou vinha me fazer uma visita surpresa, eu era obrigada a deixar o resto de lado pra estar com ela. Adoro a Tina. Não ligo muito pra religião, mas a devoção dela é admirável. Além disso, ela é do tipo de amiga que sempre se faz presente quando precisamos dela.

— Oi, Tina — falei, colocando o telefone no balcão. — Que bom receber sua ligação.

Levei a caixa com remédios até a sala e observei as paredes bege ao meu redor. Tchau, lugar, tchau, esta vida, já vão tarde. Em algum lugar lá no alto, no vácuo das estrelas, algo conspira: "Taurino, tudo está prestes a sofrer uma reviravolta pra melhor."

CAPÍTULO SEIS

JARDIM DA MERCY

DECIDI DAR UMA OLHADA NO JARDIM. MINHA CORRETORA DE imóveis alardeara algo sobre ter um ótimo potencial, o que em outras palavras significa que estava uma porcaria e me custaria alguns milhares de dólares pra dar um jeito. Uma vez me disseram que eu tinha um grande potencial e, no final, precisei de uns trinta mil dólares pra pagar a cirurgia pra levantar os seios até a posição correta.

No jardim, não pude identificar nem um canteiro definido sequer; as plantas tinham crescido muito e estavam desordenadas. A grama se achava repleta de trevos, toda cheia de falhas e manchada, como se um cachorro tivesse feito xixi e deixado um rastro pelo caminho. A macieira retorcida precisava de uma bela poda. O único ponto positivo do jardim era um gazebo que ficava no fundo do gramado. A tinta estava judiada e o que restava de uma trepadeira de rosas quase morta eram galhos secos grudados na treliça. Quem sabe ela podia voltar a ser bonita e viçosa... Como eu.

O George saberia como fazer. Ele gostava de jardinagem. Talvez eu contratasse alguém, assim ficaria tudo pronto logo e eu não precisaria fazer aos poucos e ficar esperando. Alguém que pudesse se comprometer a vir regularmente e cuidar da manutenção. Resolvi que pediria indicação aos vizinhos. Pedir recomendações às pessoas estimula a camaradagem, mesmo que não precisemos de fato da recomendação. Eu já ia entrar para procurar alguns números de telefone quando ouvi a voz de uma criança no quintal vizinho. Meu coração disparou quando caminhei até a cerca que divide a casa da Mãe Desnaturada da minha, pra espiar. E lá estava ela — a razão de tudo isto, a minha razão. Ela olhou pra cima instintivamente ao sentir estar sendo observada. Nossos olhares se encontraram e ela não parecia nem alarmada nem com medo. Afinal, por que estaria? Nós éramos conhecidas. Eu fiz um hum-hum, para limpar a garganta e disse:

— Oi, eu me chamo Fig. Qual é o seu nome?

Ela vestia um tutu cor-de-rosa e uma camiseta que dizia "Princesa do papai", em letras prateadas. Quando comecei a falar, ela parou o que fazia pra me dar atenção total.

— Fig — ela pronunciou com a voz doce e deu uma risadinha.

Não me contive e sorri.

— Sim, Fig, esse é o meu nome — repeti apontando na minha direção. — Qual é o seu? — E apontei na direção dela.

Eu estava inclinada sobre a cerca pra vê-la; um pouco mais e eu tombaria. Ela olhou por sobre o ombro, provavelmente em busca da Mãe Desnaturada. Sim, afinal, onde ela estaria? Deixar essa pequenininha sozinha no jardim... Imagine se ela saísse sozinha... ou fosse levada!

— Cadê a sua mãe des...? — perguntei.

Ela indicou a porta dos fundos. Eu estava ouvindo o barulho de louça batendo, vindo da janela da cozinha. Tocava uma música estilo folk e a mulher cantarolava junto.

— Mamãe. — As unhas dela tinham restos de esmalte azul.

Eu queria me esticar e tocar aqueles dedinhos, fazer um carinho. Estava prestes a dizer algo quando ouvi uma voz chamar. Eu logo me endireitei e deixei meu semblante impassível.

— Mercy... Mercy Moon... — A Mãe Desnaturada saiu pela porta dos fundos secando as mãos num pano de prato xadrez, estava de avental e com o cabelo preso num coque preto gigante no alto da cabeça. — Mercy, com quem você está falando?

Pisquei. Aquele era o nome dela? Eles a batizaram de Mercy Moon? Abri um sorriso caloroso. A Mãe Desnaturada veio rápido em nossa direção, as mãos por sobre os olhos pra protegê-los do sol.

— Olá — cumprimentei. — Eu me chamo Fig. Acabo de me mudar. E peço desculpas, não era minha intenção assustar sua filhinha. Imagino que ela não deva falar com estranhos.

A Mãe Desnaturada sorriu pra mim. Dentes branquíssimos pra fazer par com sua regata.

— Olá. É um prazer conhecê-la. Meu nome é Jolene e esta é a Mercy.

A menina, que já havia perdido o interesse na nova conhecida, estava agachada no gramado, cutucando um inseto com um pauzinho.

— Não machuque o bichinho, Mercy, ele é um ser vivo.

— Que idade ela tem? — indaguei.

— Mercy, conte pra senhorita Fig quantos anos você tem — ela estimulou. — Vamos, Mercy...

A menina jogou o pauzinho e ergueu dois dedos gordinhos.

— Eu podia ter uma assim. Ela teria feito dois anos em janeiro passado — revelei, olhando pra Mercy.

A Jolene fez a cara que todo o mundo faz quando conto que perdi um bebê — uma mistura de solidariedade com um certo alívio por não ter acontecido com elas. Tipo "Sério? Dane-se".

— A Mercy fez dois em setembro, não é mesmo, meu amor? — Ela acariciou a cabeça da garotinha. — Fizemos uma festa do pônei.

— Pônei — repetiu a Mercy, desviando o olhar da sua caçada ao inseto.

Senti vontade de aplaudir, maravilhada. Adoro cavalos. Quando criança também tive uma festa do pônei e vesti uma roupa de cowgirl.

Olhei pra Mercy. Que coisinha mais linda. A imagem em miniatura da benevolência. Um serzinho incrível que veio ao mundo e que nenhum de nós, ninguém, merecia.

— Eu gosto de pôneis. — E então, virando pra Mãe Desnaturada, perguntei: — Seu sobrenome é Moon?

Ela balançou a cabeça, com um sorrisinho.

— Não, este é o segundo nome dela. Nosso sobrenome é Avery.

— O meu é Coxbury. — Usar meu nome de solteira foi tão prazeroso que cheguei a estremecer ao pronunciá-lo.

"Fig Coxbury" soou como uma dancinha de celebração.

— Venha tomar um café comigo, Fig. Acabei de tirar um bolo do forno. Preciso avisar que sou craque em preparar massas com misturas instantâneas, mas não foi o caso desta vez.

A Jolene pegou a Mercy pelos ombros e começou a guiá-la, coisa de mãe, e sorriu pra mim. Era um sorriso sincero, mas eu não gostei do jeito como ela segurava a Mercy.

— Eu vou adorar. Só preciso entrar um instante pra apagar as luzes. — Fiz sinal pra minha casa. — Ainda estou desembalando tudo, então será um momento de distração, pra descansar um pouco.

— Tem um portão ali. — A Jolene indicou para uns arbustos adiante à minha esquerda. — Está escondido nas plantas, não dá pra ver bem, você precisa afastar os galhos um pouquinho pra destravar e conseguir entrar. Dê um bom tranco. A sua casa e a minha pertenceram a mãe e filha há alguns anos. Elas instalaram o portão pra que os netos pudessem passar sem ter de dar a volta pela frente.

Nossa, que conveniente! E vai continuar a ser.

— Mas, se preferir, entre pela porta da frente...

— Não, está ótimo — respondi, toda gentil. — Vou num instante. Só preciso me refrescar um pouco.

Observei as duas entrarem, a Mercy segurando na mão da Jolene. Será que a mãe estava apertando aquela mãozinha? Será que a Mercy gostaria que fosse a minha mão?

Entrei depressa em casa e fui procurar meu cardigã verde e minha escova de cabelos. Jamais faria uma visita sem estar bem-arrumada. Criança gosta de cores vibrantes, não é mesmo? Me examinei bem no espelho. Eu engordara desde que os problemas haviam começado. Estava com a cintura mais rechonchuda e o rosto, que normalmente era afinado e comprido, estava redondo. Em seguida toquei o cabelo e reparei nas raízes grisalhas. Quando eu era pequena, ele era da cor do cabelo da Mercy. Por volta dos vinte anos, passou de loiro clariíssimo pra um tom mais escurecido. E eu podia fazer o que fosse que ele não crescia. Nunca passava do queixo.

Franzi a testa ao pensar no cabelo preto e farto da Jolene. Na certa era alongamento. Estava decidido, eu iria tingir no dia seguinte. Fazer coloração e cortar, cuidar um pouco de mim. A Mercy vai gostar de ver nossos cabelos iguais. Antes de sair de casa, liguei pro salão e marquei um horário pro dia seguinte.

— Só umas luzes — expliquei ofegante à recepcionista ao telefone —, para ficar igual à cor do cabelo da minha filha.

Tranquei a porta e fui pelo cimentado até a casa dos Avery calçando a minha melhor sapatilha, e com o chaveiro pendurado no dedo, sentindo-me leve como havia meses não acontecia. Era como se o universo estivesse desabrochando como uma flor e me recompensando por todo o sofrimento que eu enfrentara. Minha vez chegara, enfim, e eu não deixaria nada me deter. Nem o George e, principalmente, nem eu mesma.

CAPÍTULO SETE

BOLO DE CHOCOLATE HORRÍVEL

JOLENE AVERY ERA BEM DIFERENTE DO QUE EU IMAGINAVA.
Assim como o interior da casa dela. Na verdade, eu não perdera tempo tentando imaginar a casa; estava ocupada o bastante pensando na Mercy e em como a menina vivia *na* casa pra questionar que tipo de sala de estar e cozinha ela ocupava. Achei que eu veria um lugar bagunçado, cheio de lembrancinhas de viagens. Tapeçarias coloridas, uma miscelânea de pratos de jantar lascados comprados em brechós. Mas, ao cruzar a porta da frente, aberta pela própria Mercy sob os olhares atentos da Jolene em pé na soleira da cozinha, eu me surpreendi. Tudo arrumado e de muito bom gosto. Os sofás cinza-claros dispostos a noventa graus ao redor de um tapete branco e, no centro dele, um pufe de couro azul-petróleo. Sobre este, livros bonitos com a foto do Kurt Cobain e do Jimmy Hendrix na capa. E, na parede, um quadro grande com a imagem de um avião, a hélice contrastando com as nuvens ao fundo. A Jolene deve ter notado a minha expressão de espanto, pois logo comentou:

— Em outra vida eu fui decoradora de interiores.

Pensei na pequena conta azul na minha gaveta de quinquilharias. Minha mão de repente coçou, querendo segurá-la. Havia um propósito pra ela. Alguém que decorara uma casa como essa tinha algo especial planejado pra uma minúscula conta azul.

Recuperei o raciocínio quando a Mercy apontou meus sapatos e falou:

— Pata!

— Sim, eles são cor de prata — eu disse, agachando-me pra olhá-la no mesmo nível. — Mas que menina inteligente!

— Pata — ela repetiu.

— Venha até a cozinha. — A Mãe Desnaturada se virou e atravessou a porta larga em arco.

Eu dei um último olhar de relance na lareira de pedra branca e a segui, com a Mercy bem pertinho de mim.

— Sua casa é tão iluminada! — elogiei.

— É ótima mesmo, não? Foi por isso que a compramos. O Darius sempre diz que pra morar em Seattle é preciso encontrar a casa com muita claridade ou então é depressão na certa.

— E você fica deprimida? — Era uma pergunta inteiramente inadequada pra fazer a alguém que se conheceu há apenas uma hora, mas saiu sem querer.

A Mãe Desnaturada parou de cortar o bolo. A cozinha era tão charmosa quanto a sala de estar, tudo branco com utensílios de inox e alguns detalhes em verde-esmeralda pra dar o destaque.

— Suponho que sim, às vezes — ela afirmou. — Quando fico sozinha, o que acontece com frequência.

Aquela resposta honesta me impressionou e ainda mais impressionada fiquei com o fato de me identificar com ela.

— O que seu marido faz? Ah, desculpe, estou fazendo perguntas de mais? É o hábito.

Ela me tranquilizou:

— Imagina, é assim que as pessoas se conhecem, não?

A Jolene me deu uma fatia de bolo de chocolate, o mesmo que viera com aviso de que não estava muito bom, e foi servir o café. Dava pra ouvir a Mercy na sala ao lado, a vozinha estridente dela e o som do joguinho que jogava.

— O Darius é psicólogo. Ele tem uma clínica particular em Ballard.

— Olha, que chique! — comentei.

— O que você faz, Fig?

Fiquei surpresa quando ela disse meu nome. A maioria das pessoas não nos chama pelo nome ao se dirigir à gente.

— Eu crio websites, sou designer freelancer.

— Que bom. — Ela me serviu a xícara de café e então foi até a geladeira pra pegar o creme. — Você cresceu aqui, no estado de Washington?

Balancei a cabeça.

— Não, numa cidadezinha no Wisconsin. Mudei para cá com meu marido, quando nos casamos.

— Você ainda está...

— É uma longa história. Complicada. Não é fácil fazer o casamento dar certo.

— Mas tudo bem com você? — ela quis saber.

Ninguém havia me perguntado isso antes. Como responder a algo assim?

— Estou me esforçando — respondi com honestidade.

Achei que seria mais fácil, mas ela simplesmente colocou o açúcar e o creme na minha frente e sorriu.

O bolo estava ótimo. Delicioso. Foi quando constatei que a Jolene era mentirosa. Ninguém faz um bolo gostoso desses sem saber que ficou bom.

Minutos depois, a Mercy entrou correndo na cozinha e puxou a camisa da Mãe Desnaturada.

— Você está cansada ou quer bolo?

— Bolo — disse Mercy, logo completando —, por favor.

A Mãe Desnaturada elogiou-a por ter dito "por favor" e então deu-lhe uma fatia generosa.

Eu mal acabara de tomar o café, o sabor do açúcar do fundo da xícara ainda na minha boca, quando Darius Avery chegou do trabalho. Ouvi a porta da frente bater e o gritinho de alegria da Mercy ao se atirar nos braços dele. No instante seguinte, o Darius entrou na cozinha, segurando a menina no colo sobre o quadril e uma maleta na outra mão. Ele era ainda mais bonito de perto. A Mãe Desnaturada ficou visivelmente excitada quando o viu, o rosto corou e os olhos dela... arrisco dizer... brilharam! Fiquei observando os dois, lembrando da primeira vez em que o vi ali na rua. Ele pareceu feliz. Agora, todos pareciam felizes e de repente senti como se estivesse invadindo sua privacidade, vendo algo que não deveria ver. Desconfortável, me revirei na banqueta, até que ela se lembrasse de que eu estava lá.

— Ah, Darius, esta é nossa nova vizinha, Fig. — disse Jolene mexendo no cabelo. — Ela se mudou pra antiga casa dos Larron. Eu a convidei pra um café e um pedaço do meu bolo horroroso.

O Darius largou a maleta. A Mercy se virou e me olhou com cara de quem havia notado de novo a minha presença. Fiz uma careta pra ela, que sorriu. Meu coração quase explodiu ali mesmo.

— Oi, Fig. Bem-vinda ao bairro. — E o Darius se inclinou pra estender a mão pra mim.

O sorriso contagiante dele me chamou a atenção. E desviei o olhar rapidamente quando senti que estava ficando vermelha.

— Olá — eu retribuí o cumprimento, ao me levantar.

As migalhas de bolo que estavam no meu colo se espalharam pelo chão. Que vergonha. Fiz menção de apanhá-las, mas o Darius me deteve.

— Não se preocupe. Temos um Roomba, ele dá um jeito.

— Um o quê?

Ele apontou pra um utensílio pequeno no canto.

— Um aspirador robô a vácuo.

— Ah, entendi...

— Gostou do bolo horrível da minha mulher? — ele brincou.

Eu estava certa sobre as costeletas grisalhas dele. Pude vê-las muito bem em seu cabelo levemente salpicado de branco. O Darius não era muito alto, provavelmente um metro e oitenta, do tipo de ombros largos que agrada às mulheres. Fiquei pensando na quantidade de clientes do sexo feminino que ele tinha e na dificuldade delas pra se concentrar com o Darius a olhá-las daquele jeito.

— Sinceramente, este foi o melhor bolo que já comi — fui franca. — E como dá para notar, eu como muito bolo.

Passei a mão pelos centímetros a mais na minha cintura. A Mãe Desnaturada corou e se virou para disfarçar.

— A minha mulher costuma ser muito modesta. — Ele a fitou com carinho. — E ela é muito acima da média em quase tudo o que faz.

A Jolene olhou pra ele por cima do ombro, enquanto colocava as xícaras de café na pia, de um jeito que me deixou desconcertada. Será que alguém já me olhou assim? Não, duvido muito. O George passou a maior parte do nosso casamento com a cara na televisão e eu me mordi de inveja.

— Melhor eu ir — falei, acariciando o pezinho da Mercy, que sorriu pra mim antes de se esquivar. — Obrigada pelo convite.

— Fig, vou te chamar na próxima reunião que fizer, é só pra meninas. — Secando as mãos num pano de prato, a Mãe Desnaturada contornou o balcão da cozinha até ficar diante de mim. — São todas vizinhas do bairro e nós nos reunimos duas sextas-feiras por mês. Assim, você conhece gente nova. Sai um pouco.

O Darius balançava a cabeça, enquanto a Mercy tentava enfiar os dedos no nariz dele.

— Isso seria ótimo, Jolene! A que horas?

— Nós nos encontramos aqui às seis. — A Jolene olhou bem pro marido. — Seis — enfatizou.

Ele deu de ombros.

— Às vezes, eu me atraso no consultório — ele se justificou. — A Jolene fica chateada quando chego tarde nas sextas-feiras, lá pelas seis.

Ela atirou o pano de prato nele, que o pegou com um sorriso. Quando o Darius piscou pra ela, eu senti o estômago dar cambalhotas. Isso mesmo, fiquei incomodada. E foi piorando a cada minuto.

Fui em direção à porta e os Avery me seguiram.

— Então, boa noite. Vejo você na sexta-feira.

Eles ficaram acenando pra mim durante todo o percurso até a minha casa. Que droga de família perfeita. Essa noite, eu iria me permitir comer *dois* biscoitos amanteigados.

CAPÍTULO OITO

UMA SEXTA SIM, OUTRA NÃO

PELA MINHA JANELA, FIQUEI ESPIANDO A CHEGADA DE TODAS.
Aquelas sete eram novinhas ainda, mas a Mãe Desnaturada me contara que
o número sempre variava, dependendo da disponibilidade de cada uma.
Três delas eram magras e as outras quatro, magérrimas. Puxei a blusa floral
que escolhi. Era a única blusa pra sair que eu tinha, além da minha coleção
de roupas natalinas, mas não dá pra usar árvores de Natal com lantejoulas
em julho, não é mesmo?

No último minuto, troquei por um suéter leve com estampa de flocos de
neve azuis. Todas as mulheres estavam ou de jeans skinny ou de vestido justo,
que valorizavam o bumbum. A única coisa que eu tinha que se assemelhava re-
motamente a um jeans skinny era a calça de ginástica que comprei pra assaltar
a caixa de correio dos Avery. Eu a peguei da roupa na lavanderia e a cheirei antes de vestir. Fui checar como estava no meu espelho de corpo inteiro e sorri. Só
faltava agora algo pra me deixar mais alta, pois sou de média estatura. Escolhi
uma sandália preta que comprei um ano atrás e nunca usei. Penteei o cabelo
uma última vez e passei batom. Desejei não ter me empanturrado de biscoitos
a semana toda e prometi a mim mesma que iria malhar mais tarde. Não estou
nem aí pra elas. Sou linda de qualquer jeito. O George passou anos me pondo
pra baixo. Eu não ia permitir que umas periguetes magras fizessem o mesmo.
Saí de casa tão determinada que quase esqueci de trancar tudo.

A porta da casa dela se abriu antes que eu tivesse a chance de bater. A
Mãe Desnaturada estava no hall de entrada, segurando um coquetel, as ma-
çãs do rosto rosadas e os olhos brilhando.

— Ei, Fig! — ela disse, ofegante, e me fitou de cima a baixo, o que interpretei como meu traje sendo avaliado e aprovado, e completou: — Pronta para se divertir?

A Jolene ficou de lado pra me dar passagem e de repente senti um nó na garganta de ansiedade. Não gosto muito de gente. Por que eu estava fazendo isso de novo? *Não*, eu disse a mim mesma. Essas eram coisas nas quais o George queria que eu acreditasse. Ele odiava sair e dizia que ninguém gostava da gente e que não havia sentido em socializar quando não se é apreciado. "Somos só você e eu, Figgy", ele diria.

— Prontíssima — afirmei.

Ela então me levou à cozinha, onde as outras meninas se reuniam em torno de uma coqueteleira com martíni, sobre o balcão. Três coisas atraem a atenção e o olhar sedento das mulheres em um grupo: bebidas alcoólicas, homens e fofocas. A fofoca exerce o maior magnetismo, basta juntar três de nós e temos uma espécie de frenesi animado em nossas mãos. Imaginei algumas mulheres da Idade da Pedra dançando ao redor de uma fogueira; o marido de uma delas descobrira o fogo e as outras estavam enciumadas. *Deus meu*. Esta noite, eu iria participar de uma tradição antiga. Que emocionante!

— Meninas, esta é minha nova vizinha, Fig — a Mãe Desnaturada me apresentou.

Todas me olharam ao mesmo tempo. Algumas conseguiram disfarçar os olhares mais rápido que outras. Uma loira vestindo um top cor-de-rosa sem alças e sapato de salto alto se levantou primeiro. Ela me abraçou e disse toda entusiasmada:

— Bem-vinda ao nosso clube, Fig! Esse é o seu nome mesmo? Como eu queria ter um nome assim bonitinho… Mas que nada, sou Michelle. E como tem muita Michelle por aí, adotei o diminutivo Chelle, mas pode me chamar como quiser. É uma calça de treino? Uau, como você é aplicada. Eu não malho desde que meu mais novo nasceu, e ele já tem quatro anos.

Minha cabeça ainda girava com o discurso dela quando a Mãe Desnaturada começou a me apresentar ao restante do grupo.

Havia a Yolanda, uma fisioterapeuta com um sorriso chiclete e seios enormes; e a Casey, que dois minutos depois de ter sido apresentada me contou com todo o orgulho que era dona de casa e perguntou se eu tinha filhos.

— Não — respondi.

— Ah, sei, tenho um de três meses e outro de seis anos e eles são maravilhosos. Pode-se dizer que a Lily é um gênio e o Thomas dorme que é uma beleza, quando não cisma de mamar. — Rindo, ela ajeitou o sutiã.

A Mãe Desnaturada revirou os olhos. Eu disfarcei a risada. Pra mim, foi o marido dela quem descobriu o fogo.

Amanda, a hipster de óculos vermelhos, ficou me analisando sem sorrir. O cabelo castanho-escuro estava presos num coque frouxo, no alto da cabeça, e ela usava a roupa mais ousada do grupo. Fiz uma nota mental pra me afastar. Não gostei do jeito dela de me olhar. As pessoas que se levam a sério demais são perigosas. Percebi logo que ela é do tipo que marca território. Aposto que se considera a melhor amiga da Mãe Desnaturada. A Charlotte e a Natalie eram irmãs. Elas olharam de relance pra onde eu estava, acenaram calorosamente quando a Mãe Desnaturada me disse o nome de cada uma, e logo retomaram a conversa, que parecia ser sobre o marido de uma delas.

— A Natalie descobriu que o marido está tendo um caso — a Mãe Desnaturada murmurou. — Provavelmente esse vai ser o assunto da noite.

A Jolene não pareceu emitir nenhum julgamento, foi mais uma constatação, e gostei de ela ter me incluído num tema tão particular. Sorri agradecida e não pude deixar de admirar o colar que ela usava, uma pequena pedra azul em uma corrente de prata. Acho que fiquei de olhos arregalados. A Jolene notou meu interesse e estendeu a mão pra tocá-lo.

— Foi um presente do Darius. Eu planejava mandar incrustar uma pedra igual num relógio pra dar a ele no nosso aniversário de casamento. Cheguei a encomendar, mas acho que se perdeu no correio.

Meu estômago se contraiu. Pensei na caixinha de veludo escondida em segurança na gaveta da cozinha. Fiquei louca pra tocá-la, examiná-la outra vez, agora que sabia para que ela servia.

Olhei pra Mãe Desnaturada com uma súbita sensação de leveza, sentindo-me mais à vontade desde que chegara. Ela parecia legal. Vestia um macacão preto sem alças, com sapatilha vermelha. Reparei nas tatuagens dela pela primeira vez e franzi a testa. Que tipo de exemplo era aquele pra Mercy? Gente com a pele toda rabiscada...

A última integrante que ela me apresentou foi a Gail. A mais amável do grupo, ela foi logo me abraçando, quis saber em quem eu votei na última eleição e então disse que estava brincando e me abraçou de novo. Não achei que fosse brincadeira. A Gail me acompanhou até a coqueteleira com o martíni, que todas estavam idolatrando, e perguntou se poderia me servir uma dose.

— Vou deixar pra tomar uma no restaurante — eu disse. — Prefiro não dirigir depois de beber.

— Tivemos de cancelar a nossa reserva. — a Mãe Desnaturada franziu a testa. — O Darius está amarrado no consultório, então teremos de ficar aqui mesmo hoje.

Notei uma pontinha de decepção nos olhos dela, que logo passou.

— Nós pedimos *sushi*! — a Gail mudou de assunto. — Você come sushi, não come?

Sorri e assenti com a cabeça. Eu odeio *sushi*.

Deixei a Gail me preparar um drinque e a Mãe Desnaturada trouxe a Mercy pra cozinha pra dar boa noite.

— Posso colocá-la na cama — eu me ofereci. — Assim você pode ficar aqui.

Eu sabia que estava ultrapassando os limites, mas queria muito segurá-la.

— Costumo ler três historinhas quando coloco crianças na cama — contei pra Mercy. — Aposto que você não aguenta ouvir tantas histórias.

Ela estendeu os braços pra mim e eu derreti por dentro de tanta alegria.

A Mãe Desnaturada hesitou um pouco.

— Descanse, Jolene. Você merece uma pausa — falei pra ela e abri um sorriso tranquilizador. — Eu te chamo quando terminar de contar as historinhas, pra que você possa dar um beijo de boa noite nela.

Isso pareceu relaxá-la. A Mãe Desnaturada olhou pra cozinha, onde as meninas tinham começado a jogar um jogo envolvendo bebidas, e então, com relutância, soltou a menina, que pulou com entusiasmo nos meus braços.

— Certo, agora você tem de me mostrar onde fica o seu quarto, Mercy.

Ela se contorceu para descer do meu colo e depois correu à minha frente pelo corredor. Eu a segui até a última porta à esquerda, parei na entrada e a observei correr direto pra estante de livros.

Incrível. Essa foi a única palavra que me ocorreu pra descrever o quartinho que a Mãe Desnaturada montara pra Mercy.

— Mercy, este é o quarto mais legal que já vi — eu disse a ela.

Entrei e me joguei no tapete aveludado. Era como se uma porção de giz de cera tivesse sido presa ao teto e depois escorrido pelas paredes. Os quatro postes da cama da Mercy eram pirulitos e havia bichinhos de pelúcia à mostra em cada espacinho disponível. Mal tive tempo de olhar tudo atentamente ao redor e a Mercy já foi me empurrando pra cama, com três livros na mão. Sorri, desejando tê-la visto contar os livros.

Quando nos aconchegamos lado a lado, coloquei meu braço ao redor dela e peguei o livro *Goodnight, Stinky Face*.

Será que teria sido assim? Eu decorei o quarto de bebê na semana em que descobri que estava grávida. Escolhi a roupa de cama com ursinho e comprei um móbile com os planetas pra pendurar em cima do berço. Quando perdi minha filha, empacotei tudo e doei pra caridade. Todos os meus sonhos contidos numa caixa ilustrada com latas de canja de galinha no lado de fora.

Já na metade do segundo livro, *Goodnight, Moon*, a Mercy não conseguia manter as pálpebras abertas. Eu não queria que ela pegasse no sono, queria ficar ali com ela e ler todos os livros da estante. Fiquei, e li o terceiro livro, muito embora a Mercy já estivesse dormindo profundamente do meu lado. Sempre cumpro o que prometo. Daí, puxei a coberta até o queixo dela, dei um beijinho de leve no seu rosto, e saí de fininho do quarto.

CAPÍTULO NOVE

PERSPECTIVA

QUANDO VOLTEI PRA COZINHA, TODAS PARARAM O QUE FAZIAM e se viraram pra mim. Olhei pra minha calça, pra me certificar de que minha menstruação não tinha adiantado. Isso aconteceu uma vez comigo no colégio e ainda me magoava relembrar o vexame.

— Ela adormeceu — eu disse — antes de terminar o segundo livro.

A Gail me recebeu com um coquetel à base de uísque chamado Fireball e todas aplaudiram. Eu sorri, ainda que a contragosto.

O penteado da Mãe Desnaturada desmanchara e seu cabelo estava ondulado, emoldurando seu rosto. Ela se desencostou do balcão onde estava ao lado da Amanda, veio na minha direção e passou o braço pelo meu ombro. Me entregou um copinho de bebida e segurou o dela no alto.

— À Fig, a encantadora de bebês — ela brindou.

— À Fig — todas repetiram.

Senti o uísque com canela queimar a minha garganta, seguido de um espasmo de tosse. E todas caíram na risada como se deixar o álcool judiar assim da gente fosse a melhor coisa do mundo.

— Isto é horrível! — Devolvi meu copo. Pressionei a boca com as costas da mão, na esperança de que a queimação passasse.

— Vocês ouviram isso? — a Mãe Desnaturada indagou. — Parece que a Fig quer outro!

Mais comemoração se seguiu, mais bebida foi servida, seguida de mais tosse. Meus olhos lacrimejavam e eu senti a linha ao redor do meu colarinho esquentar quando o Darius chegou com o *sushi*. Endireitei a postura assim que o vi e ajeitei o cabelo atrás da orelha.

A Mãe Desnaturada o abraçou pela cintura e se ergueu na ponta dos pés pra beijar o queixo dele. O Darius, que estava com as mãos ocupadas com as sacolas de comida, inclinou-se pra dar um bom beijo nela.

— Fig — ele disse me destacando no grupo —, você veio. O que está achando deste grupinho? Elas são maluquinhas, não?

Senti o calor subir pelo meu pescoço ao ouvir o meu nome, antes das demais. Não foi uma sensação ruim, apenas uma à qual eu não estava acostumada. Quando afinal um homem como o Darius Avery tomara a iniciativa de mexer comigo?

— Elas estão tentando me embebedar — brinquei. — Nunca fiquei bêbada.

Todas se viraram, espantadas. Era como se eu tivesse acabado de anunciar que nunca tinha tido um orgasmo.

— O quê?! Fig, você está falando sério? — a Casey, a mãe exibida, tratou de me servir outra dose.

O Darius colocou as sacolas no balcão e pegou a dose que tinham me oferecido. Ele inclinou a cabeça pra trás e virou garganta abaixo, sob os olhares atentos da mulherada. Eu me senti o máximo por ele ter pego pra si algo que teria sido pra mim. Quando colocou o copo na mesa, ele olhou pra Mãe Desnaturada e perguntou:

— Onde está a minha Moon?

— Dormindo. A Fig conseguiu fazê-la pegar no sono, não é incrível?

Eu jamais diria que colocar uma criança na cama era *incrível*, mas fiquei radiante com a atenção dispensada.

— O que você fez? — ele quis saber, espantado. — Se importa de compartilhar seu segredinho?

— A Mercy odeia dormir — explicou a Mãe Desnaturada. — Toda noite é uma batalha pra fazê-la pegar no sono. Todos aqui nesta cozinha já tentaram e falharam.

O grupo todo começou a assentir ao mesmo tempo. Eu me perguntei por que ela não me dissera isso, em primeiro lugar. Talvez estivesse me testando ou talvez tivesse notado o meu vínculo com a Mercy.

— Puxa vida... — Eu não sabia o que dizer. Por dentro, estava encantada. — Não fiz nada demais. Ela simplesmente apagou.

O que eu queria mesmo dizer era que a Mercy e eu tínhamos um laço e se havia alguém capaz de fazê-la dormir era eu. Afinal, eu tinha sido lesada. Sou eu quem deveria colocá-la na cama todas as noites. Acho que era por esse motivo que eles tinham tanta dificuldade com isso. Mas não dá para ir falando essas coisas assim pros outros, ao menos não de qualquer maneira.

Eu me servi de uma porção de rolinhos de peixe coloridos que todas estavam elogiando e cobiçando tanto e fui me sentar à mesa. O único lugar disponível era ao lado da Amanda, que pareceu se afastar quando me sentei perto.

— Então, Fig — ela disse —, o que te trouxe ao nosso bairro?

— Eu precisava mudar de ares. — Deslizei o *sushi* pelo meu prato com os hashis que alguém me dera. — Minha vida estava muito parada, sabe? Eu andava deprimida, então decidi fazer algo pra mudar isso.

Todas ao redor da mesa que me ouviram assentiram ao mesmo tempo, como se já tivessem passado por isso.

A Amanda franziu de leve as sobrancelhas.

— Lamento ouvir isso. — Ela ergueu a taça de martíni e eu imediatamente a acompanhei levantando a minha. — Um viva aos novos começos!

Nós batemos os copos e eu passei a gostar mais dela depois disso. *Um viva aos novos começos.* Talvez eu fosse muito exigente com as mulheres. A sociedade nos treinou pra acreditar que elas têm segundas intenções. O George sempre achou que as pessoas tinham segundas intenções ao gostarem de mim. Uma vez simpatizei com uma mulher que se sentou ao meu lado no cabeleireiro, ambas secando o cabelo. Nós conversamos sobre a paixão pela música dos anos 80, sobre comer cereal tarde da noite e sobre os bebês pelos quais ansiávamos havia mais de uma década. Quando eu me preparava pra sair, ela me entregou um pedaço de papel com seu nome e número de telefone e disse pra eu mandar uma mensagem pra combinarmos um café qualquer dia. Estava escrito "Vivi" antes do número dela. Ao chegar em casa, toda animada, contei pro George, que estava esparramado diante da televisão com uma cerveja. Eu não tinha amigas e aquilo pareceu ser a concretização das minhas expectativas ao mudar pro estado de Washington. Vivi e Fig fazendo compras no shopping, Vivi e Fig com seus óculos de sol almoçando na varanda de um café, Vivi e Fig trocando cartões de Natal e organizando o chá de bebê uma da outra. "Ela te deu o número de telefone assim, sem mais nem menos?", o George me perguntou, indignado, na ocasião. "Então, vai ver que é lésbica e quer que você lamba a xoxota dela."

Não guardei o telefone da Vivi. Coloquei devagarinho no lixo, sentindo um buraco no estômago. Eu era uma solitária, disse a mim mesma. Eu tinha o George — nós tínhamos um ao outro —, e isso bastava. Além do mais, o George provavelmente tinha razão: a Vivi acabara de cortar o cabelo bem curtinho. Se isso não anunciava "Sapata", então eu não sei o que seria.

Mas ali estava eu, cercada por mulheres que aplaudiram e brindaram quando fiz a Mercy dormir. Talvez o que eu precisasse de verdade era de amigas. Era a tribo que eu procurava. Eu pararia de julgá-las, deixaria de enxergar segundas intenções quando fossem gentis comigo. A Mãe Desnaturada inclusive. Afinal, ela não fazia ideia sobre o meu lance com a Mercy; e nem poderia, né? Nós duas somos vítimas dessa coisa chamada vida.

Olhei pra onde ela estava conversando com a Gail, a mais amigável, e fui tomada por uma gratidão genuína pela Jolene. Ela era uma pessoa gentil e estava fazendo o melhor que podia com a Mercy. Encontrei minha doce garotinha depois de todo esse tempo e a Jolene é quem vinha zelando por ela por mim.

A Jolene desviou os olhos da conversa e sorriu pra mim, que retribui. Tudo ficava muito mais claro pra mim agora, como uma camisa toda enrugada sendo passada. Era de um jeito antes, e de outro agora. Experimentei o *sushi* e gostei. Incrível o que uma mudança de perspectiva é capaz de produzir.

Num dado momento da noite, ficou evidente pra mim que todas estavam mais bêbadas do que eu. Saí pra tomar um pouco de ar e encontrei o Darius lá, sentado em uma cadeira no jardim, bebericando. Estava despenteado, o cabelo todo espetado, e os botões superiores da camisa, desabotoados.

— Olha só você escondido aí — eu disse. — Mulheres demais?

— Mulheres nunca são demais. — Ele sorriu, com ar de cansado.

De repente me deu pena. Ele trabalhara o dia todo ouvindo as pessoas que o sobrecarregavam com seus problemas, veio pra casa e a encontrou cheia de mulheres inconvenientes e bêbadas. Pobre homem. Tudo o que ele devia querer naquele momento era uma noite tranquila com a esposa assistindo à TV.

— O que está bebendo? — perguntei, vendo que o copo dele estava quase vazio. — Vou pegar mais pra você.

— Você vai me servir uma bebida na minha casa? — Ele se recostou no espaldar pra me olhar, e eu dei de ombros.

— Claro, por que não?

O Darius deu uma risada que vinha do fundo da garganta. É possível dizer que uma risada é cínica?

— Gim-tônica.

Apanhei o copo e voltei pra dentro. Ninguém notou quando peguei a bebida. Elas estavam espalhadas por toda a sala de estar. A cada poucos segundos, uma explosão de risos me deixava atônita, pensando como a Mercy não acordava com tanto barulho. Coloquei uma fatia de limão no copo e, ao erguer o olhar, vi a Jolene me observando.

Acho que vou apelar pra história do câncer outra vez, pensei, saindo pela porta dos fundos. *Ela acrescenta uma dose de vulnerabilidade ideal.*

CAPÍTULO DEZ

SALÁRIO INTEIRO

ACORDEI COM A MAIOR ENXAQUECA. DO TIPO QUE DÓI ATRÁS dos olhos e faz a gente tremer toda vez que escuta um ruído mínimo.

Levei o laptop pra cama e comecei a pesquisar na web, digitando coisas como "tumor cerebral" e "aneurisma". Quando me convenci de que não passava de uma simples ressaca, saí devagarinho da cama e fui até a cozinha preparar um chá. Achei maduro e chique ter ressaca. A Kim Kardashian deve sofrer disso sete dias por semana. Pra saber o que fazer durante esse episódio procurei "#ressaca" no Instagram. Constatei que a maioria das meninas com ressaca usava um coque. Juntei o cabelo no alto da cabeça e me olhei no espelho. Era mais uma chuquinha do que um coque — eu teria de deixar crescer. Coloquei óculos escuros pra bloquear a luz e fui ao supermercado de agasalho. A Jolene e a Mercy sempre iam às compras no sábado. A menos que estivesse chovendo, elas caminhavam os quatro quarteirões até uma loja do Whole Foods e paravam no caminho pra tomar iogurte.

A Jolene é assim: ela tem muitos rituais. Eu gosto de me considerar espontânea. Veja, a própria compra da minha casa foi uma decisão repentina. E foi a coisa certa. A espontaneidade é uma boa qualidade pra uma mãe, pois mostra à criança que a vida se constitui de uma série de eventos não planejados e a como apenas seguir o fluxo.

Eu não quis ir a pé ao mercado. Dirigi os quatro quarteirões e estacionei na vaga pra gestantes bem na frente. Cheguei a tempo de ver a Jolene e a Mercy vindo pelo quarteirão, a Jolene empurrando o carrinho e a Mercy saltitante ao lado dela, com o rosto todo lambuzado de iogurte. Entrei depressa, peguei um carrinho e joguei umas coisas dentro pra parecer que já estava lá havia um tempo. Verdade seja dita, detesto o Whole Foods, a gente deixa o salário inteiro lá. As pessoas encheriam o carrinho até mesmo com muco de gorila se no rótulo viesse escrito "Produto Orgânico". As periguetes que usam as roupas coladinhas da Lululemon e sua água de coco que se danem. Eu estava ali por uma razão específica — Mercy Moon — e nada mais. Mas, já que estava lá, iria de dieta. Pronto. Enchi meu carrinho com couve e rabanete — porque gostei da cara deles — e água de coco, e daí tratei de fazer hora no corredor dos cereais, pra dar tempo a elas de entrar e começar a circular. Enquanto eu lia a tabela nutricional de uma caixa de cereal integral caríssima, ouvi chamarem meu nome:

— Fig! Oi, Fig!

Fiz cara de surpresa e me virei. Eu continuava de óculos escuros, mas tratei de levantá-los pra que a Mercy pudesse ver a sinceridade transparecendo no meu olhar.

— Oi, menina linda! — Pisquei pra ela e sorri pra Jolene enquanto colocava o cereal no meu carrinho. —Estou de ressaca — sussurrei pra ela.

A Jolene arqueou as sobrancelhas e assentiu com a cabeça como quem sabia bem do que eu estava falando. Quando abri a boca pra dizer sei lá o que, vi o Darius caminhando em nossa direção. Minha garganta de repente ficou seca.

— Bem, bem, bem, a Fig também é outra que adora gastar o salário todo aqui. — Sorrindo, ele beijou Jolene no rosto.

— Nem tanto… — gaguejei. Mas então, completei: — Pra ser sincera, sim. Eu adoro vir aqui.

Ele olhou no meu carrinho e comentou:

— Parece que você pegou tudo, exceto a calça Lululemon.

Abri e fechei a boca, o coração disparado. Então, caí na risada. Eu não ria assim fazia muito tempo e me senti bem. Nós éramos praticamente iguais, caçoando dos esforços da sociedade em busca da exuberância, apontando os seguidores que erroneamente se consideram líderes.

— Elas estão à venda na Target — eu disse. — Mas dá na mesma.

— Sim, sem dúvida. Eu confundo tudo.

— Não dê ouvidos ao Darius. — A Jolene deu um cutucão de brincadeira no peito dele. — Ele gosta de implicar com o estilo orgânico das calças da Lululemon, mas a cobre de beijos à noite.

Reparei que a calça dela trazia o logo da marca. *Que cafona, Jolene, é cafonérrimo revelar detalhes da sua vida sexual no corredor cinco.*

— Bem, já que estamos pagando o triplo por um estilo de vida orgânico, alimentado só no pasto, enriquecido com antioxidantes, não vejo por que não devemos fazer o mesmo com as calças. Além do mais, o seu bumbum fica um arraso com elas, querida.

Concordei com ele, à exceção da última frase. Minha decepção ficou visível, mas virei o rosto logo pra que não notassem. A Mercy, que engatinhava entre as pernas do Darius, resmungou reclamando de fome. O assunto foi cortado e a família feliz se despediu de mim e deixou o corredor de cereais, os três juntinhos. Mas não antes de me convidarem pra jantar. Eu disse a eles que verificaria minha agenda quando chegasse em casa e ligaria depois, e então, lembrei de pedir-lhes o número de telefone. A Jolene disse que seu celular estava sem bateria e, pra minha alegria, o Darius pegou o meu número e me enviou uma mensagem de texto pra que eu tivesse o contato deles, para qualquer eventualidade. Terminei minhas compras, mas minha mente estava num turbilhão tão grande que eu mal podia raciocinar. O Darius pediu meu número... *Uhu!* O meu... *Uhu, uhu!* Ele tem uma esposa como a Jolene e ainda assim me deu atenção — quero dizer, ele me notou pra valer... *Uhu, uhu, uhu!*

Coloquei mais produtos diet no carrinho e então, num ímpeto, dei uma passada no corredor de produtos de beleza e escolhi três tipos diferentes de máscara facial e um brilho labial vegano. Tinha esquecido de cuidar de mim mesma. Isso é o que acontece quando a gente fica triste. Tudo o que é preciso é alguém enxergar a gente de verdade pra despertarmos pra vida outra vez.

Quando cheguei em casa, guardei as compras cantarolando *In the Air Tonight*, do Phil Collins, daí corri pro computador e encomendei uma esteira e calça Lululemon. Mandei uma mensagem pro Darius naquela mesma noite, agradecendo por ele ter sido tão gentil comigo e pedindo o número da Jolene. Ele respondeu na mesma hora, enviando o contato dela e confirmando o jantar às 17h30, na sexta-feira. E escreveu em outra mensagem:

Comemos cedo por causa da Mercy. Espero que você não se importe.

Ei, problema algum. Posso levar alguma coisa?

Se quiser, vinho.

Vinho, nossa, olha só. Eu não sabia nada sobre vinhos. Certa vez experimentei um copo de moscatel e gostei bastante. Era esse que eu levaria! Fiquei entusiasmada com a história toda — escolher o vinho, escolher o que vestir *e* ter um compromisso na sexta à noite, o que era raro. Sim, minha vida tinha finalmente entrado numa ascendente.

CAPÍTULO ONZE

BOLO DE CARNE

O DARIUS FEZ UM BOLO DE CARNE. QUANDO ELE O TIROU DO forno, a Jolene fez uma careta e disse:

— Jura? Eu tenho trauma de infância de bolo de carne.

Mas, quando dei a primeira garfada, arregalei os olhos extasiada. A combinação perfeita, todos os ingredientes na medida certa. Fui tomada pelas lembranças da minha infância na Inglaterra, antes de nos mudarmos para os Estados Unidos. O bolo de carne da minha mãe e a reação negativa do meu pai toda vez que ela o preparava.

— É igualzinho ao da minha mãe — afirmei, e os olhos do Darius se iluminaram.

Todo homem precisava de afirmação. Me senti tão feliz por ser eu a propiciar aquilo a ele, enquanto a Jolene arruinava o clima, bufando. Ela costumava criticar tudo o que ele fazia, como se ele não fosse bom o suficiente. Mas aquele bolo de carne estava delicioso. Muito bom.

— Na verdade, é a receita da minha mãe.

Ele passou a descrever sua infância, com sua mãe muito devotada ao lar. A felicidade como a que ele descrevia acabou por produzir um bom homem. A Jolene não escondeu a contrariedade, revirando o bolo de carne no prato, o queixo apoiado na mão.

— Senhor, dai-nos paciência. — Ela olhou pra mim. — Não acredite em uma palavra sequer do que ele está dizendo. A alma da mãe foi assassinada pelo chauvinismo do pai dele.

O Darius não se abalou nem um pouco. Pareceu achar graça no modo como sua mulher atacou a família dele. Mais cedo, ela chamou a irmã de freira da Inquisição e ele riu e deu um tapinha na bunda dela. Eu fiquei pensando em quando minha calça Lululemon iria chegar.

Já a doçura da Mercy limpou o prato, olhando encantada pro papai. Eu entregara a eles a garrafa de vinho moscatel ao chegar, o Darius servira uma taça apenas pra mim, e depois fora buscar uma garrafa de vinho tinto da adega deles pra si e a Jolene. Apreciadores de vinho tinto, certo. Não posso esquecer. Pedi pra experimentar o tinto e, em lugar de uma taça, ele me serviu em um copo. Emiti um som do fundo da garganta ao engolir. O Darius entendeu que eu havia gostado e me serviu mais. Na verdade, eu engasgara — achei que tinha gosto de perfume.

— Você tem familiares morando por aqui, Fig? — a Jolene quis saber.

Ela faz muitas perguntas, reparei. Assim que eu respondia uma, ela já mandava outra. Não era ele o terapeuta?

— Não, Jolene. Minha mãe está em Chicago e meu pai… bem, ele vive por aí. Eles se divorciaram quando eu era criança. Tenho uma irmã, mas na verdade quase não conversamos, só quando ela precisa de algo.

A Jolene fez uma careta e meneou a cabeça.

O Darius colocou a sobremesa bem na minha frente. Era um dos bolos da Jolene.

— Só uma fatia pequenininha — eu pedi. — Estou tentando controlar a boca.

Ele então cortou uma fatia enorme pra mim e eu tratei de comer. A Jolene se faz de sonsa dando uma de que não sabe fazer bolo. Isso me faz lembrar daquelas garotas magrinhas que vivem dizendo que são gordas. Lá pela metade da minha fatia, a Mercy subiu no meu colo e eu tive vontade de chorar de emoção.

— Leva um tempo, mas, menina, quando ela começa… — A Jolene deu uma piscadela pra Mercy e a menina riu.

Não gostei disso. Nada de roubar o meu momento não, viu?

Tive vontade de dizer a ela que a Mercy e eu não precisávamos de rodeios. Nós nos conhecíamos fazia muito tempo, talvez até algumas vidas. Será que é assim que funciona? As pessoas recebem a mesma alma várias vezes seguidas? Neste caso, por que a Mercy teria sido destinada à Jolene? *Talvez estivéssemos ligadas de alguma forma*, pensei, olhando pra ela. Não era uma ideia interessante? De repente, senti uma enorme proximidade com ela. Dei um abraço apertado na Mercy enquanto ela atacava o bolo.

— Eu nasci na Inglaterra — contei. — Foi onde meus pais se conheceram, quando meu pai foi morar lá a trabalho. Eles se mudaram para os Estados Unidos quando eu tinha sete anos.

— Ah, isso faz sentido. Você mostra sotaque britânico às vezes.

Sorri. Gostei que a Jolene tivesse percebido isso. As pessoas que prestam atenção aos detalhes não são tolas; é sinal de que veem de fato a gente. E isso implica um certo esforço. É preciso olhar pra fora de si mesmo pra enxergar os outros. Algo raro hoje em dia.

— Minha mãe tem um sotaque bem acentuado, sabe? Acho que acabei herdando a pronúncia dela.

O Darius perguntou se por ser britânica eu dava preferência a chá em vez de café e eu disse que sim, que na verdade preferia. Ele pegou o leite e um potinho com açúcar em cubos e fiquei impressionada por ele saber como nós bebemos nosso chá.

— O que está achando do nosso bairro, Fig? — ele perguntou.

— Estou adorando. É mais animado do que o último lugar em que morei.

— Mais animado — o Darius repetiu. — Aqui é um pouco extravagante, não acha?

Nós três rimos.

— E seu... como é mesmo o nome dele? Ou prefere não falar sobre isso? — Ele notou a minha expressão.

Eu o tranquilizei. Não queria aborrecê-los com detalhes do meu casamento fracassado. Foi como foi, fazer o quê?

— Não, tudo bem. Só quero ser feliz — garanti.

O Darius assentiu como se tivesse entendido.

— Então você acabou vendendo sua casa e comprou esta? Precisava de novos ares. Um novo começo.

— Sim, isso mesmo. Sabe quando a gente atira algo na parede e vê se vai grudar? — Senti um gosto amargo na boca. Não gosto de falar desse tipo de coisa.

Fiquei surpresa quando a Jolene esticou o braço pra colocar a mão sobre a minha e a apertou de levinho. Senti as lágrimas se formarem e inclinei a cabeça pra trás para evitar que caíssem. Quando tinha sido a última vez em que alguém me ofereceu um gesto de bondade? Sem amigas, tudo o que me sobrava era a minha mãe e ela costumava enviar um buquê de girassóis pra minha casa quando me achava triste. O cartão sempre dizia alguma tolice do tipo "O sol vai sair amanhã". Bem melhor que quando perdi o bebê e ela disse "Ainda era pequena demais pra ser considerada um bebê, Fig. Erga a cabeça, você com certeza terá outro."

— Ah, você vai me fazer chorar. — Enxuguei os olhos. —Terminou de vez. Ao menos, eu *acho*. E estou feliz que seja assim.

— Sim. Sei que parece clichê dizer isso, mas você está muito melhor longe de quem te põe para baixo e não te apoia. Terá de passar por um processo de cura, mas no final você ficará bem, seja o que for que decidir fazer.

Fiz que sim com a cabeça, concordando com as palavras dela. Talvez seja por isso que o Darius gostou da Jolene, eles falam a mesma língua.

— Vamos mudar de assunto. — A Jolene gesticulou em círculos; achei que ela estava meio alta. — Darius, você é bom nisso.

O Darius começou então a falar sobre o trabalho e contou que pegou sua secretária espiando as sessões com seus clientes. Em minutos, estávamos todos rindo e meu coração ficou leve como uma pena. Quanto tempo desperdicei longe dessas amizades, amizades genuínas, amigos do tipo que querem o melhor pra mim do fundo do coração...

A Mercy terminou de comer o bolo, pulou do meu colo e comunicou a todos que eu a colocaria na cama.

—Três histórias — disse ela, levantando cinco dedinhos.

A Jolene então ajustou os dedos dela pra que fossem somente três e disse:

— Bem, não sabemos se a senhorita Fig tem que ir logo pra casa, Mercy. Talvez...

— Não, pode deixar — eu a cortei. — Vou adorar.

— Bom, veja só, Mercy. A Fig, a encantadora de bebês, concordou em colocar você pra dormir. Parece Natal — o Darius brincou.

Eu fiquei muito feliz.

— Vamos, Mercy. — Era difícil conter a emoção na minha voz. — Você escolhe os três livros. Mas que sejam curtinhos.

— Curtinho — ela repetiu, já me levando pelo corredor até seu quarto.

Ouvi a Jolene dizer ao Darius que iria tomar uma ducha rápida. Então ouvi a risadinha dos dois, típica dos casais quando trocam intimidades. Ao olhar por cima do ombro, vi quando eles desapareceram no que supus ser seu quarto.

Depois que a Mercy e eu terminamos a leitura, ela se aconchegou entre os lençóis sem reclamar e fechou os olhos. Beijei sua testinha, maravilhada com a perfeição dos cílios dela, daí coloquei os livros de volta na estante e saí na ponta dos pés.

Encontrei o Darius sentado na sala com os pés apoiados num pufe, lendo um livro do Stephen King que era maior do que todos os meus livros juntos. A Jolene não estava por perto.

— Uau, esse é grande mesmo! — comentei.

— Foi exatamente o que ela disse.

Ri e fiquei parada na porta sem saber o que fazer. Era hora de ir, eu sabia bem, mas a ideia de caminhar até a minha casa escura e ir sozinha pra cama me deprimiu um pouco.

— Eu te acompanho até em casa, Fig. — Então o Darius pensou um pouco e acrescentou: — A Jolene sentiu uma dor de cabeça, então tomou um banho e foi direto pra cama. Ela me pediu para te dar boa noite.

Eu assenti, animadíssima em tê-lo só para mim, ainda que por alguns instantes.

Nós saímos e eu me senti na maior vivacidade. Que coisa boa, muito boa. Poucos homens são atenciosos assim.

— Saiba que se você precisar conversar com alguém, escutar é a minha profissão, Fig.

— Ah, eu estou bem. Sou uma sobrevivente em ação. — Cantei um trechinho da música da Beyoncé e nós dois rimos. — Além do mais, meu caso é tão perdido que eu comprometeria até o psiquiatra.

— Que nada. Era o que eu costumava pensar sobre mim. Quando a gente vive no interior da própria cabeça o tempo todo, as coisas se distorcem. Você tem que expressar seus pensamentos pra se conscientizar de que não é a única que está ferrada. E constatar isso faz uma diferença enorme.

— Imagino que sim — eu soei evasiva, até para os meus próprios ouvidos.

O Darius assentiu, como se entendesse. "Essas coisas levam tempo", eu podia ouvi-lo dizer aos pacientes.

— Seu marido... como é o nome dele?

— Eca, meu marido coisa nenhuma! — retruquei.

— Certo, aquele cara com quem você se casou certa vez... Fred?

— George.

— Weasley?

— Hã? — Levantei a cabeça, confusa.

— Poxa, não é fã de Harry Potter. Você perde todos os pontos legais por isso.

— Estou tão confusa. Sobre o que estamos falando?

O Darius suspirou:

— George... divórcio.

— Ah! — exclamei. — Bem, divórcio é uma coisa complicada. Não sei o que dizer além disso. Eu queria, depois não queria mais... Ele me considera uma pessoa terrível.

— Sim, terminar um relacionamento é barra. A minha ex ainda mora aqui perto. Nós a vemos às vezes quando saímos pra jantar ou algo assim. "Desconfortável" é um eufemismo pra definir este tipo de situação.

Fiquei satisfeita com as informações.

— E foi um rompimento difícil? — perguntei, olhando pra ele de canto de olho.

— De certo modo, sim. Definitivamente, sim. Estávamos noivos e eu cancelei o casamento pra ficar com a Jolene.

— A sua ex-noiva e a Jolene se conheciam?

— Elas eram amigas.

Ele se resumiu a isso, pois chegamos à minha porta. Eu queria rebobinar, recomeçar a conversa, saber mais.

— Obrigada por me receber, Darius. O bolo de carne estava incrível.

O Darius sorriu e se foi, retomando o mesmo caminho.

— Ei! — Ele se virou. — Você conhece uma música da Miranda Dodson chamada *Try Again*?

Eu fiz que não.

— Ouça. Você vai gostar.

Fiquei observando o Darius caminhar pelo passeio até a calçada e se virar, antes de destrancar a porta e entrar. Na mesma hora, fui procurar a música no Spotify e ouvi repetidas vezes tomando chá na copa e escovando os dentes antes de me deitar. Peguei no sono ouvindo a música que o Darius me indicou. Que presente genial.

CAPÍTULO DOZE

O CARA

EU IDOLATRO A BARBRA STREISAND. *I FINALLY FOUND SOMEONE* é a melhor música do mundo. Gente da minha geração ouvia no rádio aquele monte de música rancorosa de protesto. As estrelas pop pareciam vocalistas promíscuas com todo aquele vocal gutural e rasgado. Pra que toda aquela baboseira? A gente precisa é de honestidade crua — o tipo de honestidade que a Barbra Streisand conferiu a músicas como *Guilty* e, claro, meu Deus, *Memory*. Eu soluçava feito bebê ouvindo *Memory*. O Darius também gostava dela, assim como do Jeff Bridges, por quem ele afirmava ser absolutamente apaixonado. A Jolene sempre torcia o nariz pra ele. Na verdade, ela costumava abusar das expressões faciais, e todas dirigidas ao Darius. Ela era completamente diferente comigo, carinhosa e atenta. Mas desdenha tanto o Darius quanto o Jeff Bridges, e pra mim eles formavam o par perfeito.

— Você não poderia escolher outro ídolo melhor? Ele me dá arrepios — dizia ela. — Que tal nós dois amarmos o Bradley Cooper?

Ela odiava tudo o que era muito popular. O Bradley Cooper é risível; ela não era fã de verdade do Bradley Cooper. A Jolene se incomoda com o humor em geral — incluindo as comédias e o humorístico *Saturday Night Live*. Que tipo de monstro detesta o *Saturday Night Live*? Pra ser franca, a lista de coisas que ela odeia é extensa: Beyoncé e pizza, beisebol e Alicia Silverstone em *As patricinhas de Beverly Hills*, e Bananagrams, que foi o nosso jogo favorito. Nós fincamos o pé e nos unimos contra a Jolene em nossos argumentos a favor do beisebol e zombamos dela por sua falta de senso de humor. Ela se manteve impassível e eu me perguntei como seria não se preocupar com o que as pessoas pensam sobre a gente.

O Darius amava o cara e eu amava o Darius por amar o cara. Não era uma chata desencorajadora feito a Jolene. Ele veria isso em breve.

— Dá uma folga pra ele, Jolene — eu lhe dizia. — Deixe o Darius gostar de quem ele quiser...

Ela então esboçava um sorriso de canto de boca, como se guardasse um segredo.

Eu ficava incomodada por ela o desdenhar o tempo todo. A Jolene não fazia ideia da sorte que tinha de estar com alguém como ele. Ou melhor, ela não fazia ideia da sorte que tinha de modo geral. Com uma vida como a da Jolene, eu sem dúvida agiria de maneira diferente. Começando pelo Darius. Eu o trataria como um homem, demonstraria um maior interesse pelas coisas que ele ama e por quem ele é. Eu a imaginei chupando o pau dele e parando pra dizer: "Ele sempre foi assim? Acho que não gosto muito dele. Vamos escolher algo de que os dois gostem." Que vaca egoísta!

Gente como a Jolene deve se relacionar consigo própria. Que mensagem ela estava passando pra Mercy sobre o pai? Que o bolo de carne não era bom o bastante? Que seus ídolos causavam arrepio? Estava errado, tudo muito errado. Eles juntos não davam certo. E além do desdém dela por tudo o que o agradava, a Jolene passava o tempo todo inclinada sobre a tela do celular, enviando mensagens. O Darius era obrigado a repetir o que dizia uma ou duas vezes pra só então ela erguer a cabeça com uma expressão desconcertada. Aposto que havia outra pessoa, por isso ela se mostrava tão desiludida com o Darius. Uma mulher não dispensa um homem sem ter outro esperando pra ocupar seu lugar.

Eu enviava uma mensagem pro Darius todos os dias, pra saber como ele estava. Alguém tinha de fazer isso. Ele estava tão magoado e solitário quanto eu. Nós trocávamos piadas e memes e nos apoiávamos nos momentos de dificuldade. Eu sempre aguardava ansiosa pelas mensagens dele, palavras escolhidas especialmente para mim. Eu preenchia o vazio criado pela Jolene, elogiando o pai e o marido incrível que o Darius era, perguntando sobre o seu dia. Estava disposta a fazer isso e nós logo criamos uma camaradagem. Ele enviava a primeira mensagem, eu respondia e a troca seguia pelo dia todo. Eu me questionava se o Darius teria contado pra ela sobre a frequência das nossas mensagens de texto ou se isso ficava apenas entre nós dois. Um segredo quase amoroso. Será que o Darius pensava em mim quanto estava com ela? Eu não me sentia culpada, porque no fundo sabia que a Jolene também enviava mensagens de texto pra alguém. No aniversário do Darius, eu paguei a fortuna de 600 dólares por três ingressos para um show do Jeff Bridges. E mencionei isso casualmente pra Jolene certa tarde pra sentir o terreno.

— Um show ao vivo com o Jeff Bridges, e ele vai cantar e tudo? — ela retrucou, incrédula. — É sério?

— Claro que sim, tolinha. O que mais aconteceria num show?

A Jolene pegou a garrafinha de limpador de aço inoxidável e começou a polir a máquina de lavar louça.

— Que droga, vai ser uma verdadeira tortura, mas vá lá. — Ela riu. — Você já comprou as entradas?

— Ainda não — menti. — Só vou comprar se você quiser ir.

— O que eu não faço por amor? — Ela lustrou a máquina de lavar louça com um vigor extra e eu revirei os olhos sem que ela visse.

— Isso é muito legal da sua parte, Fig. Ele vai ficar muito contente.

Sim, e como ficou. Ver o Jeff Bridges, pro Darius, era como ter uma ereção emocional. Eu esperava acertar em cheio com um presente especial daqueles. E ele ia dizer: "Fig, você é tão boa comigo. Aposto que vai ser bom pra você também." Na mesma hora me senti culpada por pensar uma coisa dessas. A Jolene era uma mulher decente e era minha amiga. Ela nunca fizera nada além de me encorajar. Eu, sim, eu era uma pessoa má, porque fantasiava ter o que ela tinha. Mas iria colocar um ponto-final nisso. A Jolene não tinha culpa de fazer tanta merda, as pessoas são levadas pela situação.

O Darius ficou todo entusiasmado quando lhe entreguei os ingressos. Não que ele tivesse pulado de alegria, mas seus olhos brilharam e sua voz soou vibrante ao me agradecer. Fiquei toda vaidosa com a receptividade dele.

— Nós podemos jantar também — sugeri. — Você escolhe o lugar.

— No restaurante The Dude — ele disse, com uma entonação grave. A reação dele me deixou realizada, satisfeita comigo mesma. Iria custar caro, mas como precificar o amor?

Esse era o meu futuro, esse homem. Eu o amava. O Darius era tudo o que eu desejei quando era nova e bobinha, mas em vez disso me conformei com o George... um cara maçante, monótono, calado. E eu também era o que o Darius buscava, nós dois fôramos talhados no mesmo material, só que ele ainda não sabia disso. Mas estava chegando lá. Dava pra ver em seus olhos. Antes, eles brilhavam sempre que a Jolene entrava na sala, mas agora ele parecia cético, entediado. Eu também ficaria entediada com ela. O fato de a Jolene ser sempre do contra cansava. Comigo, porém, ele nunca se aborreceria — eu me empenhava nisso. Nós pertencíamos um ao outro. Era mera questão de tempo.

CAPÍTULO TREZE

PSEUDÔNIMO

PENSO EM ME SUICIDAR PELO MENOS DUAS VEZES POR SEMANA.
Não de um jeito dramático, é claro — certo, talvez um pouquinho dramático. Afinal, fiz apresentações de dança durante quase toda a minha adolescência. Há algo sobre imaginar o fim, ter o poder de desencadeá-lo. Mesmo
quem não tem a coragem necessária conseguiria, se quisesse. Não sei o que
me deprimia mais: o que poderia ter sido ou o que deveria ter sido. Sinto
falta do sonho do casamento, aquele que nutrimos quando somos jovens e
sem cicatrizes emocionais. Quando planejamos como será a nossa vida não
prevemos um marido negligente, calado, com manchas de suor nas axilas.
Nem o vazio que podemos sentir ao observar todas as outras mulheres com
um filho no colo. Aos trinta anos, a possibilidade de ter um óvulo saudável
fertilizado vinha diminuindo, ao contrário dos meus quadris e das minhas
coxas, que só faziam alargar. Eu estava sofrendo e me desgastando num casamento falido com um homem emocionalmente estéril. O casamento se resumia a louça suja e o assento do sanitário manchado de xixi.

Sufocada pelo peso da minha falta de sorte nos campos social, emocional e da fertilidade, fui de carro até Edmonds, onde a linha sinuosa do trem
serpenteia o vilarejo de Sound, e resolvi que a melhor forma seria pular na
frente do trem. Sempre apreciei trens, gosto do barulho do apito, tenho sempre um sobressalto quando ele passa. Todos os dias durante uma semana
fui de carro até os trilhos e fiquei observando os trens passarem, com os pés
dependurados sobre um penhasco, toda a beleza do estado de Washington
bem diante de mim. Aquele era um bom lugar pra se morrer, com a paisagem

lúgubre da cordilheira ao fundo, com o lago de água azul e gélida aos pés. A última coisa que meus olhos veriam seria a imagem gloriosa do estado de Washington. Mas daí, na semana em que planejei levar aquilo a cabo, encontrei uma garota no supermercado que trabalhava com o George. Eu a vira apenas uma vez, numa festa de fim de ano. Naquela ocasião, ela ficou bêbada e me contou que sofrera um aborto duas semanas antes. Tinha sido o oitavo pra ela, que já estava pronta pra jogar a toalha. Achei estranha a forma de ela se referir ao fato de tentar ter filhos — como se fosse um empreendimento que deu errado. Jogar a toalha...

Ela me viu parada no balcão dos doces e foi me cumprimentar, segurando dois bebês, um em cada quadril. Não a reconheci de cara, seu rosto estava mais rechonchudo e o cabelo, mais curto, logo abaixo do queixo.

Fiquei de olhos arregalados ao ouvir a história dela. Foram duas rodadas de fertilização *in vitro* e lá estava ela, com suas duas filhinhas, como um milagre. Gêmeas! Suspendi meus planos com relação ao trilho do trem e decidi me dedicar a ser mais positiva — a acreditar mais no futuro, como ela havia falado.

Contei sobre essa passagem pra Jolene certa vez, enquanto tomávamos chá na cozinha dela. A Mercy estava sentada com a gente, brincado com o medidor de colheres e uma tigela com água. O chá da Jolene chegou a esfriar, pois ela ficou lá segurando a xícara e ouvindo tudo com olhar de espanto. Quando acabei a narrativa, ela pôs a xícara no pires e segurou as minhas mãos.

— Nunca mais ouse pensar nisso, Fig. Sempre que se sentir só, me avise. Está combinado? A vida é uma dádiva e você não pode permitir que alguém arruíne a sua.

Acho que por "alguém" ela quis dizer o George, ignorando que ela própria estava arruinando minha vida também.

Senti um nó imenso na garganta, engoli em seco, assenti com a cabeça e sequei uma lágrima no canto do olho. A Jolene não era das piores. E quando ela falava segurando a minha mão, eu acreditava de fato nela. Óbvio que ela não queria que eu morresse, pois não sabia que eu era uma ameaça pra sua vida perfeita. Ou quase perfeita, por assim dizer.

— Estou tentando mudar, Jolene. Faz algum tempo que tenho fixação por trens, e estou deixando isso de lado.

— Trem — a Mercy repetiu, levando a cabeça. — O trem faz piuí-piuí!

— Verdade, faz sim. Você é a menina mais sabida do planeta! — eu a elogiei, e ela abriu um sorriso enorme.

Juro que nunca havia amado nada antes como amava aquela garotinha. Minha futura bebezinha.

— Você tem opções incríveis — a Jolene afirmou.

Fiquei tocada com a sinceridade dela. Deixei a minha cidadezinha esperando fazer coisas maravilhosas, mas daí... bem... a vida tomou seu curso. Eu queria fazer algo significativo pra ser lembrada, ser alguém importante. Mas àquela altura, não sabia que rumo tomar.

— E você, Jolene? O que tem vontade de fazer?

Ela se recostou no espaldar e estudou cuidadosamente cada pedacinho do meu rosto, o que me deixou desconcertada. Ela poderia reverter a pergunta, fazendo parecer que a reação à resposta dela lhe revelaria um pouco sobre quem lhe havia indagado.

— Além de ser mãe?

— Além disso.

— E existe vida além da maternidade? — ela retorquiu, com um leve sorriso.

— Muita gente acha que sim. — Esbocei um sorriso.

— E o que você acha? — Ela descansou as mãos no colo, me fitando intensamente. Seus os olhos castanhos pareciam duas armas.

— Não consigo entender quem não quer ter filhos. Acho que tem algo de errado com essas pessoas.

Ela me encarou por alguns instantes, com um sorriso resignado ainda no rosto.

— Bem, a Mercy não é a minha única ocupação. — Ela foi diminuindo o tom da voz. — Acho que você não sabe muito sobre mim ainda...

Olhei pra Mercy e me ocorreu que ela era pequena demais pra ouvir a mãe falando daquele jeito. Ela bebericava distraída a água nos medidores, cantarolando sozinha. Tive vontade de dizer a ela pra não beber a água em que enfiara as mãos instantes antes, mas me contive. Às vezes é preciso deixar a criança à vontade.

— Como assim, Jolene?

— Coisas, Fig. Todo o mundo tem uma coisinha aqui outra ali.

— Ora, deixe disso, fale. Somos amigas, não somos? — eu a pressionei pra contar, com uma expressão sentida, mal conseguindo esconder a curiosidade. — Acabei de te contar sobre o meu ritual suicida com os trens...

Culpa; culpa é algo que sempre funciona pra pressionar os outros. Eu te dei algo, agora é a sua vez.

— Eu tenho hobbies.

Me lembrei da conta azul que peguei na correspondência dela. Uma lojinha de bijuterias no site do Etsy! Assim que chegasse em casa, eu encomendaria alguma coisa de lá — e usaria pra que ela visse. Gosto de apoiar pequenos empreendedores, sobretudo quando são conhecidos meus. Só pra constar, perguntei:

— Hobbies? Que tipo de hobbies?

Mesmo sem praticamente ter dito nada, ela dava a impressão de que falara demais, pois pressionou os lábios e franziu as sobrancelhas olhando pra xícara que segurava. Notei que ela fizera as unhas — um esmalte melancia, chamativo —, que pareciam balinhas.

— Eu escrevo — ela por fim revelou, e me olhou, insegura.

Acho que era algo sobre o qual a Jolene não costumava falar. O que se evidenciou no modo como ela ficou tensa.

— Ah... — retruquei, desapontada. Estava louca por um colar novo. — Você já tem algo publicado?

— Sim, claro, algumas coisas.

A essa altura ela vasculhava debaixo da pia, provavelmente procurando pelo limpador de inox.

— Eu escrevo usando um nome fictício e ninguém me conhece.

Suspirei. Um suspiro de verdade. Então, peguei a xícara e bebi o chá frio. Tentava imaginá-la como autora, mas aquele cabelo castanho comprido e as tatuagens me distraíam. Ela parecia mais uma atendente de bar.

— Qual o seu...

— Nem adianta perguntar — ela me interrompeu. —Já estou mortificada o suficiente.

— Tudo bem, Jolene. Será que li algum dos seus livros?

— Talvez.

Pensei na minha estante em casa. Eu não desencaixotara meus livros ainda. Estava passando boa parte do meu tempo ali.

— Sobre o que você escreve?

— Ah, sei lá. Dificuldades... vida... mulheres com problemas.

— Isso não diz muito. — Enruguei a testa.

— Essa é a minha intenção.

— Entendo — disse, meio chateada.

Achei que éramos amigas. Estava me esforçando de verdade pra criarmos um laço, tentando me tornar uma espécie de confidente. Ela não ajudava muito desse jeito. Eu estava tentando gostar dela e ela estava escondendo coisas de mim. Minha mágoa logo virou raiva e então me levantei. Uma ova que eu iria deixar que ela me tratasse daquela maneira!

— Preciso ir, lembrei que deixei uma coisa no forno... — inventei, sem conseguir olhá-la nos olhos.

Aquela traidora!

— Fig...

Dei um beijinho na cabeça da Mercy, prometi que nos veríamos logo e fui direto pra porta, passando pelo Darius ao sair. Não tinha ouvido que ele chegara.

— Oi, Fig! — ele me cumprimentou.

Eu retribuí o "Oi" dele por sobre o ombro e praticamente corri o restante do caminho até em casa. O Darius me enviou uma mensagem perguntando o que havia acontecido. Eu iria enrolar o máximo possível. Gosto de ver as pessoas implorarem. Assim que tranquei a porta, liguei o som e coloquei a playlist que recém-organizara — cujo nome era "A loira expectadora" — pra tocar bem alto. Com a música no máximo, que tenho certeza de que dava para escutar na casa dos Avery, desembalei cuidadosamente meus livros e os organizei por cores, como vira no Pinterest. Examinei a foto do autor de cada um deles na estante. Não encontrei a Jolene. Nossa, que surpresa. Uma autora... quem diria...

Mas por que ela não me contou? Esse é exatamente o tipo de manobra que as mulheres gostam de fazer. Uma jogada de poder, de controle. Elas preferem enumerar suas realizações e então esfregá-las na cara da gente quando estamos mais vulneráveis. Pensando bem agora, a Jolene bem que tem um quê de artista. As tatuagens, o cabelo de um escuro intenso dramático, o modo como decorou a sua casa.

Me virei e observei a minha própria sala — parte dela já desempacotada, a outra, ainda nas caixas. A maioria eram objetos de segunda-mão que minha mãe me dera. Eu estava bem satisfeita com meu estilo moderno de meados do século passado. Ela não era melhor do que eu. Eu mostraria à Jolene com quem ela estava lidando.

Peguei meu laptop e digitei Pinterest no campo de busca. Não acessava minha conta desde que me registrara, anos antes, quando o George e eu nos mudamos pro estado de Washington. Evidentemente, achei uma Jolene Avery e a conta estava com a restrição de privacidade desativada. Eu olhei todos os murais dela: Receitas, Festas de Aniversário, Casamento, Casa. Cliquei nessa última e me deixei tomar por sua inspiração.

CAPÍTULO CATORZE

TRENS

NA MANHÃ SEGUINTE AO DIA EM QUE DEIXEI APRESSADA A CASA dos Avery e depois encomendei a mobília nova pra minha sala de estar, encontrei um pacote na minha soleira. Levei-o até a cozinha e ao abrir retirei a fita adesiva com todo o cuidado pra não rasgar o papel pardo. Era um livro. Eu não havia encomendado livro nenhum. Virei de lá para cá o pacote. Não estava endereçado, nem selado; foi então que entendi. A Jolene o deixara na minha porta. Era o livro dela. Naturalmente se sentiu culpada depois que eu saí, zangada, e resolveu me dar o livro como oferta de paz. O título era *The Snow Cabin*, e a autora, Paige DeGama. Não havia foto da autora, apenas uma minibiografia.

> Paige DeGama é graduada pela Universidade de Miami. É leitora voraz e adora café.
> Paige escreveu também *The Eating House*, *The Other Woman*, *Always* e *Lie Lover*.
> Ela vive em Seattle, com a filha e o marido.

Precisei me sentar. Como alguém conseguia manter sigilo sobre uma coisa dessas? Era uma vida inteira à parte, uma existência no papel. Será que ela prezava sua privacidade? Ou haveria outra razão pra Jolene Avery não querer reconhecer seus próprios livros?

Prestei atenção à capa, uma cabana de madeira comum, na neve. Nada censurável, nada obsceno tipo casais seminus se beijando. Peguei o laptop e pesquisei o nome: Paige DeGama. Centenas de artigos apareceram: entrevistas a jornais e revistas, websites dedicados a falar dos livros dela; havia inclusive uma página de um fã-clube, na qual as pessoas se desmanchavam em elogios. Todos especulando sobre como ela seria, qual a profissão do marido dela e sobre o que diriam a ela se por acaso a encontrassem pessoalmente. Uma garota postou uma foto da tatuagem que acabara de fazer — uma frase de *The Snow Cabin*. Havia centenas de comentários embaixo, com mais fotos das tatuagens dos seguidores — todas de livros da Paige. Uma coisa doentia e obsessiva.

Que tipo de gente cria essa espécie de devoção, parecendo quase um culto? Tentei imaginar minha vizinha como sendo essa mulher... essa tal de Paige DeGama. Chegava a ser engraçado o fato de as pessoas se importarem tanto com uma desconhecida.

Desliguei meu MacBook e fui me deitar no sofá, sentindo uma pontinha de dor de cabeça atrás dos olhos.

O livro continuava sobre o meu peito quando acordei. Eu disse a mim mesma que leria apenas uma ou duas páginas pra saber do que se tratava a história, mas num piscar de olhos cheguei ao sexto capítulo, e sem conseguir largá-lo. Tive uma disciplina de literatura avançada na faculdade. Minha professora, uma freira reformada, sempre falava sobre o ritmo e a batida da escrita. Fiquei encantada com o uso das palavras da Jolene, as frases estanques combinadas a um ritmo que fluía com tanta facilidade, daqueles que a gente simplesmente segue lendo pra não atrapalhar. Antes que eu chegasse ao capítulo sete, fechei o livro rápido, indignada por ela ser tão boa daquele jeito. Fiquei deprimida. Fui até a geladeira, meu lugar favorito quando meu moral ficava baixo. Terapia em embalagens coloridas, repleta de ingredientes que instantaneamente se acumulam nos glúteos. No entanto, a minha geladeira passara havia pouco por uma transformação e em lugar de terapia encontrei apenas verduras e frutas. Estava tudo contra mim. Então, decidi pegar o livro e ir ler em outro lugar. Não conseguia me concentrar com a Jolene ali na casa ao lado. Era como se ela estivesse parada atrás de mim, olhando por sobre meu ombro, querendo saber o que eu estava achando.

Peguei o carro e rumei pro norte, até o parque Mukilteo, perto da praia. Eu me sentei na areia encostada em um tronco e abri o livro. Instantes depois, um trem, daqueles cargueiros carregado de barras de aço e toras largas de madeira, passou fazendo tremer os trilhos. Tirei uma foto dele e postei no Instagram. Dois minutos depois, a Jolene me enviou uma mensagem.

Onde você está? Está tudo bem?

Eu hesitei por um momento, sem entender por que ela me perguntara aquilo, e então me deu um estalo — o trem, minha história, o outro dia. *Ela acha que sou uma suicida.*

Sim, estou bem. Por quê?

O balãozinho no visor indicando que ela estava digitando apareceu, mas logo desapareceu. O que ela ia dizer? "Vi sua foto do trem e só quero me certificar de que você não vai se atirar debaixo dele"?

Ela logo respondeu:

O trem...

Vou ficar bem, Jolene, só estou um pouco triste.

Coloquei o celular de lado e li mais algumas páginas, antes de verificar as mensagens outra vez. E, ao olhar, vi que ela tornara a escrever:

Onde você está?

E depois:

Vou pegar o carro...

Eu a imaginei pegando as chaves, dando uma desculpa apressada ao Darius, que devia estar preparando o jantar, e pegando o carro... para quê? Para me salvar? Será que ela achou que chegaria a tempo, caso eu decidisse me atirar na frente do trem? Ou será que imaginou que me convenceria com um discurso genérico do tipo "Sua vida é muito importante"? Lamento te informar, Jolene, mas a minha vida tem muito significado. Meu significado é a Mercy.

Enviei uma mensagem a ela dez minutos depois, quando estava certa de que a Jolene já teria pego a rodovia.

Já estou indo embora. Estou viva. Agradeço a preocupação.

E então, desliguei o aparelho pra não ver mais nada que ela enviasse. Eu estava lendo o livro dela e isso bastava. Era estressante entrar na mente de alguém tão... preocupada com o próprio umbigo. A personagem dela, Neena, estava completamente absorvida pelo ódio, que eu deduzi ter origem na vivência pessoal da própria Jolene. Fiquei imaginando o que o Darius teria achado ao ler o livro. Mas então concluí que ele talvez não tivesse lido. Pois se tivesse, com certeza a teria internado num manicômio.

Eu estava de mau humor quando fui até o carro, dez minutos mais tarde, depois de terminar o capítulo em que a Neena queimou a própria pele com um isqueiro. Jesus, Maria, José — qual é o problema dessa mulher? Enfiei o livro debaixo do banco do passageiro, pra não precisar olhar para ele. Emo — este era um bom termo pra descrevê-lo.

Ao chegar em casa, quarenta minutos depois, encontrei a Jolene sentada na minha varanda da entrada, com o rosto encrespado de preocupação.

— Você está bem? — ela perguntou, pulando pra ficar de pé. — Eu estava morrendo de preocupação.

— Por quê? Eu só precisava de um tempo pra pensar. Gosto de ficar perto da água, ajuda a aclarar a mente.

— Ah... — Ela suspirou. — Eu vi o trem e imaginei que...

— Você entendeu errado. — Decidi não contar que estava lendo o livro dela e fui logo em direção à porta, dando um gelo na Jolene.

CAPÍTULO QUINZE

BREGA

MINHA IRMÃ PEGOU O TRASTE DO MARIDO ENVIANDO FOTOS do pênis pra uma colega do trabalho. Ela me ligou soluçando, quando eu estava na casa do Darius e da Jolene, e tive de pedir licença e sair pra falar com ela.

—Venha me visitar — eu disse logo. — Compre uma passagem e pegue um avião. Você precisa tirar alguns dias pra esfriar a cabeça. Além do mais, não me agrada a ideia de você ao lado desse maníaco sexual neste momento.

— Certo — ela concordou, com a voz rouca. — Vou reservar o voo agora mesmo.

Fiquei ao telefone com ela, enquanto minha irmã reservava a passagem, e depois tornei a entrar na casa deles.

— Odeio os homens — a Jolene disse.

Notei o Darius arquear as sobrancelhas e tive vontade de rir.

— Traga sua irmã aqui pra nos conhecer. Se ela quiser, é claro. Não é fácil o que ela está passando. Quem sabe não ajudamos a animá-la.

Eu assenti com a cabeça:

— Sim, ela vai gostar. Na verdade, vai ser a primeira vez que vem até aqui.

— Como foi que ela flagrou o marido? — o Darius quis saber. Ele estava preparando um purê de batatas pra Jolene e fazendo uma cena por não saber usar direito o amassador.

Ela o empurrou de lado com o quadril e ele esticou o braço e deu um tapa com gosto na bunda dela. Eu sorri, assistindo aos dois. Eles sempre dão um espetáculo juntos.

76

— O celular dele. Afinal, não é assim que todos são pegos?

— A tecnologia é o algoz do homem infiel. — O Darius meneou a cabeça.

— Verdade — concordei. — Mas conheço minha irmã, ela vai ficar com ele. Portanto, tenho de maneirar nos comentários. Sabe como é, não é uma posição muito agradável. Mas que ele é um tremendo sem-vergonha, não há dúvida.

Nós passamos pra sala de estar e o Darius acendeu a lareira. Notei que a Jolene tinha colocado uma réplica de metal da Space Needle sobre o mantel.

— Onde você comprou isso?

— Por acaso, na própria Space Needle — ela respondeu. — Por que, Fig? Quer comprar uma também?

— Não faz o meu estilo — rebati. — É meio brega.

O Darius engasgou com a bebida. Não tive a intenção de dizer aquilo. Às vezes dou uma dessas e falo as coisas sem pensar — como o George costumava dizer, eu não tenho filtro.

Fui até o mantel pra olhar de perto. Tudo bem adorar Seattle, é óbvio, mas expor uma lembrancinha pra turistas na sala de casa pra demonstrar isso parece... exagero. Quer dizer, o que se quer provar? Posso garantir que eu gosto mais de Seattle que a Jolene, entretanto, eu jamais sairia e faria uma tatuagem da Space Needle, o cartão-postal da cidade, pra provar isso.

Sem mais nem menos, fui tomada pelo espírito competitivo. Afinal, ela morava lá havia uns poucos anos a mais do que eu e isso não significava nada. A Jolene se considerava mais uma moradora hipster de Seattle do que eu, o que era ridículo.

— Preciso levar minha irmã pra visitar esse lugar. Ela na certa vai gostar.

— Nós fomos jantar lá no alto — o Darius contou. — O restaurante panorâmico é giratório.

Ele fez um movimento circular com o dedo e assobiou. Que bobo. Eles eram o tipo de casal que está sempre fazendo algo.

— Como vocês se conheceram? — perguntei à Jolene, quando houve uma pausa na conversa.

Ela automaticamente pegou o vinho e tornou a encher a taça. *Uau... Revelador.*

— Bem... — ela começou, olhando longamente pro marido. — O Darius namorava uma amiga minha, que nos apresentou. Mas nós só começamos a sair depois que eles romperam, um ano depois, quando nos encontramos por acaso em um show.

Ahã...

— Sei... Você e ela continuam amigas?

— Não. A Dani não quis mais nada comigo depois que ficou sabendo.

O Darius pigarreou enquanto a Jolene bebia o vinho dela. Faltavam muitos detalhes naquela história. Dani... Danielle? Dannika? Daniella? Eu gostaria de ir pra casa apta a pesquisar sobre ela.

— Bem, pelo visto, deu tudo certo no final — comentei. — Vocês ficaram juntos e acho que isso prevalece sobre a amizade, certo?

O Darius ergueu a taça, num brinde. Então, curvou-se pra frente e disse:

— Eu a teria largado pra ficar com a Jo cinco anos antes, mas precisei de um pouco do rock do Hootie & Blowfish e três cervejas pra tomar coragem.

A Jolene deu um tapinha carinhoso no braço dele.

— Você chama passar a noite toda me encarando de coragem? — Ela caiu na risada.

— Sim, você era muito agressiva. Mas resolvi assumir o risco. Por outro lado, você não hesitou quando te convidei pra almoçar.

— Claro, porque era um almoço. Almoço não conta como encontro, são só dois conhecidos batendo papo. Aquela foi sua jogada de mestre. Se você tivesse me convidado pra jantar, eu teria recusado.

O Darius levou a mão ao peito, fingindo ter levado uma facada no coração.

Li em algum lugar que as mulheres infelizes no casamento começam a notar os homens mais próximos primeiro — o marido de uma amiga, o personal trainer, um colega de trabalho. Quando a felicidade delas naufraga, elas se apegam às boas qualidades de outros homens, considerando que a opção de outra pessoa pode satisfazer melhor suas necessidades. Durante a minha crise com o George, eu desenvolvi uma fixação pelo entregador da FedEx, um cara musculoso parecido com o Topher Grace que sempre puxava conversa enquanto eu assinava o recibo das minhas entregas. Nunca o vi usando aliança e costumava fantasiar que ele iria me convidar pra um café qualquer dia.

Nós nos encontraríamos no café Tin Pin e nos divertiríamos comentando sobre a roupa vulgar das atendentes de lá e desviando o olhar, apesar de termos olhos apenas um para o outro. Descobri que ele se chamava Tom e reparei que sempre se afastava pra dar passagem às mulheres na calçada. Um verdadeiro cavalheiro. E quando falava comigo, ele me encarava, algo que o George não fazia havia anos. Até o dia em que ele parou de me fazer entregas e foi substituído por uma sapatão loira de meia-idade chamada Fern.

Depois do Tom foi a vez de um cara da academia. Nós nunca conversamos, mas dava pra sentir a tensão do outro lado da sala, quando ele corria seus dez quilômetros diários na esteira. O cara estava tão interessado em mim quanto eu nele. Eu o apelidei de meu marido da ginástica. Um dia imaginei que nós dois iríamos pegar o álcool gel ao mesmo tempo, daí então riríamos e começaríamos a conversar. Eu deixaria definitivamente o George pra ficar com ele e, embora fosse uma situação complicada, tudo valeria a pena no final.

— Fig?

— O quê? Hã?

Os dois me olhavam. Foi mal. Eu precisava prestar mais atenção.

— O jantar — Jolene disse. — Está servido.

Eu os segui até a cozinha.

CAPÍTULO DEZESSEIS

ESTA SOU EU AGORA

A TESSA CHEGOU COM OS OLHOS INCHADOS E UM SORRISO esperançoso estampado no rosto. Dói fundo no coração o que ele fez com ela. E por quê? Por uma vadia que nem imagina o que é enfrentar as agruras da vida ao lado dele como a Tessa fez? E a lealdade, onde fica? O que aconteceu com os votos feitos? Nós iríamos perseguir a vadia na internet, compartilhar fotos pra lá e pra cá, fazer os comentários de praxe depois de uma traição: "Como ele pôde?" "Ela não é nem de longe bonita como você." "Você acha que ele cansou de mim?" "Não, ele é um canalha. Os homens agem assim para se sentirem poderosos."

Eu odiava aquele cara, mas precisava maneirar a linguagem. Procurei ser cuidadosa.

— Como você emagreceu... — ela disse quando entramos no carro. — Você está linda, Figgy.

Eu gostaria de dizer à Tessa que ela também estava, mas aquilo pareceu mais um alerta do que um elogio, então fiquei de boca fechada.

— Quando vou conhecer seus novos amigos, os vizinhos de quem você tanto fala?

— Sim! Eles também estão loucos pra te conhecer. — Estiquei o braço e apertei o joelho dela, com carinho. — Vamos fazer tudo o que você quiser. Quero que conheça a minha cidade. Pensei em jantarmos no restaurante da Space Needle.

— Eu vou adorar!

Apesar dos nossos planos divertidos, a Tessa passou boa parte dos dias que se seguiram ao telefone, com o traidor do Mike. Na primeira noite, acho que ela acordou metade da vizinhança com sua gritaria. Eu me levantei atordoada e chequei o relógio. Três da manhã. Na sala, ela andava de um lado pro outro, feito uma doida, segurando uma garrafa de vodca.

Passei umas duas horas tentando consolá-la, enquanto ela chorava no meu colo, repetindo o quanto amava aquele sujeito. O futuro estava selado: minha irmã voltaria pro safado. O coração feminino é uma maldição cruel. A Tessa o aceitaria de volta, mas iria passar o resto da vida jogando aquela pisada de bola na cara dele. Essa era a natureza do perdão. Sempre implicava um preço a pagar.

— Sei o que você pensa do George — ela disse com cuidado, enquanto eu acariciava seu cabelo. — Sinto o mesmo em relação ao Mike, a frustração e o desespero. Mas não é fácil deixá-lo. Você não pode me julgar. O George talvez não tenha te traído, mas você sabe como é difícil se separar, seja pelo motivo que for.

Eu assenti e a abracei bem apertado, mas sem concordar com ela. Com o George, desde o princípio me senti numa prisão. Tentei ao máximo, mas eu queria desesperadamente me libertar. A Tessa tinha uma caminho bem definido pra liberdade. As pessoas seriam menos severas ao julgá-la caso ela deixasse o marido infiel. Nunca facilitaram para mim. A situação com o George tinha sido — era — diferente. Ele estava morto por dentro, mas nunca fizera nada de errado.

Na última noite da visita dela, eu cumpri minha promessa e a levei à Space Needle pra jantar. Pela primeira vez a Tessa deixou o telefone de lado e estava sorridente. O Mike enviara flores pra ela naquela manhã, duas dúzias de rosas vermelhas. Quando ela as viu, trocou os olhos marejados por uma mudança de atitude. Nós percorremos a enorme loja de lembrancinhas, antes de tomar o elevador que nos levaria ao topo, tocando em blusões e chacoalhando globos de neve, dando risada e nos comportando como boas irmãs. A Tessa me observou olhando a réplica de metal da Space Needle, igual à que Jolene tinha em casa.

— Você devia comprar uma, Fig. Vai ficar bonita na sua casa nova, maravilhosa.

Mordi o lábio, indecisa. Custava caro. Mas eu queria muito.

— Não dá, Tessa. Tive despesas demais com a casa nova.

Antes que eu pudesse protestar, ela pegou a réplica da prateleira.

— Eu vou te dar de presente, por ter acolhido a chata da sua irmã caçula.

— Oba! — Sorri, muito alegre. Eu sabia exatamente onde iria colocá-la.

Quando a Tessa e eu chegamos em casa depois do jantar, havia pelo menos umas doze caixas me esperando na porta de entrada.

— Acho que exagerei um pouco... — Suspirei.

— Bobagem, Fig. Você deu uma de Tessa.

Rindo, levamos tudo pra dentro. Comecei desembrulhando a minha miniatura da Space Needle e a coloquei no mantel sobre a lareira. Então nós desempacotamos juntas minha nova sala de estar no chão da cozinha, dividindo uma garrafa de prosecco. Sim, essa era eu. Essa era eu agora.

CAPÍTULO DEZESSETE

CIGARRO

ELA ESTAVA SENTADA NA ESCADA DOS FUNDOS FUMANDO UM cigarro, os cotovelos sobre os joelhos e o cabelo despenteado. Eu não sabia que ela fumava e nunca tinha sentido cheiro de cigarro nela. Nada da Mercy por perto — a lindinha devia estar na cama. A casa estava toda escura, exceto pela luz acesa na despensa, visível pela janela da cozinha. Pensei em dar a volta pela frente da casa e bater na porta, mas duvido que ela ouvisse e eu não queria acordar a Mercy com a campainha. Então resolvi tentar o portão do jardim, coberto pelos galhos da amoreira. Machuquei a mão nos espinhos ao afastar os galhos pra abrir o trinco. Sei que ela me viu abrir o portão e entrar no jardim deles, mas não sorriu, nem reagiu à minha presença. Senti um arrepio.

— Jolene? — arrisquei chamar. — Está tudo bem?

Nenhuma resposta. Avancei mais alguns passos. Então deu pra sentir o cheiro do cigarro, carregado e forte. Cigarro me dá uma dor de cabeça horrorosa.

— Jolene… — insisti, desta vez a três passos dela.

Ela desviou o olhar do chão e me encarou, esboçando surpresa por me ver.

— Fig, que susto você me deu! — A Jolene esfregou a testa com os dedos.

— Por que está aqui nos fundos? Cadê a Mercy e o Darius?

A Jolene soltou uma baforada de fumaça na minha direção.

— O Darius a levou pra passar o fim de semana na casa da mãe dele. Ela mora em Olympia.

— Sei, mas por que você não foi junto? — Sentei ao lado dela.

— Porque a mãe dele é uma filha da puta.

— Ah... E o que o Darius acha de você não ir lá?

Ela apagou a bituca no concreto e me fitou, os olhos bem vermelhos.

— Faz diferença?

Eu tinha um milhão de comentários sobre aquilo, do tipo "Sim, faz diferença". E "O casamento requer sacrifícios". E "Quando a gente casa, casa com a família inteira". Mas algo me disse que a minha opinião não contaria naquela noite. Ou talvez nunca.

— Vocês brigaram, Jolene? É por isso que...

— ... eu estou fumando e bebendo? — ela completou. — Não, Fig. Na verdade eu faço isso de vez em quando e não tem conexão nenhuma com as minhas brigas com o Darius.

Fiquei sentida por ser repreendida feito uma criança.

— Vou te deixar em paz, então. — Me levantei.

A expressão da Jolene de repente se amenizou e ela segurou a minha mão.

— Desculpe. Tome. — Ela acendeu um cigarro e o ofereceu pra mim.

Era fino e comprido, como o que a Cruela Cruel fumaria. Eu ia contar pra Jolene que não fumo, mas me pareceu como uma oferta de paz e eu queria ganhar tempo e saber se ela tinha algo de interessante pra revelar.

A Jolene acendeu outro cigarro pra si e o levou aos lábios vermelhos. Será que ela tinha saído? Eu não vira o carro dela saindo. Ela estava usando uma calça preta de jeans desgastada e botas pretas. Imagino que uma adepta do estilo emo ou uma daquelas garotas suicidas sairia de casa vestida daquele jeito. Dei uma tragada e na mesma hora comecei a tossir. Que horror.

— Quero ser uma boa amiga pra você, Jolene. Nem sempre é fácil conversar com as amigas sobre nossas intimidades. Elas começam a julgar a gente e as coisas azedam.

A Jolene pareceu prestar atenção a mim, então segui adiante:

— Mas quando a gente tem uma vizinha, alguém neutro pra equilibrar as coisas, ou quem sabe apenas pra desabafar, é perfeito.

A expressão impassível dela se desfez e a Jolene ajeitou o cigarro na minha mão, mostrando como segurar direito. Dei outra tragada; dessa vez não tive crise de tosse e me senti relaxada.

— Eu amo o Darius — ela disse. — Nós escolhemos um ao outro.

Eu deixaria que ela falasse, mas como a Jolene se calou, comecei a mexer o cigarro entre os dedos, impaciente, e acabei queimando a mão. Levei o dedo à boca, imaginando se passaríamos a noite toda ali em silêncio ou se eu deveria dizer alguma coisa.

— Tem algum senão nesse comentário? — perguntei, após alguns instantes.

— Não. — E ela acrescentou: — Monogamia não é o meu forte.

Meu coração disparou. A Jolene estava me fazendo uma confidência? Será que eu devia pressioná-la ou deixá-la falar à vontade? Por fim, decidi contar-lhe algo que ouvi no rádio:

— Nós, humanos, somos seres monógamos. Mas quando nossa felicidade é ameaçada, nós nos desviamos. A felicidade está ligada à sobrevivência. Não se sentir feliz é como fracassar, sobretudo quando vemos nas redes sociais os amigos divulgando as coisas boas que acontecem com eles. É tudo falso. Todos passamos mais tempo no limbo do que sendo felizes.

Ela apagou o cigarro e virou o corpo, ficando de frente para mim.

— O Darius faz tudo certo. Ele me dá liberdade e é um pai maravilhoso. É bom e gentil, e leva a vida ajudando as pessoas a serem indivíduos melhores.

— Existe outra pessoa? — falei baixo, usando uma entonação conspiratória que me fez lembrar dos tempos de colégio, de quando nós, meninas, nos juntávamos pra discutir os diversos dramas pelos quais passávamos.

— Não... não pra valer... — O jeito dela de falar deixou claro que a Jolene escondia algo, e eu resolvi mudar de tática.

— Você saiu esta noite? Está toda arrumada. — Indiquei as botas dela.

— Sim. — Ela acendeu o terceiro cigarro.

Me ajeitei sentada na escada, com o traseiro dormente. Ele já não era mais tão fofinho.

— Você está me dando respostas truncadas. Não confia em mim, né? — Tentei parecer o mais ofendida possível, o que, aliás, não foi difícil, porque ela não tinha motivos pra desconfiar de mim.

— Não confio em ninguém, Fig. Nem em mim mesma. — A Jolene suspirou, apagando o cigarro quase inteiro e se levantando. — Venha.

Eu a observei bater a poeira da calça jeans e entrar na cozinha. Então fiquei de pé e a segui. Ela foi fazer um chá, pegou as canecas e o açúcar em cubos. Mesmo sem ter acendido a luz, movimentava-se muito bem pelo ambiente.

— Fui encontrar um velho amigo hoje — ela contou ao me servir a caneca de chá. — Da faculdade. Ele estava na cidade pra visitar o melhor amigo e me convidou pra jantar com eles.

— Ah, sim? — Tentei levar na maior naturalidade. — E... rolou alguma coisa?

Ela refutou a minha pergunta, arqueando a sobrancelha.

— Não, nada disso. Foi uma delícia poder revê-lo depois de tanto tempo, sabe? Acho que bateu saudade da época da faculdade, de ser jovem e livre.

— Você sente atração por esse cara?

A Jolene fez uma pausa antes de responder:

— Eu estaria mentindo se dissesse que não. Ele é lindo.

— Foi por isso que o Darius levou a Mercy pra casa dos pais dele? Porque ficou aborrecido por você ter ido ao jantar?

Ela pareceu incomodada com a minha pergunta.

— O Darius não gostou, mas temos um acordo. Ele não tenta me mudar e eu não tento mudá-lo. Não sou o tipo de mulher que vive reclusa depois do casamento. Quando um amigo está visitando a cidade, eu vou encontrá-lo, e ponto-final.

Imagino que ela tenha falado exatamente essas palavras pra ele.

— E não deve mudar, mesmo. O Darius se casou com você por você ser como é. Quando a gente muda nas pequenas coisas, a essência muda também.

— Exatamente, Fig. Você está certíssima.

Fiquei radiante. Eu estava falando a língua dela e a Jolene ia confiando mais e mais em mim, a cada frase que trocávamos.

— Um relacionamento exige a confiança total. Se ele te conhece pra valer, deve encarar com naturalidade o fato de você jantar com um velho amigo.

— Obrigada, Fig. Eu precisava ouvir isso.

— O cara com quem você jantou... vocês alguma vez...?

Ela negou com a cabeça, antes mesmo que eu terminasse a pergunta.

— Não, nada nem perto. Nós mal nos conhecíamos. Na faculdade, pertencíamos a grupinhos diferentes. Ficamos mais próximos depois de formados. Fomos nos acompanhando pelo Facebook. É uma amizade distante.

— Então por que você comentou sobre a questão da monogamia?

Sua mão pousou sobre a caneca de chá. A Jolene não olhava pra mim, mas mesmo no escuro deu pra ver que ela contraiu a mandíbula. Embora negasse, ela estava, sim, interessada no cara. Ou talvez não sentisse mais nada pelo Darius. Ela se queixa o tempo todo por ele nunca estar por perto. A Jolene não fazia ideia da sorte que tinha. O Darius trabalhava muito e o seu trabalho tinha muito significado, não era uma função maçante e superficial. Ele ajudava as pessoas e ela devia se orgulhar disso.

— Já é tarde. — A Jolene levou a caneca até a pia. — Melhor eu ir me deitar.

— Claro. — Fui até a porta, enquanto ela lavava as canecas, cabisbaixa.

— Eles voltam amanhã?

— O quê? — Ela pareceu surpresa por eu ainda estar lá.

— A Mercy e o Darius...

— Não sei. Boa noite, Fig.

Por um instante, me senti desorientada, sem saber que direção tomar pra chegar ao portão. Ela me dispensara depois de eu a ter consolado por quase uma hora? Fiquei preocupada com ela. Vim aqui pra ver como a Jolene estava e ela no final ainda me dispensa. Que bela amiga eu tenho, hein?

Mas eu não deveria ficar surpresa. Afinal, a Jolene roubara o noivo da amiga, não? A última coisa que me ocorreu antes de ir me deitar fedendo a cigarro foi pensar no Darius e na Mercy. Eles mereciam coisa melhor.

CAPÍTULO DEZOITO

SEM NOÇÃO

FIQUEI SEM VER OS AVERY POR DUAS SEMANAS INTEIRAS.
Mentira. Vi quando eles entraram no carro do Darius no domingo, todos felizes como em uma propaganda de margarina, a Jolene carregando uma travessa funda. E na segunda-feira, pela janela dos fundos, tornei a vê-los jantando à mesa no quintal. O Darius e a Mercy brincavam de espada com as espigas de milho e a Jolene ria e tirava fotos. E na quarta-feira, vi que foram caminhar, os três de mãos dadas, a Mercy no meio dos dois. Eles a balançavam de tempos em tempos. Na quinta, o Darius chegou em casa trazendo um buquê de flores e uma garrafa de vinho, e mais tarde naquela noite, ouvi os dois transando pela fresta da janela do quarto. Na sexta-feira, nem sinal deles.

Fechei a cortina e me deitei no escuro, ouvindo Barbra Streisand cantando *Woman in Love* e me sentindo deprimida como havia muito não ficava. Mas, afinal, por que aquela tristeza? Pelo fora que levei da Jolene? Pelo fato de o Darius não me procurar, nem me convidar mais para jantar? Ou era porque havia duas semanas eu não via a doce Mercy?

Estava prestes a me virar na cama e pedir uma pizza quando ouvi entrar uma mensagem. Meu coração disparou assim que vi o nome dela. *Ora, ora, falando do diabo...* pensei, ao digitar a senha no meu telefone.

Ele me enviou uma mensagem.

Levei um minuto pra entender quem era o tal "ele". Aí, respondi, dando uma de desligada:

Quem te escreveu?

O Ryan, o cara com quem jantei semanas atrás.

— Ryan — repeti. Agora temos um nome.

Por que será que ele demorou tanto, Jolene?

E depois, achando que eu precisava acrescentar algo pra quebrar o gelo, mandei um emoji da carinha sorridente.

O Ryan me enviou algumas das músicas de que gosta, dizendo que espera que me inspirem a escrever.

Dava pra sentir seu pânico pelo celular. A Jolene sem dúvida precisava de um *insight* sobre o que esse tal de Ryan pretendia. Corri pro Instagram pra procurar por ele; fiz uma busca nas pessoas que ela seguia até achá-lo. Ele era totalmente diferente do Darius; ousado, com um corte de cabelo moderno rapado nas laterais e com uma tira fina de cabelo descendo até o meio da cabeça. O tal Ryan tinha tatuagens e gostava de usar roxo. Combinava com a Jolene, praticamente do mesmo modo que eu combinava com o Darius. A maioria dos posts dele era sobre a natureza ou sobre o bairro no centro da cidade, onde quer que ele morasse, intercalados com algumas raras selfies, sempre com uma expressão séria.

Respondi:

Que legal. As músicas são boas?

Sim, acho que são.

Senti que ela terminaria ali e se eu quisesse que a Jolene continuasse a interagir comigo, teria de lhe dizer o que ela gostaria de escutar:

89

Ele está caidinho por você e não se importa que você seja casada.
Sexy, não?

A próxima mensagem da Jolene levou só um instante.

É o que me dá medo. O Ryan não perguntou nada sobre
o Darius e quando eu quis mencioná-lo, ele mudou de assunto. Só
quer falar de mim e dos meus livros.

Virei-me de bruços e mordi o lábio.

O Darius se interessa pelo que você escreve?

Não.

Ele se preocupa com você. É tudo o que importa.

Ela não respondeu mais e quando olhei pela janela dos fundos, eu a vi brincando no quintal com a Mercy. Mas eu tinha oferecido a ela muito no que pensar.

Resolvi procurar o Darius e saber como ele estava. Então, enviei um meme de um dos filmes preferidos dele, que por acaso era um dos meus favoritos também. A Jolene revirara os olhos, contrariada, quando mencionamos o título durante um jantar, e contou que o seu filme favorito era *Casa de areia e névoa*. Tive vontade de dizer à Jolene pra pegar leve, ver algo mais suave, mas daí o Darius se antecipou e comentou que o filme era mórbido e deprimente.

— *As patricinhas de Beverly Hills*? — a Jolene rebatera. — Esse é o filme favorito de vocês? Que tipo de babaca ele atrai?

Ela dissera isso em tom de deboche, mas nós sabíamos que havia um fundinho de verdade ali também. Engraçado como a gente pode aprender sobre a personalidade de alguém; basta um pouco de empenho.

O Darius e eu nos entreolhamos, enquanto a Jolene metia o pau na cultura popular, alegando que ela estava afetando o bom senso geral no que dizia respeito a qualidade. Tudo bem gostar daquele filme, ela disse, mas o gosto das pessoas não podia se reduzir a isso.

O Darius respondeu a mensagem na mesma hora, com um HAHAHA. Daí, perguntou:

Você diria eu que sou egoísta?

Não na sua frente.

Saquei na hora que ele se referia à Jolene e concordei em silêncio. Ela queria que todos chegassem à altura dos seus padrões, os quais levava muito a sério. Era cansativo e ambos éramos vítimas do seu julgamento implacável. Que delícia o Darius me mandar uma mensagem perguntado se eu tinha assistido a *Magnólia*, outro dos favoritos dele. Quando respondi que não, o Darius insistiu que iria me emprestar e disse pra eu ir até lá naquela noite pra apanhar o DVD. Coloquei o celular na cabeceira e me levantei, com o coração batendo apressado.

A boa notícia era que eu não me sentia mais deprimida. A má notícia, que eu engordara mais de um quilo nos últimos dias e queria me livrar dele o quanto antes.

Ao pegar minha roupa de ginástica, me lembrei da primeira vez em que fui à casa dos Avery, fazendo de conta que corria pela calçada deles e que tinha perdido o fôlego. Aqueles dias tinham ficado no passado. Então observei minha silhueta mais esbelta no espelho. Quem diria que eu seria assim tão pequena por debaixo de toda aquela gordura acumulada? Eu era bem mais magra que a Jolene, que estava mais pra curvilínea, com aqueles seios fartos e o quadril rechonchudo. Talvez o Darius preferisse aquele tipo… Não, que nada, o Darius era um homem culto. Ele tinha um gosto eclético, não se limitava a um tipo específico.

Corri nove quilômetros, até minhas pernas queimarem, agradecidas pelo exercício. Enviei uma mensagem à Jolene, perguntando se o Ryan mandara algo mais de excitante. Uma grande parte de mim achava que era minha obrigação jogar a Jolene pra cima do Ryan. Eu tinha um pressentimento sobre os dois, igual àquele sobre o Darius e mim. Já sentira a mesma coisa sobre mim e o George, um dia, mas ele pusera tudo a perder, não é mesmo? O George não me deu o devido valor e eu me afastei dele. As mulheres precisam ser cultivadas continuamente.

Chegou a resposta da Jolene:

Coisa à toa. Eu no geral o ignorei.

Ela na certa ignorava o efeito que causava. Homens adultos ficavam rodeando os pés dela, feito filhotinhos. Era patético, juro. Fui pra casa e coloquei o DVD de *Magnólia* para rodar.

CAPÍTULO DEZENOVE

MAGNÓLIA

ODIEI *MAGNÓLIA*, MAS NÃO CONTEI PRO DARIUS. QUANDO FUI devolver o DVD disse a ele que tinha achado muito bom, diferente. Ele pareceu desapontado com a minha falta de entusiasmo, então acrescentei que apreciara muito o tema "coincidência". E não era mentira, certo? Eu passara duas horas lendo as críticas on-line, tentando compreender o que eu acabara de assistir e que mensagem o Darius esperava que eu captasse. Li ao menos uma dezena de artigos até concluir que eu era parte de uma estranha coincidência e quer o Darius saiba quer não, ele estava afirmando minha mudança pra casa vizinha e toda minha interação com eles. Fiquei tocada pela mensagem de *Magnólia*, apesar de ter achado a execução do filme sem pé nem cabeça. E, além disso, a mim agradava a forma como a mente dele funcionava — as coisas que o Darius assistia e o modo como encarava o mundo. Ele era profundo sem ser pretensioso. Quando falava comigo, não era sem prestar atenção, como o George, ele conversava de fato. Na hora de ir embora, o Darius me emprestou outro DVD, um filme chamado *Dúvida*. Senti o perfume da colônia dele e fiquei excitada.

— Este vai te pegar bem aqui — ele comentou, apontando pra têmpora.

Ficou claro para mim que o Darius tinha uma fixação não saudável pelo Philip Seymour Hoffman. Ele então se retirou pro quarto e foi tomar uma ducha, e eu resolvi fazer uma proposta à Jolene, algo que queria fazer havia um tempo.

— Vocês deveriam fazer um programa esta noite —sugeri a ela. — Jantar, tomar uns drinques, o que for. Eu tomo conta da Mercy.

Eu não considerava a Jolene superprotetora. Certa vez vi que ela deixou uma faca no balcão ao alcance da Mercy, mas ela só deixava a menina com a mãe dela e ninguém mais. Era frustrante. A Mercy ficava bem comigo. Ela gostava de mim.

— Vocês dois precisam de um tempo juntos, mesmo que seja só por uma ou duas horinhas. Ela vai ficar bem, Jolene.

Como ela não pareceu muito convicta, eu apelei:

— O Darius tem andado chateado... meio distraído. Vai ser bom pro casal.

A Jolene se convenceu. Seu rosto de repente assumiu um ar culpado e ela mordeu o lábio, pensativa. Observei o seu cabelo sem vida, as suas olheiras e pela primeira vez me dei conta de que ela andava cansada. Eu me concentrava principalmente no Darius e na Mercy e às vezes esquecia de conferir se a Jolene estava bem.

— Quem sabe por uma horinha só — ela disse.

Não esbocei nenhuma reação, embora tenha considerado aquilo uma vitória.

— Eu volto lá pelas sete, então — falei. — Isso significa que você tem duas horas pra se acostumar com a ideia e beber o suficiente pra tomar coragem e sair.

Ela riu, mas eu sabia que não seria nada incomum pra Jolene tomar algumas taças de vinho a essa hora do dia. Um tinto com gosto horroroso, de ferrugem. Ela dizia que era pra desestressar. Mas ela vivia de escrever, por que diabos precisaria desestressar?

— Certo, mas venha às oito. Assim ela já estará dormindo. — E a Jolene acrescentou: — Não quero que a Mercy pense que nós a abandonamos.

Precisei de um enorme autocontrole pra não fazer cara de contrariada. Assim, sorri, assenti com a cabeça e fui em direção à porta. Deus do céu, que dramalhão... Afinal, ela não iria deixar a Mercy com nenhuma estranha.

— Tchau, Jolene, a gente se vê mais tarde.

Passaram-se só 37 minutos até a Jolene cancelar. Fiquei furiosa, andando para lá e para cá na minha sala de estar pequenininha, com os olhos soltando chispas. Ela mandou uma mensagem cordial e usou o Darius como desculpa, dizendo que ele tinha tido um dia cheio e não estava com disposição pra sair, mas eu conhecia o motivo verdadeiro. Ela não confiava em mim.

Tomei algumas doses de uma velha garrafa de rum que estava guarda-da no fundo da despensa e peguei do cabideiro da entrada o meu casaco com capuz. Estava me sentindo audaciosa... viva! Eu me sacrificara tanto por eles! Aqueles dois não faziam ideia da sorte que tinham. Eu *me importa-va*. Quantas pessoas podem dizer que contam com alguém como eu em suas vidas? Quem se preocupava com eles tanto quanto eu?

Dirigi rumo ao leste na Rodovia 5, passando por bairros hipsters, muito em voga, e peguei a saída perto de uma das regiões mais caídas da costa. Era o tipo de lugar onde a gente tranca bem as portas do carro e se certifica de ter um vidro de spray de pimenta sempre à mão. Vi uma loja de bebidas malconservada, com grades nas janelas, e o piso do estaciona-mento todo quebrado. Claro que eu poderia ter achado outra mais perto, mas me agradou o drama da situação. Eu corria o risco de ser assaltada? Talvez. E além do mais, eu precisava ficar bem longe daquela gente. Pes-soas que se consideravam felizes, mas que não conseguiam ter a dimensão completa da realidade — com sua visão ofuscada por suas noções equivo-cadas do certo e do errado. O Ryan estava se aproximando da Jolene bem debaixo do nariz do Darius, que passava cada vez mais tempo fora de casa por se sentir profundamente infeliz. Pobre Mercy, tão pequenina, depen-dia tanto do pai e da mãe, mas ambos andavam distraídos. Bem, essa se-ria a minha missão e eu não deixaria a Jolene arruiná-la. Graças ao bom Deus, entrei na vida dela e poderia dedicar todo o meu amor a essa crian-ça. Eu sempre a imaginava na adolescência, revoltada com os pais (e com toda a razão) e me agradecendo por poder contar com o meu amor e a mi-nha dedicação a vida toda.

Eu estava parada diante de diversas garrafas de rum claro e escuro, quando recebi uma mensagem do Darius.

Obrigado por se oferecer, Fig. Podemos deixar pra próxima?

Foi você ou a Jolene que não quis sair?

Errr ... eu?

Foi o que pensei.

Fiquei tão furiosa que enfiei o celular no bolso de trás, sem nem esperar que ele me respondesse. Daí, peguei uma garrafa de rum Captain Morgan Private Selection, uma embalagem com seis latinhas de Coca-Cola e fui direto pro caixa. O atendente me perguntou se aquilo era tudo e eu disse a ele pra passar também um pacote de Capri Slims — o cigarro da caixa cor-de-rosa igual ao que a Jolene comprou. Peguei uma caixa de fósforos da bandejinha ao lado da máquina registradora e falei pra ele ficar com o troco. Nunca tinha dito a alguém pra ficar com o troco antes, mas sempre dizem isso nos filmes.

Nem esperei chegar em casa pra degustar os itens adquiridos. Assim que entrei no carro, abri uma latinha de coca e tomei um quarto numa talagada só. Depois, tirei o lacre e a tampa do rum e completei a latinha de coca, mexendo para misturar bem. Tomei um gole. Um horror. Rum puro. Mas eu estava chateada demais pra bancar a seletiva. Fumei um dos cigarros enquanto tomava meu drinque, observando os carros passando. Estava pra sair do estacionamento quando vi que havia uma ligação perdida da Jolene. Fiquei surpresa. Talvez ela tivesse mudado de ideia e quisesse sair, afinal. Ouvi as minhas mensagens, mas não tinha nenhuma dela, então resolvi ligar pra conferir.

— Olá, olá — ela disse.

Eu mantive um tom de voz natural e me restringi a um simples "Oi".

— Vi você saindo e quis saber se estava tudo bem.

Ela me viu sair? Estava me espiando pela janela?

— Você saiu pelo bairro dirigindo apressada, como se estivesse numa perseguição — a Jolene comentou, num tom doce. — Só queria me certificar...

— Não estou perto de nenhuma linha de trem, se é a isso que se refere.

— Não, não, não — ela se apressou em dizer. — Não foi nisso que pensei.

Na verdade, ambas sabíamos que fora nisso que ela pensara.

— O Darius e eu achamos que seria divertido sairmos pra um programinha na semana que vem e gostaríamos que você viesse também — a voz dela foi baixando, à espera da minha reação.

Me exasperei, mas segurei a onda.

— Claro, parece ótimo. Em que dia da semana?

Ela sugeriu a quinta-feira, pois era a única noite em que sua mãe podia ficar com a Mercy, então marcamos às sete.

— Sete? — perguntei. — Tem certeza de que não prefere às oito?

— Não, a minha mãe quer curtir um pouquinho a neta antes.

Tomei um golão da minha cuba-libre e encerramos a ligação num tom educado e gentil de duas mulheres que mal conseguem se suportar.

CAPÍTULO VINTE

PRETO OU PÚRPURA

SENTI UM BURACO NO ESTÔMAGO QUANDO VI O CARRO DA
Amanda estacionado em frente a residência dos Avery na noite da quinta-feira. Eu viera sozinha, precisava de um tempo distante do... da minha outra vida. As amigas da Jolene mostravam uma suspeita natural toda vez que alguém de fora era apresentado ao grupo. Elas encaravam a gente como quem quer saber "O que, afinal, ela viu em você?". Tentei me consolar com o fato de que se tratava da Amanda — poderia ser pior. Eu queria ter perdido menos tempo escolhendo o tubinho roxo que usava. Em geral, quem chega antes fica em vantagem sobre quem chega depois na hora dos cumprimentos.

A Jolene me enviara uma mensagem mais cedo, dizendo que eu podia entrar sem tocar a campainha. Assim, abri a porta e fui recebida pelo som das gargalhadas. Senti ciúme por terem começado sem mim, mas me impedi de demonstrar qualquer tipo de emoção e entrei.

— Fig! — alguém me chamou. — Estamos na cozinha.

A Jolene espiou pela porta com um sorriso luminoso. Atravessei a sala, tentado me preparar para ser atacada pelos olhares. O que vi ao me virar e entrar foi a Jolene agachada na frente da máquina de lavar-louças usando o meu vestido. Pelo menos não era roxo. Mas ela estava usando o mesmo modelo em preto, exatamente a mesma opção que eu ficara considerando por horas a fio. *O roxo ou o preto? O preto ou o roxo?* No final, me decidi pelo roxo porque era menos fúnebre e tinha mais cara de verão. Agora, vendo a

98

Jolene no preto, questionei a minha escolha. O vestido chamava atenção pra ela, fazendo o papel de coadjuvante pro que estava sob o tecido.

Abri um sorrisinho, esperando que todos comentassem imediatamente sobre a coincidência de figurino, mas ninguém pareceu ter notado, ao me cumprimentar.

Estou usando o mesmo vestido que ela, tive vontade de gritar. *Vocês estão cegos, por acaso?*

A Jolene perguntou o que eu queria beber.

— O mesmo que vocês estão bebendo — respondi.

Ela saiu pra buscar um gim-tônica pra mim e a Amanda veio me cumprimentar:

— Você está ótima!

Eu normalmente encararia com desconfiança o elogio de outra mulher, pois elas só elogiam pra apontar uma falha: "Você está ótima. Tão bom deixar de ser gorda, né?" Ou: "Você está ótima, emagreceu? Eu emagreci também, dá para notar?" Mas ela parou naquilo e mudou de assunto; falou da temperatura e perguntou sobre o meu trabalho. E eu estava mesmo com uma aparência ótima.

Quando recebi o meu drinque, o gelo se moveu fazendo barulho contra o copo. Eu olhei de relance e a Jolene já estava ao lado do Darius, com o braço dele ao redor da sua cintura. Tive a impressão de que ele deslizava o dedo pelo vestido, por sobre a linha da calcinha dela. Eu não estava de calcinha. Ele sentiria muito mais prazer fazendo o mesmo em mim. Ela não era magra como eu.

Como se o universo estivesse de complô pra me atacar, a Amanda comentou:

— Adorei seu vestido, Jolene, você ficou muito sexy.

O Darius abriu um sorriso e, olhando para ela por sobre o ombro, comentou:

— E eu não sei? Mal consigo tirar as mãos dela.

— E quem disse que você precisa tirar? — a Amanda o provocou.

Não foi a primeira vez que reparei na camaradagem entre a Amanda e o Darius.

Eu me isolei no canto da cozinha, de mau humor. A Amanda e o Darius compartilhavam da mesma crueza, imagino. As piadas deles sempre terminavam em olhares estéreis e perplexidade coletiva no ambiente, todos se perguntando se estavam falando sério ou pregando uma peça.

A Jolene anunciou que se quiséssemos assegurar nossa reserva seria melhor irmos pro restaurante. O Darius e ela pegaram seu carro e depois de conversa vai, conversa vem, a Amanda e o Hollis entraram no banco de trás.

— Vem aqui com a gente, Fig — eles me chamaram.

Mas eu não queria ir espremida no meio. Desse modo, andei até o meu carro muito contrariada, praguejando. Tudo aquilo parecia uma grande furada.

Quando cheguei ao restaurante e vi a recepcionista elogiar o vestido da Jolene, fiz a maior cara de incredulidade. Fui a última a chegar à mesa e fiquei com o assento mais distante da Jolene e do Darius. Deslizei na cadeira, evitando o contato visual com qualquer um deles, para que não reparassem na minha insatisfação.

A conversa passou de qual seria o pedido de cada um para qual o melhor lugar pra se comer ostras pelo melhor preço. As ostras são afrodisíacas, o Darius nos contou. Todo o mundo já tinha ouvido isso antes, mas fizemos de conta que estávamos interessadas. Não demorou pra começarmos a falar de sexo.

Lancei uns olhares pro Darius enquanto ele falava, imaginando como ele seria na cama. Eu ouvira os gemidos ofegantes da Jolene pela fresta da janela deles em diferentes ocasiões. Eu não transava havia tanto tempo que a minha Nooni ficou toda intumescida…

A minha mãe foi quem apelidou as minhas partes íntimas de Nooni. Ela dizia que não queria que eu fizesse igual à filha da Lisa, uma amiga dela, que gritou para todo o mundo ouvir na fila do mercado: "A minha vagina está ardendo!" Desde então, passamos a usar Nooni, e pronto. Não sei de onde ela tirou esse nome. Então, quando a minha amiga Katie, da sexta série, chamava a avó dela de vovó Nooni, eu achava muito estranho. Na minha imaginação, eu chamava a avó dela de dona Vagina. Mas claro, nunca revelei isso pra Katie. O nome Nooni devia ter caído de moda a certa altura, mas eu me apeguei a ele por toda a faculdade e a vida adulta. E agora, lá estava eu, à mesa do jantar, pensando na Nooni, com o olhar fixo na minha sopa de cebola, com todos rindo ao meu redor.

Quando ergui a cabeça, o Darius me observava do outro extremo da mesa. Senti um calor me percorrer até as pontas dos dedos dos pés.

CAPÍTULO VINTE E UM

GAROTA ENGRAÇADA

A JOLENE E EU BATÍAMOS UM PAPO NA COZINHA QUANDO O Darius chegou do trabalho. A camisa dele tinha uma mancha marrom escorrida e ele usava um par de óculos com armação preta que eu ainda não conhecia. O Darius, mais calado que o normal, deu um beijo no rosto da Jolene, me falou um "Oi" rápido e foi pegar um copo no escorredor de louça. Falávamos sobre a Mercy ter ido dormir na casa da mãe da Jolene, mas ambas nos calamos ao notar o quanto as costas dele estavam tensas.

— Dia difícil no trabalho? — ela perguntou, cortando uma fatia de limão pra a bebida dele, aproximando-se em seguida pra massagear suas costas.

Aquele era o momento favorito do dia para mim — quando Darius contava sobre seus pacientes. Ele nunca mencionava nomes, mas sempre havia histórias que ou nos faziam rir ou nos faziam reclamar. A Jolene dizia que ele estava retirando o peso das costas dessas pessoas. O Darius se esquivou dela com o ombro e foi até a lixeira descartar o bagaço do limão. A Jolene pareceu não ligar pra rejeição casual do marido, cruzou a cozinha e foi se sentar à mesa. Colocou os pés sobre a cadeira ao lado e o Darius se pôs a relatar seu dia. Ele tomou aquela bebida e se serviu de outra, enquanto fazíamos perguntas sobre a mulher que forçou o filho de dez anos a usar cor-de-rosa, apesar de ser caçoado na escola.

— A Rachel me mandou uma mensagem hoje. — Ele puxou a garrafa de gim do armário.

Rachel, esse era um nome que eles nunca haviam mencionado. Olhei pra Jolene, que cutucava as unhas. A expressão dela estava normal, sem me dar indicações de quem seria a tal Rachel.

— Mesmo? E o que ela disse?

— Está se divorciando. Pelo visto, a coisa é séria. Acho que ele vai pedir a guarda total do filho deles.

A Jolene se virou, o rosto franzido.

— E ela está bem?

O Darius deu de ombros.

— Está muito deprimida. Tentou suicídio uma vez, anos atrás, portanto, nunca se sabe. A Rachel me perguntou se eu visitaria a cidade logo.

Fiquei me perguntando de que cidade eles estariam falando, quando a Jolene indagou:

— Ela ainda mora em Miami?

Darius assentiu.

— Eu disse a ela que vou lá na semana que vem, pra uma conferência. E ela perguntou se eu queria tomar um café.

— Você devia vê-la, sim, Darius. Se ela não tem a quem recorrer, talvez você possa ajudar.

Os olhos do Darius se arregalaram, como se ele tivesse se enfurecido com a sugestão dela.

— Ela é minha ex-namorada, Jolene. Isso não te incomoda?

Ela empinou o queixo, altiva, e seus olhos se encheram de lágrimas.

— Não, é evidente que não. Eu confio em você. A Rachel está com problemas e você tem competência pra ajudar. Você é psicólogo, Deus do céu!

— Com certeza ela está bem amparada — ele murmurou, virando-se e se servindo de outra dose.

Eu fiquei completamente imóvel, com receio de que, se eles se lembrassem da minha presença, parariam com aquilo tudo.

— Foi só uma sugestão, Darius. Sem nenhuma implicação — ela afirmou, calma.

O Darius se recostou no balcão, deslizando a borda do copo no lábio inferior. Ele estava diferente, talvez tivesse bebido demais. Seu olhar rebelde me causou calafrios.

— Ela ainda gosta de mim. É isso o que você quer, Jo? Que ela dê em cima de mim, pra você poder fazer o que quer?

— Que doentio... — A Jolene se levantou de repente, deixando o celular cair no chão, o que causou um barulhão.

— Não que eu fosse dizer "não". Ela ainda é sexy pra caramba.

Tive um ataque de ciúme dessa tal Rachel. Eu precisava vê-la, saber como ela é.

O rosto da Jolene ficou vermelhinho. Achei que ela iria se descontrolar e desabafar, talvez até gritar com ele, mas em vez disso ela foi calmamente até a geladeira e pegou uma garrafa de água.

— Faça o que quiser, Darius. — Ela tirou a tampa da garrafa e bebeu um gole fuzilando-o com os olhos.

A Jolene estava sugerindo que ele desejava a Rachel? Não deixava de ter uma dose de hipocrisia, considerando o que havia entre ela e o Ryan.

— Vou tomar uma ducha — ele disse. — É isso o que eu quero.

Depois que o Darius saiu, ficamos ali paradas, em silêncio, ambas com medo de encarar a outra. O que fora aquilo?

— Você está bem, Jolene?

— Não — ela rebateu, e acho que a vi secar uma lágrima. — Meu marido me disse que quer transar com outra mulher e na frente da minha amiga.

— O Darius não quis dizer isso, ele só estava de provocação.

— Fig, você tem uma imagem distorcida do Darius. Eu sei que você o... respeita. Mas não o conhece de verdade.

Ela estava vermelha feito pimentão, os lábios pareciam uma linha fina e pálida. Pensei em todas aquelas mulheres que postavam nas páginas do fã-clube dela e imaginei o que elas diriam se pudessem vê-la agora: feia e abalada. Profundamente humana. Ninguém sairia correndo pra fazer tatuagens das palavras dela se fosse possível ver como ela era patética. Cheguei a considerar tirar uma foto da Jolene nesse estado e postar em algum lugar. Mas ela iria saber que tinha sido eu.

— Você quer transar com o Ryan — eu a confrontei. — Qual a diferença?

A Jolene me encarou e a sua boca abriu e fechou.

— Eu nunca disse uma coisa dessas, Fig.

Tive medo de que ela estivesse com raiva de mim.

— Eu sei — gaguejei. — O que eu quis dizer é que talvez você tivesse cogitado. É humano imaginar como seria ficar sexualmente com alguém próximo.

A Jolene empinou a cabeça e eu pude ver um lampejo nos olhos dela que foi rápido demais para ser decifrado.

— Eu amo o Darius. Quero ficar com o Darius. O que nós conversamos sobre o Ryan é conversa de mulher, você entendeu?

Assenti.

— Claro. Falei por falar. Homens são homens. Eles sentem vontade de transar com toda garota bonita. O Darius te ama. Foi só um comentário infeliz dele.

— Você não o conhece — ela insistiu, e me deixou muito, muito irritada.

Eu me lembrei de uma fala do filme *Uma garota genial*, quando a Rosie diz pra Fanny: "Quando você olha pra ele, só enxerga aquilo que quer enxergar." E a Fanny responde: "Eu o vejo do jeito que ele é. Eu o amo do jeito que ele é!"

A Jolene não o conhecia como eu. Ela o pressionou, cutucou e importunou ao ponto de ele se fechar. O Darius não era feliz; eu sabia disso, e o Darius também. A Jolene estava vivendo em uma espécie de mundo da fantasia. Eu enxergava todas as facetas que ele temia mostrar pra ela. E agradeço a Deus por isso — o Darius precisava de alguém que o compreendesse. Além do mais, achei engraçado o que ele comentou sobre a tal Rachel. Todos têm vontade de transar com alguém que não deveria. Sempre que eu conheço uma pessoa, imagino como seria transar com ela. Um hábito que desenvolvi quando era adolescente. Se a Jolene achava que o Darius tinha fantasias somente com ela é porque ela era de uma ingenuidade ridícula.

A primeira coisa que fiz ao chegar em casa foi pegar meu Nubby no fundo do armário de especiarias. Eu o escondera em um vidro de páprica por boa parte do meu casamento. O George era terminantemente contrário ao uso de vibradores e insistia que eles arruinavam as mulheres pra transa com homens. Mas em oito anos juntos, o George não conseguiu me propiciar um orgasmo sequer.

Eu comprara o Nubby em uma daquelas sex shops on-line e passei dias preocupada com quando ele chegaria pelo correio e se o George iria interceptar o pacote. Quando ele finalmente chegou, eu o levei direto pro meu quarto e tive o meu primeiro orgasmo em anos. Nas semanas que se seguiram, o George fez diversos comentários sobre o meu constante bom humor repentino. Eu lhe disse que era porque eu havia incorporado novos temperos à minha dieta, depois de ler sobre eles em uma revista. "Seja lá o que for, continue usando", ele disse. E eu continuei.

Levei o Nubby até o sofá de couro branco novo e acionei o meu aparelho estéreo pra tocar, antes de me sentar. A Barbra começou a cantar *What Kind of Fool*, quando me deitei pensando no Darius e imaginando o que ele faria com a Rachel.

Dormir sempre fora um problema pra mim. Eu tinha coisas demais a digerir e a contemplar sobre o meu dia. Não raro eu revivia um acontecimento milhões de vezes, ao ponto de achar que iria enlouquecer. Minha mente nunca desligava e eu acordava cedo toda manhã com novas preocupações. Depois de acordar, era impossível controlar a ansiedade. Ela ia ladeira abaixo a toda a velocidade, mas nunca batia, nunca parava. Às vezes, eu me sentava no sofá à meia-noite, com o meu MacBook aberto no colo, a voz suave da Barbra saindo pelas caixas de som e trabalhava um pouco, mas em geral ficava a pensar. Quando voltava a olhar pro relógio, já eram cinco da manhã e eu não tinha ideia de como o tempo me escapara.

Eu organizava listas mentais: todos os aspectos em que sou melhor que ela, as formas como posso fazê-lo mais feliz do que ela. Se o Darius a deixasse, ele ficaria com a Mercy uma parte do tempo. Eu seria mãe dela. Minha família estaria completa. Mas e se ela descobrisse antes do momento certo? Era isso que me mantinha acordada. Eu precisava ser uma boa amiga pra ela, pra não levantar suspeitas.

Eu não estava errada.

Ela estava errada.

A Jolene não me telefonou, não me convidou mais pra ir lá — então, eu tomei a iniciativa e enviei-lhe uma selfie com meu sorriso mais doce. Mandei mensagens curtas de citações de encorajamento e histórias, já que ela voltara a escrever. Me ofereci pra ir até lá e preparar o jantar, pra que ela pudesse trabalhar. Havia dias em que a Jolene me ignorava e outros em que me respondia. Isso era bem coisa de artista. Consigo entender. Também sou uma artista, só não deu ainda pra definir meu meio de expressão.

De início, ela resistiu, mas depois — milagre dos milagres — começou a dizer "sim". Fui correndo ao mercado e enchi o carrinho com coisas que eu sabia que impressionariam: queijo de cabra, rúcula e a carne moída orgânica com menor teor de gordura que pude achar. Na sequência, cheguei à casa dela com um presente pra Mercy, que sempre ficava feliz em me ver. E como as coisas entre o Darius e mim tinham avançado, ele estava menos atencioso, não fazia contato visual, não se dirigia diretamente a mim. Eu queria dizer pra ele parar com aquilo, pra agir com naturalidade. Mas concluí que o Darius estava enlutado pelo fim do casamento e o deixei à vontade. Nós dois precisávamos de tempo pra processar os acontecimentos.

Eu pedi e a Jolene me passou o telefone do cabeleireiro dela. "Tenho um horário marcado pra daqui a duas semanas", ela me contou. "Sempre tinjo de preto no inverno."

Preto? Seu cabelo já era castanho-escuro, quase ébano; será que daria mesmo pra escurecer? Ótimo, como o meu horário estava marcado pra antes do dela, eu pediria ao profissional que tingisse o meu de preto também, pra ser a primeira. E observei bem a cara dela na primeira vez em que ela viu. Um choque. Foi uma mudança radical pra mim.

Eu não estava errada.

Ela estava errada.

— Onde fica o seu escorredor? — Só então a notei trabalhando, mais adiante. — Desculpa, estou te atrapalhando?

A Jolene apontou pra um armário e eu sorri. Às vezes, estar num cômodo com ela era como estar sozinha. Senti um arrepio ao pensar no Darius. NÃO! Eu não ia mais tomar partido. Eu conseguia ser amiga dos dois, amar os dois e encarar os dois como entidades distintas na minha mente. Quem sabe, depois que o Darius e eu ficássemos juntos, a Jolene e eu pudéssemos continuar amigas? Ela entenderia que eles não eram um pro outro, seria feliz com o Ryan e iria querer ter um bom relacionamento comigo, pelo bem da Mercy.

Preparei um cozido, com a Jolene ao lado digitando em seu computador, imaginando qual seria a sensação quando o Darius me penetrasse. Eu gemeria sem parar como ela fazia, alto o bastante pra ser ouvida claramente da outra casa? Será que ele me beijaria com seus lábios grossos e macios enquanto eu gozava? Senti as mãos trêmulas ao cozinhar. Eu estava preparando um cozido pro Darius. Queria ser eu a satisfazer as necessidades dele: minha comida, meu corpo, minha boca. E também preparava o cozido para mim, pra provar que eu sabia ser uma boa amiga, por mais que a Jolene não fosse merecedora. Era um desafio.

Eu tirava o cozido do forno quando escutei a campainha tocar. Ouvi o Darius atender à porta e em seguida as vozes da Amanda e do Hollis invadiram a cozinha. Será que a Jolene sabia que eles viriam? Que o Darius sabia? Seria rude demais e uma falta de consideração enorme não terem me avisado.

A Jolene se levantou e foi até a sala. Tentei olhar nos seus olhos, mas ela passou direto, sorrindo, em direção à Amanda, como se eu não existisse. Na mesma hora eu pedi licença e fui ao banheiro, com o estômago embrulhando. Depois, ouvi que conversavam e, no instante seguinte, os quatro entraram na cozinha. Eu estava pegando os pratos no armário e esbocei um sorriso forçado, ignorando a surpresa estampada na cara da Amanda.

— Fig, o seu cabelo! — ela exclamou.

Levei a mão à cabeça, toquei numa mecha e vi que o olhar dela passou a se alternar entre a Jolene e mim.

— Olá! Vocês vão ficar pro jantar? — perguntei, pra desviar a atenção dela.

A Amanda fitou a Jolene, que assentiu com a cabeça.

— Claro, vão jantar conosco, sim.

— Que bom que eu fiz um puta cozido gigante — comentei, rindo.

Tratei de pôr a mesa pra seis lugares, servir vinho e colocar gelo nos copos d'água. Quase não levantei a cabeça, mas podia sentir os olhares a me observar. Víboras. Garotas perversas é o que elas eram. A Jolene não era dona do cabelo preto, então elas que fossem pro inferno.

Pus a salada na mesa e anunciei que o jantar estava servido.

— Como é ter duas esposas, cara? — o Hollis disparou, dando uma gargalhada, ao olhar a comida à sua frente, e deu um tapinha nas costas do Darius.

O Darius olhou tenso pra mim e então foi abraçar a Jolene, como se tentasse provar a porra de alguma coisa. Patético. No entanto, todos caíram na deliciosa demonstração de carinho dele. O casalzinho feliz. Observei o Hollis olhando o Darius, mas não consegui decifrar a expressão dele. Talvez eu o tivesse subestimado e ele também não tivesse comprado aquela situação.

Na hora de nos sentarmos, acabei ficando ao lado do Hollis, com o Darius e a Jolene à minha frente — a Mercy entre os dois —, e a Amanda à cabeceira. O Hollis e eu tentamos pegar o sal ao mesmo tempo. Ele logo recuou e pediu um milhão de desculpas.

— Ora, é só sal, Hollis. Pelo visto, você teve uma educação católica. — Não foi uma piada, mas todos caíram na gargalhada.

— Na verdade, tive sim, Fig. Foi o meu pedido acentuado de desculpas que me dedurou?

Dei uma risadinha e comentei:

— Não importa se a gente fez algo errado. 9 entre 10 vezes, mesmo sem ter nada a ver com o fato de algo não ter dado certo, fazemos parecer que a culpa é nossa. Levamos um encontrão de alguém no supermercado: "Foi mal!" Derrubamos o sabonete no banho sem querer: "Ahh, desculpa!" Literalmente, sempre que há uma pausa de silêncio, a gente se convence de que deu uma mancada. Rápido!!! UM PEDIDO DE DESCULPAS RESOLVE.

O Hollis riu tanto que quase chorou. Até a Mercy achou graça do jeito dele.

— Verdade — ele concordou. — E que tal a necessidade que temos de todos gostarem de nós?

— Não me diga que isso existe! — Caí na risada, e então beberiquei o meu vinho.

Mas que ele tinha razão, tinha.

Os funcionários da companhia aérea TSA definitivamente não prezavam a minha amizade. O mesmo acontecia com os atendentes do departamento de trânsito, os instaladores da TV a cabos, a moça do caixa do supermercado. Mas isso com certeza não me impedia de tentar agradá-los, em vão. Puxar papo toda animada, colaborar em tudo ao máximo, tirar sarro de mim mesma pra facilitar o trabalho deles.

Gostei da ligação que existia entre nós. Quem diria? O catolicismo unindo as pessoas. Estendi o braço e passei a mão rapidamente na perna dele, logo acima do joelho. Solidariedade católica. Estaria mentindo se dissesse que não sinto atração pelo Hollis — ele é muito atraente. Eu sentia atração pela maioria dos homens, que não necessariamente precisavam ser bonitos. Bastava ter uma centelha e lá estava eu me imaginando transando com eles. A Amanda tinha sorte… apesar de não merecer.

— Mais vinho? — Completei as taças, sorridente.

— Está tudo uma delícia, Fig, muito obrigada! — a Jolene observou, e todos à mesa murmuraram, concordando. Ela então se dirigiu aos demais: — A Fig tem ajudado a cuidar da gente enquanto termino meu livro. Ela cozinha e me ajuda com a Mercy. Sou muito grata a ela.

Olhei pra baixo, encabulada, mas não consegui conter o sorriso. Quando ergui a cabeça, a Amanda me encarava, o rosto um pouco inclinado para o lado.

— Por que resolveu pintar de... preto? — ela quis saber.

— Ah, sabe como é... Eu precisava de uma mudança. Gosto de tons mais fechados no inverno.

— Eu também. — E a Jolene levantou a taça. — Ao inverno!

Nós todos brindamos. Graças aos céus ela desviou o assunto. Seria preciso me esforçar pra conquistar a confiança da Amanda.

CAPÍTULO VINTE E DOIS

A XOXOTA MAIS BONITA

COMO FOI ACONTECER? EM QUE MOMENTO NÓS PASSAMOS da linha oficialmente? Pra ser sincera, não me lembro. Acho que sofro de estresse pós-traumático com relação a isso tudo. Sem dúvida eu bloqueio as coisas. Só sei que um dia, um de nós foi longe demais. Imagino que isso seja inevitável quando a gente começa a brincar de "mestre mandou". Nós, humanos, somos criaturas sexuais; conseguimos suprimir isso pelo tempo que quisermos, mas uma hora todos nós sucumbimos à nossa natureza animal. Não creio que alguém ultrapasse o limite de propósito com um homem casado. Isso é socialmente condenável. E agora, eu alterno entre uma alegria plena e o pavor. Tentei me convencer de que aquela não era eu. Mas a gente só consegue se convencer até repetir a dose. Aquela sou eu, sim.

Talvez fosse o tédio ou o senso de valorização. Talvez fosse a ânsia de relembrar quem você costuma ser, antes de se instalar no subúrbio que vai dizer que você deve ter uma vida normal e se ajustar. O Darius conversava comigo, tipo conversar pra valer. Alguns dias ficávamos de papo furado, o que sempre era divertido e fazia o dia passar mais rápido. Em outras ocasiões, entrávamos num papo cabeça sobre coisas que não contávamos para ninguém mais. Eu estava solitária e o Darius amenizava essa minha sensação.

Eu e o George nunca conversamos de verdade. Não creio que ele tivesse um problema pessoal comigo, ele simplesmente é do tipo que nunca verbaliza o que lhe passa pela cabeça. O Darius quis saber sobre o George e sobre o sexo. E eu contei. Toda vez que a gente transava, o George passava dez minutos tentando me penetrar, suspirando e ofegando, mostrando o quanto eu era apertada. O Darius acabou ficando excitado. Nós somos dois frustrados, dois humanos famintos emocionalmente. Foi bom sentir que eu não era a única. O Darius revelou que quando a Jolene escrevia, ele deixava de existir. Ela levava horas pra responder às mensagens dele. Fiquei imaginando se ela não estaria de papo com o Ryan. Aquilo não seria uma bela de uma volta?

A Jolene sempre reclamava pra mim da dependência do Darius, dizendo que ele preferia enviar mensagens o dia todo em lugar de conversar de fato com ela ao chegar em casa. Eu argumentei que talvez ele ficasse cansado de falar, pois não fazia outra coisa o dia todo no trabalho. Mas ela não se convenceu. O trabalho era separado da vida em família, a Jolene dizia. Ele devia participar ativamente da vida dela e da Mercy. Ou por que então construir uma família? Pra mim, a Jolene era severa demais com ele. O Darius me enviava mensagens o dia todo, do trabalho. Eu entendia. Ele era bombardeado pelos outros com uma porção de problemas e precisava interagir com alguém que trouxesse um pouco de leveza e bom humor. A Jolene é uma egoísta.

E então, certo dia, pouco depois do comentário sobre a vagina apertadinha, ele mandou uma mensagem:

Quero saber o quanto é estreita mesmo.

Meu coração disparou a milhão. Claro que ele poderia conferir. Eu pertencia a ele. Levei uma hora pra imaginar a cena com perfeição de detalhes: eu sentada na borda da banheira, as pernas abertas, meus dois dedos enquadrando o que o Darius considerava *a xoxota mais bonita que ele já vira*. Abri o maior sorriso. Fiquei intumescida e me sentindo a mulher mais sexy do mundo. Então pensei na vagina da Jolene e que o Darius acharia a minha muito mais bonita. Uau, como fiquei excitada!

Joguei a isca:

Ouvi vocês dois transando. Parecia que estavam se divertindo...

Ele respondeu:

Foi bom.

Fiquei desapontada. Esperava que ele me dissesse que não tinha sido. A Jolene não podia ser boa em tudo. Além do mais, ela era muito tensa e controladora pra ser boa de cama. E, então, ele completou:

Ela ficou lá deitada, mas eu sempre tiro o melhor proveito.

Eu não queria parecer muito obstinada, então mandei um simples:

Que tédio.

Pois é...

Achei que o Darius poderia ter se arrependido por ter revelado aquilo. Foi quando ele me enviou algo bem diferente:

Quero muito provar o seu gosto.

Eu o imaginei entre as minhas pernas, comigo agarrando seu cabelo e arqueando as costas, pressionando o rosto dele em mim.
Escrevi:

Só provar?

Ele me enviou uma foto do pênis pra me mostrar que estava com muito te-são. Reconheci o piso do lavabo no térreo e fiquei imaginando onde a Jolene es-taria. Que excitante, ela também estava em casa e ele lá, imaginando a minha xoxota e se masturbando!

É dos grandes mesmo. Você vai ter de penetrar com jeitinho.

Ele gostou bastante e me enviou um "OMG!", e daí me mostrou que go-zara. Mesmo com os peitos, a bunda e todo o sex appeal dela, fui eu que o fiz gozar naquela noite. Fiquei pensando se ele a rejeitaria mais tarde, caso ela quisesse transar, uma hipótese que me deixou muito feliz.

Fiquei observando a janela do quarto do casal por um tempão. Cheguei a cogitar ir até o jardim deles escondida pra bisbilhotar. As luzes se apagaram às onze horas e o Darius me enviou uma última mensagem:

Não consigo te tirar da cabeça.

No dia seguinte, assei uma quiche e levei pra Jolene. O Darius estava no trabalho e ela, que acabara de sair do banho, atendeu à porta enrolada em uma toalha, com outra na cabeça.

— Você tem trabalhado demais, então vim te trazer comida. — E entreguei a quiche pra ela.

Como eu planejara, a Jolene me convidou pra entrar. A minha Mercy, sentada no tapete, brincava com bloquinhos de encaixe.

— É muito difícil trabalhar tomando conta dela? Você está conseguindo produzir?

A Jolene tirou a toalha da cabeça e a estendeu sobre um dos banquinhos pra secar.

— É difícil. A cada poucos minutos tenho de interromper o que estou fazendo. Mas já estou acostumada.

Ela balançou bem os cabelos e foi até o armário apanhar os pratos. Fiquei observando as gotas de água escorrendo pelos ombros bronzeados dela. Logo o chão da cozinha ficou cheio de pequenas poças. Me perguntei o que deixava uma pessoa tão à vontade a ponto de fatiar e servir uma quiche pra sua vizinha vestindo apenas uma toalha em plena cozinha.

— Eu posso ficar e brincar com a Mercy, se você quiser. Sei que está quase acabando seu original.

Os olhos dela se iluminaram na hora.

— Sério?! Você faria isso?!

— Claro. Nós podemos fazer uma festa do chá no jardim — sugeri em voz alta o suficiente pra Mercy escutar.

E deu certo, ela veio correndo até a cozinha, com um sorriso no rosto, dizendo:

— Brincar com a Mercy!

— Isso mesmo, amor. Você quer?

Ela fez que sim, com um sorriso tão grande que os olhinhos ficaram até espremidos.

— Certo — a Jolene concordou. — Vá buscar suas bonecas e seu joguinho de chá.

O barulho dos passinhos dela no piso de madeira conforme ela correu fez o meu coração praticamente doer de tanta felicidade.

— Muito obrigada, Fig. Estou tão estressada com esses prazos... Você nem imagina o quanto vai me ajudar.

— Ora, você é o mais próximo que eu tenho de uma melhor amiga. Quero colaborar.

Ela sorriu e seus olhos se encheram de lágrimas.

— Tem tido notícias do Ryan? — Eu cortei um cantinho da minha quiche com o garfo e coloquei na boca.

— Sim, ele continua em contato. Sempre me manda músicas que acha que vão me inspirar. É bem... bacana.

Bacana, pois sim. Será por isso que ela não me olhou nos olhos?

— E você costuma mandar músicas pra ele? — Mastiguei minha quiche, enquanto ela ficou deslizando a dela pelo prato.

— Não. Não quero passar uma impressão errada pra ele.

Precisei controlar minha cara de espanto. O cara já estava com impressão errada. É assim que os homens agem: as mulheres se tornam a presa e eles caçam o que desejam, usando todas as técnicas imagináveis.

— Quero ver uma foto dele.

— Não, Fig, que coisa! E cadê a Mercy, afinal? Mercy!

Eu ri.

— Para de mudar de assunto, Jolene. Só quero saber se ele é bonitinho. Mostra uma pra mim, vai.

Depois de eu fazer mais alguma pressão, ela pegou o celular, abriu o Instagram dele e me mostrou.

— Minha nossa, olha só esses lábios! Dá pra ver que ele beija bem. — Quando ergui o olhar, ela me espiava atravessado. — Você bem que pensou em beijá-lo, confesse. Pode muito bem amar o Darius, Jolene, e ainda assim desejar outros homens. — Balancei a cabeça, sorrindo pra ela, brincando.

— Não. Eu não desejo. Sou apaixonada pelo Darius e ele é bom de cama. Bom de verdade. Não existe um só grama de tédio em mim no que se refere ao nosso casamento.

A Jolene colocou o seu prato vazio na pia e eu fiquei pensando no que ele me contara na noite anterior sobre ela ficar lá deitada. O Darius na certa não compartilhava da opinião dela. Eu ia montar nele com tanta ânsia que o Darius nunca mais iria querer voltar pra ela. Imaginei a cara de prazer dele, o modo como iria agarrar os meus quadris e ficar repetindo sem parar "Ah, que tesão!".

— O Darius me fez gozar no carro usando só os dedos, voltando da casa da minha mãe — ela se vangloriou. — Ele estava dirigindo a 150 por hora na rodovia e simplesmente levantou a minha saia, abriu minhas pernas e...

Não sei o rosto de qual das duas ficou mais enrubescido, o dela ou o meu.

— Minha nossa! — Arregalei os olhos. — Que delícia!

Quantas e quantas vezes eu observara as mãos dele imaginando como seria bom sentir aqueles dedos deslizando dentro de mim... Em todos os anos do nosso casamento, o George nunca fez nada parecido.

— Não paro mais de pensar naquilo — ela disse. — E isso é só uma mostra do meu desejo pelo meu marido. Ainda me sinto nas nuvens com ele.

— Entendi. — Dei um sorrisinho maroto. — Agora eu também não vou parar de pensar nisso.

Nós ainda ríamos quando a Mercy entrou correndo na cozinha, com os braços cheios de bonecas e miniaturas de xícaras de chá. E antes que eu fosse pro jardim com ela, a Jolene segurou meu braço, com uma expressão de gratidão no olhar.

— Fico feliz por ter uma vizinha como você, Fig. É muito bom ter uma amiga por perto.

Eu retribuí o sorriso, pois também estava feliz. Muito feliz.

CAPÍTULO VINTE E TRÊS

OUTRAS COISAS

QUANDO MENINA EU FAZIA DE CONTA QUE ERA OUTRAS COISAS.
Não outras pessoas, outras coisas, como uma luminária, uma carteira ou um
tubo de batom. Objetos dos quais as pessoas sempre precisavam, usavam
muito e carregavam consigo. Eu ficava imaginando os lábios que eu tocaria
e as mãos que deslizariam seus dedos pela minha haste, tentando acender a
luz. Eu queria ser querida. Aquele sentimento não tinha se esvaído nem di-
minuído; na verdade, aumentara e se intensificara. Em dado ponto do ensino médio, houve uma transferência dos objetos pra pessoas. Então, de
repente, eu queria ser a Mindy Malone. Ela era feia por dentro, mas na aparência, uau! Como era linda, gloriosa. Mindy era uma unanimidade e todos
faziam de tudo por sua atenção como um bando de animais do circo. O que,
aliás, me deixava furiosa. Eu queria que eles enxergassem quem ela era de
fato, mas também queria o que ela tinha, então me afastei e observei. Mindy costumava balançar o cabelo, como a maioria das garotas populares faziam. E caso ela não gostasse de alguém, dava uma risadinha debochada
quando a pessoa passava — as amigas dela a imitavam, formando um coro
de risinhos e burburinho de deboche pelos corredores da escola.

A Mindy tinha mãos macias e branquinhas — ela me tocou uma vez,
quando deixou cair algo no chão e eu me inclinei pra pegar para ela. Um CD
da Jewel. Nossos dedos se tocaram e ela se limitou a dizer "Obrigada". Um
mero "Obrigada"! Não "Muito obrigada", nem, "Muito obrigada, Fig".
Apenas uma soma de letras, como se ela falasse por falar, sem intenção. Na
verdade, a Mindy nem sequer olhou pra mim ao dizer aquilo.

Comprei o CD numa loja no shopping, no dia seguinte, e fiquei ouvindo deitada no chão do meu quarto. Tentava adivinhar quais músicas a Mindy Malone preferia, quais ela cantava junto. Eram todas esquisitas, a Jewel era estranha. Levei o CD pra escola no dia seguinte e fiquei segurando, na esperança de que ela o visse. E ela viu, sem dúvida:

— Ah, que ótimo, a Pig* Fig descobriu a Jewel — ela comentou, rolando os olhos. — Eu posso com isso?

As suas lacaias caíram na risada. Bando de vacas nojentas. A Mindy Malone não era dona da Jewel. Ergui a cabeça, olhei fixo pra frente e as ignorei. Essa sempre foi a melhor forma de lidar com o *bullying*: fazer de conta que não te atinge nem um pouco.

Eu não sabia quem eu era. Era como se eu escavasse sob pilhas e pilhas de cabelos desgrenhados e dentes imperfeitos. Eu sentia basicamente desprezo, mas havia também um fascínio obscuro pela possibilidade de poder ser feia daquele jeito e ainda assim existir.

Eu clamava por alguém que me desejasse. A ânsia por ser desejada era uma onda gigante que foi aumentando com o passar dos anos. Me sentia entediada e tomada por pequenas mágoas e passividade. Conscientizei-me sobre essa minha realidade muito cedo: que eu nunca perdoaria a Mindy Malone por me inferiorizar ou o George por me negligenciar ou a Jolene por ter aquilo que eu desejava pra mim. Eu observava as pessoas e passava a querer aquilo que elas queriam. Faz algum sentido? Eu queria tudo, todas as viagens, todos os homens, toda a atenção. Era uma gulosa por vida. Uma leviana em busca de aventura. Queria abrir o meu crânio e despejar um monte de experiências dentro dele — as boas, as ruins... até mesmo as mais medíocres. Não queria abrir mão de nada, a vida é complicada e exaustiva e, convenhamos, eu ainda tinha um trabalhão pela frente.

Peguei um maço de cigarro, fui até o jardim e retirei o plástico da embalagem. Eram os mesmos que a Jolene e eu fumáramos juntas na outra noite, na varanda dela dos fundos, longos e finos como seus dedos. Fumei o primeiro, depois o segundo, sem tragar. Não queria me viciar; queria apenas me sentir como me sentira naquela noite — excitante e descolada. Não eu mesma; mais parecida com a Jolene.

---

* Pig, de porco em inglês.

Eles estavam de férias, na França. A Jolene terminara de escrever o livro e o entregara ao editor. O Darius deu-lhe flores no dia em que ela terminou. Eu o vi entrando com as flores, com um sorriso bobo no rosto. O Darius gostava quando ela não estava trabalhando, ele me contara isso. A Jolene ficava mais atenciosa, mais feliz. E era verdade, eu prestara atenção.

Fiz uma surpresa e levei um bolo. A Jolene adora bolo de sorvete. Ela bateu palmas quando me viu chegar com ele e, claro, me convidou pra entrar.

— O que você quer fazer pra celebrar, Jo? — Darius perguntou.

— Assistir a um filme de terror. Só isso. Quero me atirar no sofá, comer o meu bolo... — Ela piscou pra mim. — ... e assistir a um filme de terror.

— Combinado — disse ele. — É o que vamos fazer.

— Você vai ver o filme conosco, Fig? Só vou colocar a Mercy na cama, antes.

— Claro, Jolene — concordei, embora detestasse filmes de horror.

Mas nunca chegamos a assistir. O Darius bebeu demais e entrou numa tangente falando sobre o papa. A Jolene o lembrou do filme, mas ele não deu muita atenção e continuou matraqueando até bem depois da meia-noite. Por fim, ela foi dormir e eu fui embora. Ainda assim, ela estava mais simpática.

A Jolene até me apresentou para alguns dos colegas escritores dela, pra que eu fizesse o website deles. Pelo visto, quando a Jolene faz uma recomendação, todo o mundo entra na dela com a grana na mão. Eu estava com a agenda cheia até a metade do ano seguinte, o que era sensacional.

Vi a Jolene fazer as malas dois dias antes da viagem. Ela estava sentada no tapete, com as pernas cruzadas, rodeada por pilhas de roupas bem coloridas. Fiquei com inveja. Eu queria ir, mas ela ia levar o Darius, não a mim. Fiz uma piada a respeito e ela se virou pra mim, muito séria, dizendo:

— Eu te levo na próxima viagem. Sua vida nunca mais será a mesma.

Eu ainda me recuperava disso, imaginando nós duas passeando pelas ruas de Paris juntas, quando ela soltou uma bomba na minha cabeça:

— O Darius quer ter outro bebê.

Felizmente, ela olhava para baixo quando falou, pra a calça jeans que estava dobrando. Se a Jolene tivesse visto a cara que eu fiz, teria adivinhado.

Que merda é essa?!

— Como assim ter outro bebê?

— Isso mesmo, ele quer começar a tentar.

A Jolene disse aquilo com a maior naturalidade, uma calma só. Eu lá, com vontade de vomitar o enroladinho de ovo que comera no almoço e ela ali falando de bebês como se fosse uma ida ao mercado.

— Você não está pensando mesmo nisso, está?

— Bem, por que não, Fig? Já está na hora.

— Um bebê vai arruinar a sua vida — deixei escapar. — O Darius acha que é muito fácil, mas não é. Vai colocar ainda mais pressão no seu relacionamento. Se você acha que o seu marido está distante, espera até o bebê chegar. Daí é que você vai ver a distância aumentar.

Ela me encarava de onde estava, sentada no carpete, os olhos piscando de forma tão lânguida que cheguei a achar que o mundo girava em câmera lenta. Mas por fim perguntou:

— E como você sabe disso, Fig? Como pode saber como é ter um bebê?

— Eu já vi acontecer... com amigas minhas.

A Jolene colocou na mala as peças que segurava e se levantou.

— Nós já tivemos uma filha. Conhece a Mercy, por acaso?

Arqueei as sobrancelhas diante do sarcasmo dela.

— Sim, mas a Mercy está crescida agora, começando a ser autossuficiente. Você quer começar tudo de novo?

— É o que as pessoas fazem. Têm filhos e constroem uma vida juntos.

Certo. Mas não com a pessoa por quem estou apaixonada.

— Preciso ir. Aproveite bem as férias, Jolene.

— Vou aproveitar, sim — ela respondeu com frieza.

CAPÍTULO VINTE E QUATRO

BATEDORA DE CARTEIRA

MEU PRESSENTIMENTO ERA DE QUE ALGO BEM RUIM ESTAVA pra acontecer. O ar ao meu redor estava tenso, repleto da estática de todas as coisas que eu fizera. Eu lamentava? Não posso garantir. Tive chance de parar, mas não parei, né? Talvez eu lamentasse apenas ter sido pega, pois tudo teria de acabar. Eu gostava da toda a excitação, o perigo de tudo aquilo. E agora eu não tinha notícias dele e estava apavorada demais pra procurá-lo. E se ele contasse pra ela? O que eu faria? Os meus negócios estavam ligados aos dela.

Fiquei na maior ansiedade. Parei de comer. Permanecia na expectativa, em casa, imaginando todos os desfechos que isso poderia ter. Enchi a cara.

Quando ouvi o bip no meu celular certa manhã, indicando que havia uma mensagem do Darius, pulei da cama. Não posso me meter em mais confusão. Fui até a cozinha e pus água para ferver, mexi as canecas para cá e para lá para parecer ocupada. Li a mensagem que ele mandara sentada à mesa, segurando uma caneca de chá. Minha mão tremia, eu precisava comer algo.

Eu li:

A Jolene foi roubada. Preciso da sua ajuda.

A princípio fiquei desapontada. Mas logo me recobrei. O Darius me pedira ajuda. Isso significava que ele confiava em mim, que sabia que podia recorrer a mim em uma necessidade.

Como, Darius? O que houve? Estou à disposição pra o que vocês precisarem.

A Jolene foi surpreendida quando tirava uma selfie na Torre Eiffel. Onde estava o Darius quando aconteceu? Distraído tirando fotos também. A Jolene contou que ela e o Darius estavam rodeados por oito garotas e que o Darius foi saindo de lado e se afastou, deixando-a sozinha com elas... sem olhar pra trás. Em quem acreditar? A Jolene é contadora de histórias por profissão, então eu voto no Darius. A questão era dinheiro. As assaltantes pegaram a carteira recheada dela e se dispersaram em diversas direções, pra confundir a vítima. A Jolene não tinha ideia de qual delas enfiara a mão na sua bolsa e roubara tudo o que ela tinha.

Por que você não usa seus cartões de crédito, Darius?

Eu cortei todos eles.

Mas por quê?

Ele fez uma longa pausa antes de responder:

Eles estão estourados. Tentando não usá-los.

Achei esquisito, mas não quis pressioná-lo. Por que não tinham pago a fatura? Será que a Jolene sabia que estavam acima do limite? Eu queria perguntar, mas não era da minha conta.

E o que você quer que eu faça?

Envie dinheiro.

Ora, que merda. Ele não levara o cartão do banco pra essa viagem? O que estava acontecendo?

Tá. Só me diga pra onde.

A Jolene está uma pilha. E me culpando.

Claro que o estava culpando. Mas como poderia ser culpa dele que algumas delinquentes a houvessem escolhido como alvo do círculo do crime delas? E todo o mundo sabia que devia ter cuidado ao visitar pontos turísticos como a Torre Eiffel. Duvido muito que o Darius a tivesse deixado sozinha à mercê de um grupo de ladras. Isso não era típico do Darius. Eu precisava defender o Darius das babaquices da Jolene. Sei como ela fica quando está com raiva. Pobre Darius... Ele não merece isso. Peguei minha bolsa de cima da mesa da cozinha e enviei uma mensagem pra ele, já passando pela porta.

Estou de saída. Não se preocupe. Dinheiro a caminho.

CAPÍTULO VINTE E CINCO

COLHER

A AMANDA E O HOLLIS MORAVAM NA BAINBRIDGE ISLAND, A 35 minutos do centro de Seattle, atravessando de balsa. Ela me convidara pra visitá-la quando eu quisesse, então liguei na sexta-feira de manhã e perguntei se eles estariam livres no fim de semana. Eu estava me sentindo muito oprimida.

— Sim, claro. Venha pra cá — a Amanda disse, ofegante, ao telefone. Acho que estava se exercitando. — Vou providenciar o vinho e a gente vai curtir a noite.

Anotei o endereço dela e fui arrumar uma valise pequena. Peguei uma muda de roupas e, na última hora, o meu laptop também. Quando entrei no carro pra ir pegar a balsa, eu tremia.

Nem escutar a Barbra estava ajudando hoje. Escolhi músicas que me lembravam o Darius. Eu criara essa playlist quando a gente se conheceu e vinha me esforçando pra não pensar nos dois juntinhos lá na França. Não era justo, não apenas porque ela estava com ele no meu lugar, mas porque ela tinha tudo: dinheiro, viagens, roupas, a admiração de milhares de mulheres. A Jolene não merecia nada daquilo. Eu conhecia o lado verdadeiro dela; seus milhares de fãs, não. Eu conhecia bem os momentos íntimos de repulsa humana. Se elas pudessem dar uma espiada na Jolene Avery de verdade, não a elogiariam com tanta veemência. É evidente que ela sabe escrever. Eu mesma sucumbira às palavras dela — e as devorei como se fossem a verdade absoluta. Eu até postara citações dela na minha conta no Instagram, profundamente tocada pela percepção sensível dela sobre a psique humana. Por mais de uma vez, me peguei imaginando como revelar o segredo a todos: ela era humana como o restante de nós e eu queria ser a pessoa que exporia a verdade.

Ouvi a buzina da balsa soar e me surpreendi ao ver que atracava na doca. Eu precisava fazer xixi e estava desesperada pra mandar uma mensagem pro Darius perguntando como iam as coisas. Resisti à urgência de pegar meu celular e conferir se algum dos dois postara algo novo no Instagram. Não estava me fazendo bem ficar acompanhando e, afinal, era tudo uma farsa, mesmo. Ele me contara o quão infeliz estava, portanto, tudo o que os dois postavam era falso, só pra manter as aparências na mídia social.

Comprei um café numa lojinha da Main Street e fui carregando pelo caminho até as docas, olhando os barcos. Eu não queria tomar café, só precisava de algo pra me distrair. Meu cérebro se achava num compasso alucinado, repassando imagens do Darius e da Jolene desfrutando suas férias perfeitas, a ponto de eu sentir vontade de gritar, tamanha era a tortura. Meu coração estava tão acelerado que precisei me sentar na doca pra recobrar o fôlego.

Foi aí que notei uma colher de prata perto de mim. Limpinha e brilhando, como se tivesse acabado de ser lavada. Ao pegá-la, vi que não tinha peso algum, era uma colher plástica, a imitação de uma muito cara.

— Meu Deus! — sussurrei, virando a colher pra examiná-la.

Era um sinal. Senti um calor na bochecha e, quando fui tocar o rosto, me dei conta de que chorava. Segurei a colher encostada no peito, as lágrimas correndo.

— Um sinal! — fiquei repetindo para mim mesma.

O Darius me enviou uma redação que ele escrevera pra aula de inglês no ensino médio. Eu imprimi e li seguidas vezes. Mesmo novinho, a linguagem dele era muito rica, saiu do papel direto pro meu coração. Busquei um sentido ou significado no texto dele sobre a colher. Por fim, concluí que a colher simboliza a felicidade dele, como o garoto no conto dele a encontrou por acaso e a carregou consigo por aí, durante um período tumultuado da vida dele. Voltei até meu carro segurando firme a colher, determinada a seguir com a vida. Certamente, nada até agora era obra do acaso.

Quando estacionei em frente ao sobrado, a Amanda me esperava na porta, com o cabelo cacheado em movimento com a brisa que soprava. Sorri ao pensar que foi o cabelo que deu início a toda essa jornada. Eu estava com saudade da Mercy, mas enterrei esse sentimento bem lá no fundo da minha mente. Peguei minha valise e fui caminhando pelo passeio calçado de paralelepípedos. Eu me enganei sobre a Amanda. Ela pode até ter se aproximado de mim com cautela no início, mas desde então ela se abrira e fazia questão de me incluir sempre que nos reuníamos.

— Ei, sua maluca! — ela disse, sem sorrir.

Se fosse qualquer outra pessoa, eu teria temido levar um cruzado de direita, mas, vindo da Amanda, aquele era um apelido carinhoso. Constatei que ela raramente sorria e tinha um ar de cansaço da vida que só desaparecia depois que tomava alguns drinques. A Jolene uma vez me disse que das pessoas que ela conhecia a Amanda era a que amava com maior intensidade, e que por isso ela era muito seletiva sobre quem receberia todo esse afeto.

A casa deles tinha janelas enormes com uma vista espetacular pra água. Ela me fez sentar à mesa de jantar e me ofereceu uma taça de vinho moscatel, que sabia que eu gostava, e ficamos conversando, enquanto ela preparava o jantar, na cozinha que era anexa. Eu estava louca pra contar a ela sobre a colher. E contei.

— Uma colher? — ela repetiu, arqueando a sobrancelha.

— Sim. — E peguei a colher na bolsa pra mostrar a ela.

— O que tem a colher? — perguntou o Hollis, ao entrar vindo da garagem. Ele abriu um sorriso simpático pra mim e beijou a Amanda no rosto.

— Ah, a maluquinha aqui achou uma colher — ela disse sorrindo. Sorrindo!

Fiz uma careta pra Amanda e beberiquei o vinho. O Hollis olhou para as duas como se fôssemos insanas e me encheu de perguntas sobre o meu trabalho e o que eu andava fazendo da vida. Eu gostava dele, talvez até mais do que da Amanda. O Hollis era um cara ideal — o marido ideal —, e eu sempre me perguntava se a Amanda dava o devido valor a ele. Ele recebera uma criação como a minha e sempre que nos juntávamos, um de nós começava a fazer piadas sobre a nossa infância católica.

— Ele está muito infeliz — eu comentei.

A Amanda e o Hollis se entreolharam. E então a Amanda quis saber:

— Por que você diz isso?

Não era um "Fala mais a respeito". Era "Por que você diz isso?". Era como dizer "Por que dizer algo assim tão horrível sobre nossa adorada Jolene?".

— Ele me contou. Ela é condescendente e má. Não o apoia em nada. Pode acreditar, eles brigam na minha frente. A Jolene está sempre pronta a repreendê-lo. Ela não é como vocês imaginam. Eu a conheço melhor que qualquer outra pessoa.

Então, peguei meu celular e comecei a mostrar todos os vídeos a eles.

—Vejam só. — Segurei o aparelho pra eles assistirem.

Fiquei observando a cara dos dois durante um vídeo de uma discussão entre a Jolene e o Darius. O rosto da Amanda se manteve impassível, mas o Hollis desviou o olhar antes que terminasse. Ele ficou desconcertado, e com razão — imagine como eu me senti quando eles começaram a brigar na minha frente.

—Todo casal discute — a Amanda ponderou. — Isso não significa que não devem ficar juntos.

Notei um tom defensivo na voz dela e tive vontade de torcer o nariz. Ninguém via as coisas com clareza com relação à Jolene. Isso estava virando um problema. Ignorei a minha amargura, tentando me convencer de que eu não era uma pessoa daquele tipo. Que eu era boa e pensava o melhor sobre os outros. Não podia permitir que a encenação da Jolene manchasse o tipo de pessoa que eu era.

— Você tem razão, Amanda. Mas o Darius me contou que é muito infeliz. — E fechei a questão ao dizer com a voz bem firme: — Ele próprio me contou.

Ambos ficaram calados, evitando me olhar.

— Bem, se isso for verdade, então essa viagem pode fazer bem a eles. — E a Amanda se levantou em silêncio pra ir à cozinha verificar a comida no fogo.

Me senti rejeitada. As pessoas não gostam de ouvir a verdade, elas se agarram a seus conceitos e tudo o que se desvia disso causa incômodo.

— O Darius me mandou uma mensagem da França, durante um jantar — falei alto pra ela ouvir. — Ele escreveu da mesa mesmo, reclamando. Isso faz algumas horas. As coisas não vão melhorar quando eles voltarem. Eles não deviam estar juntos.

O Hollis pediu licença pra ir ao banheiro e a Amanda ficou parada diante do fogão, mexendo a comida, calada.

— Você sabe do que estou falando, não?

Meu olho esquerdo começou a tremer, com o silêncio dela. Me servi de um pouco mais de vinho e fiquei olhando um barco balançando pra frente e pra trás, na água. Essa era uma sensação familiar. Era tudo culpa da Mãe Desnaturada.

PARTE DOIS

O SOCIOPATA

CAPÍTULO VINTE E SEIS

DOUTOR SABE-TUDO

— EU TENHO CÂNCER — ELA ME CONTOU.

— De que tipo?

— Cervical.

Ela usou um tom *blasé*, mas mais tarde eu compreenderia que isso fazia parte do jogo. O rosto dela era uma coletânea de expressões faciais bem ensaiadas. A única forma de saber que algo estava errado era olhando no fundo dos seus olhos. Eles eram apagados. Insanos. Ermos. Eles evitavam contato, mas adoravam observar. Divagar... fixar... divagar. Eles lembravam aqueles passarinhos pequenininhos bem ligeiros. Impossível capturá-los. Mas eu ainda não sabia disso.

— Como você está lidando com a situação? — perguntei.

Há duas opções: ou a gente diz algo genérico do tipo "Sinto muito", o que sempre leva a comentários desconcertantes, um silêncio incômodo, uma guinada no assunto — ou então, faz a pessoa falar.

— É o que é pra ser — ela respondeu. — Muita gente tem câncer. Ele é tipo o McDonald's das doenças. Tem um em cada esquina.

— Você está entorpecida — sugeri. O típico comentário que as pessoas ou aceitam bem ou negam veementemente.

— Sim, imagino que sim. E você, não?

Eu sorri, balançando a cabeça.

— Entorpecimento não é como McDonald's. Eu prefiro sentir as coisas.

— Bem, parabéns, doutor Sabe-Tudo. Sinta mesmo. Fique à vontade.

— O seu nome é Fig mesmo ou é um diminutivo? — perguntei, olhando pro drinque que ela acabara de me servir. Estava gostoso. Minha mulher não me preparara uma bebida, mas a estranha, sim. Há bons samaritanos por toda a parte.

— É só Fig mesmo.

— Interessante.

— Sim, vai ficar bom numa lápide um dia.

Antes que eu pudesse responder, ela jogou a cabeça pra trás e deu uma bela gargalhada.

— Seu nome de verdade é Darius ou é um recurso pra parecer mais inteligente? — ela perguntou ao se recobrar.

— Meu nome verdadeiro é doutor Sabe-Tudo.

Ela fez uma careta, então percebi que estava alta ou chapada. A parte branca dos seus olhos se mostrava rosada. Louca. Incapaz de se concentrar.

— Todo o mundo vai morrer um dia, doutor. Todos nós.

Fiquei encantado por ela ter logo me arrumado um apelido, mesmo o meu nome sendo bizarro o bastante. Me recostei no corrimão e fiquei a observá-la se sentar numa cadeira do jardim e desatar as tiras da sandália. Ela usava uma roupa estranha, um suéter com tema natalino por cima de uma blusa curta e calça de ioga. Quando ela se inclinou pra frente, sua blusa desabotoou, mostrando a parte de cima dos seios e um sutiã bege-claro.

— Filhas da mãe, como machucam — ela comentou.

A Fig ficou de pé e virou a cabeça pra trás, pra me olhar. Ela era baixinha. Tinha de usar salto pra ficar com estatura mediana.

— Não critique a minha altura — ela disse, adivinhando.

Fiquei impressionado — boa percepção, mesmo com o juízo afetado e os olhos avermelhados.

— Você é pequena. Isso não é uma crítica, é uma observação — ponderei.

Dá pra aprender bastante sobre o psicológico de uma pessoa através de seus filmes favoritos. E foi sobre isso que perguntei a ela a seguir. Quando a Fig acabou de listar todos, as meninas nos chamaram pra voltar pra dentro e eu não tive tempo de responder. Mais tarde naquela noite, contei sobre a lista de filmes dela pra Jolene, quando fomos nos deitar.

— *Medo*, *A mão que balança o berço* e *Mulher solteira procura*.

— Quer dizer então que ela gosta de um bom thriller. — A Jolene deu de ombros. — Temos mesmo que falar sobre isso? Estou me sentindo bêbada.

Ela não estava bêbada. A Jolene nunca ficava bêbada, só alta, pois gostava de manter o entendimento, de estar sempre no controle.

— Ou ela é psicopata e se identifica com eles — sugeri.

A Jolene fez uma careta.

— Ou talvez *você* seja um psicopata e esteja transferindo isso pra ela.

Eu me recostei nos travesseiros, com as mãos sob a cabeça.

— Pelo menos, agora sei que você está me ouvindo — falei, sarcástico.

A Jolene não caía nessa "ladainha da psicologia", como ela gostava de dizer. E sempre que ela dizia isso, eu tinha a impressão de que ela não me dava muito crédito. Esqueça os meus oito anos de doutorado, os quais passei estudando feito louco pra redigir minha tese com oitenta mil palavras — era tudo uma bela ladainha. E era inútil dizer algo, pois quando a Jolene decidia gostar muito de alguém, o bom senso dela pulava pela janela. Eu era um exemplo clássico disso. Não havia um ser humano vivo capaz de dissuadi-la do que ela acreditava. Amar gente fodida sempre implica a gente se foder, mas isso parecia não ser relevante quando ela metia uma coisa na cabeça a respeito de alguém. A Jolene aceitava as pessoas sem questioná-las. Na ladainha chamamos isso de permissividade. Mas seja como for — filmes.

O filme favorito da minha mulher era *A casa de areia e névoa*: começo deprimente, final deprimente e recheado de todo tipo conversa deprimente. Tudo que se referia à Jolene culminava em ações e reações. Ela via as pessoas como trens descarrilhados defeituosos, cheios de compartimentos e, sobretudo, movidos a tensão. Não sei quando ela passou a ser a condutora de todo o mundo, mas era o que ela fazia — a Jolene faz com que os trens voltem a se movimentar. Eu a respeito por isso, mas dessa vez, com essa mulher em particular, eu me senti na obrigação de alertá-la.

— Ela me disse que está com câncer. — Eu deslizava o dedo pela espinha dela.

— O quê? Está falando sério? — Ela se sentou na cama num ímpeto, em pânico. — Por que ela não me contou? Ela está bem?

Voltei a me deitar de costas e fitei o teto.

— Não sei. Por que afinal ela contou pra mim?

— Você é psicólogo, transmite essa vibração.

Soltei uma gargalhada. A Jolene gostava quando eu ria. Ela se deitou, me abraçou e me beijou o pescoço.

— A Fig está solitária e provavelmente amedrontada. Vou procurá-la outra vez, precisamos ajudá-la.

Bem, que droga. Outro dia, outro projeto. Esse era o meu ganha-pão; a Jolene fazia disso sua rotina. Foi o que nos atraiu um para o outro. Eu queria estudar as pessoas; ela queria ajudá-las. O problema é que quando a Jolene começava um projeto, ele acabava se infiltrando em todas as áreas da nossa vida. Eu, por outro lado, podia deixar os meus no meu consultório todos os dias.

— Não vá se envolver demais, Jo. Tem algo de muito estranho nela. Você a segue no Instagram?

— Sim, mas o que isso tem a ver com ela ser estranha?

A Jolene não estava me levando a sério. Ela se esquece de que eu tenho um doutorado em ladainha, não percebeu que eu estava tentando preservá-la e cuidar de seus interesses.

— Eu dei uma olhada a partir do momento em que ela se mudou para a casa vizinha. No minuto em que a Fig te conheceu, começou a colocar aquelas moldurinhas brancas ao redor das fotos, do mesmíssimo jeito que você faz.

— Você foi bisbilhotar o perfil dela no Instagram? Isso não é esquisito de jeito nenhum...

— Estou cuidando de você, que confia demais nos outros.

A conversa estava se desvirtuando rápido. A Jo sabia transformar uma lógica sã em algo maluco com seu dom com as palavras.

— Certo, mas quer dizer que ela me segue e gosta do meu estilo. — Ela então se afastou de mim.

— Você posta o seu tênis de ginástica; no dia seguinte, ela posta o tênis de ginástica igual ao seu. Você come num restaurante; no dia seguinte ela vai comer lá.

— Por hoje, chega, quero dormir. — A Jo se esticou pra desligar o abajur no criado-mudo. — Não vamos taxar a Fig de perseguidora ainda. Nós mal a conhecemos.

— Stalker — murmurei. — Perseguidora, stalker, stalker.

CAPÍTULO VINTE E SETE

ALGO MAIS FORTE

BATI COM A MINHA CANETA BIC NO BLOQUINHO DE ANOTAÇÕES amarelo que segurava e bocejei. Era segunda-feira e a paciente daquele horário era Susan Noring, que eu apelidei de Susan Sacal. Loira desbotada, trinta e poucos anos, lábios finos demais; ela não tinha nenhum atrativo pra me distrair, enquanto ouvia seu monólogo absolutamente monótono. A Susan calçava seu mocassim marrom. Ela só usava dois tipos de sapato: mocassins marrons ou o Keds brancos; e a pior coisa com os Keds era que eles não tinham uma marquinha sequer. Imaculadamente brancos, até a sola brilhava. Essa era a essência da Susan Noring: ser sacal. Ela não ia a lugar nenhum, não fazia nada, nem tomava nenhuma atitude que pudesse render um pinguinho de cor ao seu maldito Keds branco.

A Susan fazia uma sessão semanal comigo e ficava zanzando na recepção por bastante tempo depois que nosso horário acabava, bebendo café da mesma xícara com que se servira ao chegar. Eu às vezes duvidava se seria mesmo café, no entanto, nunca senti cheiro de álcool no seu hálito. A minha recepcionista a achava enxerida com relação aos meus outros pacientes, mas, pra mim, vir à terapia era o ponto alto da semana dela.

Era a minha vez de falar:

— Por que você acha que se sente dessa maneira?

Essa era a pergunta que superava todas as demais, pois mantinha as pessoas falando por dez minutos a fio e dava conta de preencher o restante da hora. Havia dois outros pacientes depois dela e então eu estaria livre pra decretar o fim de semana.

— Eu me sinto julgada. Não importa o que ou como eu faça — ela contou.

As suas mãos estavam suadas, algo que acontecia toda vez que o tema julgamento vinha à tona. Eu duvidava da validade das histórias dela; afinal, não havia nada sobre a Susan pra ser julgada pelos seus conhecidos. Pessoas interessantes despertavam as veias do julgamento; pessoas como a Susan raramente destoavam do comum. Mas não era meu papel duvidar dela, apenas ouvir e provocar.

— Sobre o que você se sente julgada, Susan?

Ela espremeu as mãos e me fitou com os olhos bem abertos e lacrimejantes. Os olhos dela estavam sempre arregalados e me lembravam um pouco os da Fig. A Susan não era inteligente como a nossa vizinha, o que provava que um pouco de imaginação podia ir longe.

— Sinto que nunca sou suficiente. É o modo como me olham, as coisas que as pessoas dizem.

— Não é possível que você esteja projetando suas próprias inseguranças?

Já tínhamos falado sobre isso. Ela, inclusive, admitira e tentara mudar sua perspectiva por um tempo. Mas os saudáveis não precisam de médico, não é mesmo? E era mais difícil encontrar a raiz de um distúrbio de personalidade do que flagrar o papai Noel descendo pela chaminé.

— É verdade — a Susan concordou, deprimida. — Nunca sinto que sou suficiente.

— E você precisa ser suficiente pra quem? — indaguei, cruzando e descruzando as pernas.

Eu tentava me movimentar o mínimo possível durante as sessões. Isso distraía os pacientes e os deixava no limite. Os psicólogos devem ter um temperamento calmo, mas, em geral, eu tinha dificuldade de ficar parado.

— Pra mim — ela respondeu.

— Exato.

Consultei o relógio e sorri, como se lamentasse que nosso tempo se esgotara. Meu relógio estava sem bateria; era um recurso de apoio — e dos bons. A Susan pareceu lamentar também. Levantou-se sem a menor pressa, vasculhou a bolsa procurando a chave do carro e foi até a porta. Fico me perguntando quantas vezes ela se masturbou pensando em mim, seus dedos compridos e pálidos forçando dentro da xoxota entediante dela. Tudo o que eu precisava fazer seria pedir e a Susan abriria as pernas pra mim como uma flor. Quem sabe isso não conseguiria deixar alguma marquinha no Keds dela. Eu estaria fazendo um verdadeiro favor para aquela mulher.

— Aqui está meu número particular. — Eu escrevia no meu bloco de anotações. — Você pode me mandar uma mensagem sempre que as coisas ficarem insuportáveis. — Endireitei a cabeça como se, de repente, estivesse preocupado. — Pode ser? Não quero que você presuma que...

— Não, não, não — ela disse, apressada, sem conseguir tirar os olhos dos quatro números anotados no papel, com medo de que eu mudasse de ideia. — Vai ser ótimo.

Completei o número do meu celular, destaquei o pedaço de papel e o entreguei a ela. Seus dedos pareciam leitõezinhos famintos ao agarrar o papel e enfiá-lo no bolso da frente. A Susan não iria perdê-lo, não lavaria acidentalmente a calça jeans com o papel enfiando no bolso. Ela iria até o carro, com o coração disparado, pegaria o papelzinho e ficaria passando o dedo nele, feliz da vida. Então, registraria o número na memória do aparelho e ficaria planejando o que escrever em sua primeira mensagem. Algo como: "Muito obrigada por confiar a mim o seu número. Envio esta mensagem pra que registre o meu contato." Ela apagaria e reescreveria umas três vezes, editando o texto, agoniada pra soar indiferente e casual. Como mandar algo que merecesse uma resposta minha? Daí, depois que eu transasse com ela, ela passaria a se achar interessante e deixaria de se importar tanto com as mães presentes nas partidas de beisebol do seu filho. Iria se tornar uma mulher com um segredo, o que sempre agrada muito — ter segredos e sentir-se misteriosa. Isso me agrada também.

Acompanhei a Susan até a porta e vi a Lesley impaciente na antessala, com ar de cansaço. A Lesley era divertida, tinha pernas incríveis e seios fartos, nos quais eu sempre fantasiava meter a boca. Eu ia chamá-la pra entrar, quando recebi uma mensagem. Era da Fig.

Sua mulher me convidou pra jantar hoje. Levo vinho ou algo mais forte?

Tornei a entrar no meu escritório e fechei a porta. Que merda! A Jolene tinha endoidecido. Eu vinha circulando na ponta dos pés pela casa nos últimos dias, fazendo de tudo pra ela não gritar comigo. A Jo ficava irascível sempre que estava terminando um livro. Tudo e todo o mundo eram um transtorno pra ela.

Respondi com uma pergunta:

É para ela ou para nós?

Para nós, imagino!

Então, leva um dos bons e poderemos ficar bêbados demais pra notar.

Ela respondeu com um emoji dando positivo.

Eu gostava da química entre nós. A Fig era uma pessoa fácil de lidar. Eu a classifiquei como psicopata na primeira vez em que a vi, o que significava que ela seria charmosa e simpática e que conquistar a nossa afeição era parte do jogo. Ela não seria fácil assim o tempo todo. Uma psicopata uma hora sempre acaba se desconstruindo. Mas por enquanto parecia uma boa aliada. Alguém pra conspirar contra a Jolene.

Às vezes eu me sentia culpado por bancar o vilão com a minha mulher — ela, na essência, é uma pessoa melhor do que eu. Mas, no fim das contas, o ser humano precisa se sentir conectado... receber apoio. E a Fig era das minhas. A Fig tinha uma espécie de obsessão sombria pela Jolene. Ela queria estar no lugar dela e detestava que isso não tivesse acontecido naturalmente. O relacionamento das duas era tênue. A Fig, em quase toda oportunidade, procurava superar a minha mulher, que, sem malícia alguma, permitia que ela ficasse com o troféu. Isso irritava muito a Fig. Ela gostava de ganhar em batalha, não de mão beijada.

Chegou uma mensagem da Susan Noring. Era uma foto dos seios dela. Ora, olha só, eu estava errado. E quem iria imaginar que ela tinha peitos bonitos assim? Até que enfim, uma manchinha no par de Keds dela. Bom trabalho, Susan.

Minha resposta:

Que beleza. Eles são mesmo lindos.

Encaminhei a foto pro meu e-mail, a apaguei do celular e abri a porta pra Lesley.

CAPÍTULO VINTE E OITO

DESAJUSTADOS

EU ESTAVA SENDO PROCESSADO. E ESSE PROCESSO TINHA potencial pra fechar a minha clínica. Eu não conseguia acreditar, juro. Como posso ter me deixado envolver por alguém que depois me processaria por ter o coração partido? Mulheres, no final das contas, são inegavelmente insanas.

Pensei no aquário da recepção e nas cadeiras de estofado cinza exagerado que a Jolene escolhera quando eu estava montando o consultório e imaginei tudo indo embora. Meu estômago revirava só de pensar. Tudo o que construí — tudo perdido. E tudo só por conta de acusações frágeis de uma garota amarga.

Macey Kubrika viera ao meu consultório na primeira consulta cheirando à xoxota. Ela acabara de se masturbar, eu concluí na ocasião. Provavelmente aqui na frente, parada dentro do carro. Tive vontade de cheirar os dedos dela pra confirmar. Comecei a me sentir atraído por ela ser vulnerável, ter seios fartos e porque tinha mania de lamber os lábios ao falar. Eu precisava me esforçar pra manter a concentração durante as sessões, ficava imaginando a Macey sentada no meu rosto. Ela era professora e, por conta da síndrome de tetra-amelia, tinha um defeito congênito: um membro deformado. De início, não notei que a mão direita dela não era normal. A Macey usava blusas largas e puxava a manga até cobrir os dedos da mão esquerda. Só quando ela mencionou na terapia, semanas depois, foi que arregaçou a manga do cardigã rosa pra me mostrar o que ela chamava de

139

toquinho. A Macey me contou que se sentia agradecida por seus pais não a terem abortado.

— Seus pais são pastores, Macey. Por que você acha que eles chegaram a considerar o aborto?

— Não consideraram. Mas se meus pais fossem outros, na certa eles teriam pensando nisso.

É verdade.

Ela reconhecia que tinha sorte por estar viva; essa era uma qualidade indispensável a todos nós. Eu lhe disse que a falta de um membro não diminuía o seu valor e o olhar dela brilhou.

Nosso caso começou quando a Macey se sentiu à vontade comigo o suficiente para deixar os suéteres de lado. Ela começou a vir para as sessões com tops decotados e blusas transparentes que revelavam o contorno escuro de seus mamilos. Então, um dia em que veio de saia, ela se sentou em uma cadeira bem na minha frente e abriu as pernas, deixando à mostra a calcinha cor-de-rosa, e pediu pra que eu a encontrasse num hotel ali perto. Fiquei com tanto tesão que chegou a doer. Achei que eu e a Macey tivéssemos a mesma intenção. Nós nos encontramos, ela parecia uma contorcionista no sexo, trocávamos fotos quando não nos víamos — dedos molhados penetrando, o pênis retesado na minha mão — e nos divertimos. Eu nem lembrava de que ela tinha uma mão só. A sua xoxota era estreitinha e ela gemia feito uma prostituta quando eu a penetrava. Mas daí ela arruinou a nossa diversão, pois queria mais do que transar. Eu nunca prometi mais. O que a mais, por acaso? Um relacionamento? Um filho? Noites passadas em casa, assistindo aos nossos programas favoritos na tv? Eu já tinha esse *a mais*. Eu queria o extra.

Eu deveria ter me tocado. Uma mulher que passou a vida se sentindo inferior e ferida encontra um homem que ela considera ser capaz de ignorar a sua deformidade e a desejar sexualmente. Quando esse homem a rejeitou foi como despertar todas as inseguranças dela e forçá-la a reconsiderar a hipótese de ser de fato muito feia, deformada e tosca pra se amar. Pisei na bola, não nego. Quando contei à Macey que não poderíamos mais nos ver, ela desligou o telefone na minha cara. O restante das ameaças vieram na sequência, por mensagens. Cancelei minhas consultas, enviei minha secretária pra casa e fiquei andando de um lado pro outro no consultório, pensando no que fazer. Um peixe morto boiava de barriga pra cima no aquário. Era um mau agouro. Eu o peguei com uma peneira, joguei no vaso e dei descarga, antes que alguém mais o visse.

Pensei em fazer chantagem. A Macey era filha de um pastor renomado. Não ficaria bem saberem que ela transara com um homem casado. Mas antes que eu lançasse mão do golpe, ela me golpeou e entrou com um processo por negligência contra mim. Eu estava enfrentando alguém que dava mais valor à vingança do que à própria reputação. Toda a papelada fora enviada ao consultório e a Jolene ainda não sabia de nada. Mas era só uma questão de tempo, não?

Eu sentia que minha vida estava praticamente arruinada. Tique-taque, tique-taque. Pensei na Mercy, em quanto eu a amava, embora ela não fosse minha. Estava disposto a criá-la como se fosse minha filha legítima e eu tinha certeza de que a Jolene se apaixonara por mim exatamente por isso. Eu estava lá no nascimento dela, nos aniversários e em cada passo da sua vidinha. Fui eu que escolhi o nome dela, Mercy, pelo significado: misericórdia. Foi isso que senti por estar com a Jolene. Eu tinha algo que não merecia, e... Ah, meu Deus, como eu amo essas duas!

Tranquei o consultório e acionei o alarme, mas em vez de ir pra casa, cruzei o estacionamento e fui até o café. Encontrei a Fig sentada diante do computador e com um folhado de maçã ao lado do cotovelo. Ela sorriu ao me ver e desocupou um lugar pra eu me sentar.

— Ei, doutor Sabe-Tudo! — Ela deu um sorrisinho. — Consertou uma porção de cabeças, hoje?

— As pessoas não têm conserto, bobinha. — Puxei o doce pra perto de mim e tirei uma lasca do canto.

Eu controlava minha intolerância ao glúten a maior parte do tempo, mas hoje me sentia muito irritado. Que importância tem uma porcaria dessas quando a sua mulher está prestes a descobrir que você violou os seus votos do casamento?

A Fig me observava. Eu pigarrei.

— Está gostoso. — Indiquei o folhado de maçã.

— Algum problema, Darius? Você está se comportando feito eu.

Lambi o açúcar dos dedos e fiquei olhando pra ela. Estava ali a prova de que a doida varrida tinha discernimento. O desprendimento dela das etiquetas sociais e sua percepção aguçada dos humores eram os aspectos da Fig que eu mais apreciava. Ela chamava a gente de maluco, sendo que a desequilibrada era ela. Isso, de certo, tinha seu apelo sexual. O que menos me agradava nela eram os olhos esbugalhados. Meu Deus, eles me davam arrepios. Era até possível me imaginar transando com ela, mas aí eu lembrava dos olhos. Eles me remetiam aos das pacientes que vi internadas na ala psiquiátrica durante a minha residência. Meu amigo Jack diria que bastaria cobrir a cabeça dela com um saco de papel.

— Foi um dia esquisito, só isso. Você já se sentiu bem ajustada e deslocada ao mesmo tempo, Fig?

— Pode apostar! — Ela deu risada. — Todos os dias desde que eu nasci.

— Nós somos dois desajustados, não somos?

Deu pra ver que ela adorou ouvir aquilo. Quando chegasse em casa, a Fig na certa ia ficar repetindo sozinha. Quero um presente de Natal com essa frase gravada nele.

— Sim — ela falou com resignação, alongando o meio da palavra. — Você vai comer isso? — E apontou não pro doce, mas pra embalagem do canudinho.

Pouca gente sabe da minha estranha compulsão. Eu como coisas: fios das almofadas do sofá, as hastes plásticas que prendem as etiquetas às roupas, curativos e até anéis de plástico do lacre das tampinhas das embalagens de leite. E o meu favorito: palito de dente. Eu seria capaz de comer uma caixinha cheia deles de sobremesa.

Peguei o papel do canudinho, enrolei feito uma bolinha e, para divertimento dela, enfiei na boca e mastiguei. A Fig balançou a cabeça, sorrindo.

— Que esquisito, cara!

Comecei então a contar uma história de quando comi o sofá dos meus pais aos dezesseis anos. Levei um ano inteiro, mas, quando acabei, não sobrara nem um fiozinho sequer. Contei pra a Fig porque ela gostava de ouvir as minhas histórias. Para as bobagens que digo a Fig é ótima. Ela me fazia parecer um pouco menos ferrado, porque, pra ser sincero, era muito difícil bater Fig Coxbury na categoria fodido pra cacete. Afinal, eu nunca perseguira ninguém. Essa desequilibrada tinha problemas de verdade.

CAPÍTULO VINTE E NOVE

TOLINHA

MINHA MULHER ERA UMA TOLA. PODE PARECER CHOCANTE, mas era o que mais me agradava nela. Ela se casou comigo, certo? Acho que isso foi uma estupidez. O velho Sinatra sabia das coisas ao cantar em *I'm a Fool to Want You*:

> *Tenha piedade de mim. Eu preciso de você. Sei que está errado, deve estar errado. Mas certo ou errado, não sou nada sem você.*

A Jolene não *fazia* amigos na proporção em que *aceitava* amigos. Eles chegavam, ela abria os braços e sorria. Ela era como o bêbado contente que a gente encontra numa boate. Sem nexo, cheio de amor e boa vontade. Não havia álcool para diluir o cinismo característico do restante de nós, o amor dela era mesmo genuíno. Muito bizarro… Eu mal conseguia me aturar, imagine então uma estranha. A Jo uma vez me disse que, se ela ficasse sóbria na vida, veria as pessoas como são de verdade e iria se retrair. O que era fato. A Jolene tinha o brilho das estrelas no olhar pra enxergar o potencial dos outros. A porra do tempo todo, todinho. Quanta estupidez. Ela não fazia ideia de como as pessoas eram cretinas. Ela não tinha ideia de quem eu era. Não a parte de mim que ofereço a ela; o meu outro lado. A faceta que eu compartimentalizei. Ela despertava o meu melhor. O cara que transa com mulheres vulneráveis e instáveis é uma entidade completamente separada. A Jo não o conhecia, mas certamente iria ouvir falar dele através das minhas ex.

Sua mais nova missão era a Fig Coxbury, e minha também. Eu queria que ela tivesse faltado à aula, naquele dia. A Fig tinha cinco camadas de fruta podre sob uma casca macia e adocicada. A Jolene estava saturada demais com o amor pra enxergar a podridão. Gosto de coisa podre. É preciso dar risada. É só o que nos resta.

O pudim da Fig era um acessório na nossa casa. Eu vinha engordando por antecipação com o que poderia render isso tudo. Como a Jolene sempre diz, não dá pra incluir três loucos juntos em uma história sem que o mundo deles vire uma gangorra. No momento, ela era um penduricalho deplorável na minha casa. A gente podia mudá-la de cômodo pra cômodo, mas ela permanecia lá, olhando pra nós. Às vezes, quando eu chegava em casa, encontrava a Fig sentada no balcão da cozinha, balançando as pernas, inundando o ambiente com trocadilhos mais ligeiros que o míxer da Jolene. Em outras ocasiões ela saía assim que eu entrava. E ora passava ventando por mim, toda agressiva, ora parava pra conversar. Altos e baixos, baixos e altos. Eu tentaria persuadir minha mulher a sair dessa. A instabilidade psicológica da Fig era mais prevalente nas redes sociais. Pensando bem, era chocante.

— Jo, você posta uma foto em preto e branco e ela posta uma foto em preto e branco. Você amarra uma bandana no pulso e ela amarra uma bandana no pulso.

A Jolene já desandara a rir e eu ainda nem tinha mencionado que, dos cinco restaurantes aos quais ela fora este mês, quatro foram visitados pela Fig — isso menos de 24 horas depois de termos estado lá.

Até eu começava a me assustar, e olha que convivo de perto com gente desequilibrada. Não, apaga isso, eu lido com loucos complacentes, loucas entediadas. Fazia muito tempo que eu não via uma perseguidora legítima no meu divã. Essa gente nunca se conscientiza de que precisa de ajuda.

— Deixa disso. Posso visitar o Instagram de qualquer um e encontrar fotos parecidas com as minhas — Jolene rebateu.

Dei de ombros. Não dá pra forçar alguém a enxergar algo. Mas insisti:

— Talvez, mas essa pessoa não teria a sua bandana. Quer dizer, uma bandana exatamente igual à que você tem e colocada exatamente no mesmo lugar.

A Jolene ficou pensativa, mordendo o lábio.

— É que eu tenho bom gosto.

Às vezes me pergunto se a Jo leva alguma coisa a sério ou se a vida não passa de um grande experimento pra ela. Eu conhecia bem a Fig. Afinal, fazia meses que eu vinha observando a Fig nos observar. Uma vez psicólogo, a gente cria o hábito de diagnosticar a pessoa logo no primeiro contato visual que estabelece. Se bem que a Fig raramente fazia contato visual. Ela era engraçada e isso era um mecanismo de defesa muito eficiente. Certa vez comentei com a Jolene o quanto a Fig era divertida e ela me olhou com as sobrancelhas arqueadas.

— Nossa... Ela nunca disse nada engraçado pra mim — a Jo rebateu.

Foi quando constatei que a Fig age diferente com cada um. Comigo, ela era leveza e nostalgia; ouvia as histórias que a Jolene não tinha paciência de me ouvir contar e rebatia minhas piadas com a mesma dose de humor. Pra minha mulher, ela era a confidente, que ficava ouvindo principalmente sobre aquele merda do Ryan. O Ryan fez faculdade com a minha mulher. Havia pouco tempo voltara a frequentar seu círculo social e andava atrás dela com uma insistência desproporcional pra um mero conhecido. Não sei se a Fig suspeitou de algo, mas ela perguntava sobre ele pra Jolene todo dia, interessada em saber se ela recebera mensagens do cara. A Fig estimulava a Jolene a descrevê-lo, perguntava sobre sua aparência, sua personalidade, sua formação. Eu via toda a interação das duas pelo iPad da Jolene, que estava sincronizado com o celular dela. Eu dera o iPad pra ela no Natal, mas a novidade durou apenas uma semana, até o aparelho acabar esquecido debaixo de uma pilha de papéis na escrivaninha da Jo. Ela preferia ler livros de verdade e fazia tudo mais no laptop ou no celular. Sorte a minha. Eu ficava assistindo de camarote a minha mulher enviando mensagens pra nossa vizinha sobre o camarada pelo qual ela gostaria de ter se interessado uma década atrás. Uma década antes de mim.

Em geral, eu costumava me atualizar sobre a troca de mensagens na hora do almoço. Sentava à minha mesa e, comendo o iogurte que a Jolene sempre me mandava, ficava lendo o que escreviam. A Jolene e a Fig, quero dizer. Não a Jolene e o Ryan — as mensagens dos dois eram uma chatice. Ele era um cavalheiro, insosso.

Fig: "Olha só que lábios. Ele deve beijar bem!" Jolene: "Meio sem açúcar." Fig: "Ah, minha nossa, admite, vai. Ele é sexy."

Deixei cair iogurte no meu celular e não deu pra ver a resposta da Jolene, pois estava na hora da minha próxima consulta.

Vida que segue...

CAPÍTULO TRINTA

FIG EM FORMA

— ENTÃO, VOCÊ RECONHECE?

— Não — ela sibilou. — Não reconheço coisa nenhuma.

Ela me olhou como que me mandando calar a boca e eu fiquei quieto. Deixaria que ela visse por si mesma. Estava bem ali, à espreita, prestes a assombrar a rua West Barrett. Pensei em todos os filmes do Freddy Krueger e do Michael Myers a que eu assistira. Os doidos da rua deles costumavam ter garras e caras assustadoras. A louca da rua West Barrett tinha unhas bem-feitas e roupas idênticas às da minha mulher.

Ficamos olhando de uma das janelas da sala com vista pra casa da nossa vizinha. Fazia frio do lado de fora, a vidraça estava gelada. Cinco minutos antes, havíamos discutido à mesa do jantar por causa da Fig. Exageramos no vinho e eu estava uma pilha por causa do processo. A Jolene insistia que a Fig era uma incompreendida, e eu, que ela era doida de pedra. Não sei dizer o quanto era importante, pra mim, provar à Jo que a Fig era uma farsa. Ainda assim, coloquei minha taça de vinho na mesa, com toda a calma, e pedi à Jolene que ativasse seu contador de passos no Fitbit.

Algumas semanas antes, nosso grupo aderiu ao treinamento do Fitbit, pra entrar em forma até o verão. A Jo e eu, a Amanda e o Hollis, a Gail e o Luke, e, claro, a Fig. Nós competíamos enfrentando os desafios juntos e registrávamos os passos dados no aplicativo no celular à noite, antes de deitar. Assim, podíamos controlar quem estava liderando e… andar um pouco mais. No final da semana, a pessoa que dera o maior número de passos era anunciada. Todos cumprimentavam o vencedor; alguns relutavam mais que os outros, é

146

lógico, e se esforçavam ainda mais pra superar. Estava funcionando — eu perdi dois quilos e meio desde que instalei aquele negócio no meu braço.

A Jolene, que vivia ocupada e não sentava nunca, a não ser pra escrever, causava vergonha a todos nós e dobrava os nossos passos antes mesmo da hora do almoço. A única competidora à altura era a Fig, que perdera quinze quilos desde que a conhecemos. Foi durante o primeiro desafio que comecei a reparar que toda vez que a Jolene registrava os passos dela no aplicativo, a Fig fazia o mesmo segundos depois. Era como se ela estivesse acompanhando o desempenho da Jo pra não se distanciar. Se a contagem dos passos da Jolene subia, a luz no quarto de hóspedes da Fig acendia e ela subia na esteira até assumir a liderança. Se ela ficasse muito pra trás da Jo no fim do dia, saía para correr pelo bairro, com um sorrisinho e uma expressão de determinação estampada no rosto. Num dia só, ela saiu pra correr quatro vezes só pra derrotar a Jolene. Para mim, tinha virado uma diversão observar. Não é segredo que as mulheres são competitivas, mas a Fig elevou isso a um nível de psicopatia admirável. Não que eu a culpasse. A falta de espírito competitivo da Jolene era enervante. Todo o mundo se matava pra vencer e ela não estava nem aí. Era eu quem contava pra Jo que ela vencera os desafios semanais e em vez de se gabar ou ficar dando socos no ar, ela se limitava a dizer um "Legal" e continuava com seus afazeres.

Pra minha surpresa, depois de beber todo o seu vinho, a Jolene fez o que eu pedi sem objeções.

— Agora, entre no chat e conte pro grupo que você vai dormir.

Ela obedeceu.

Daí, eu a levei até a janela e ficamos lá, os dedos gelados dela e os meus entrelaçados. O Malbec que acabáramos de beber continuava vivo no hálito dela.

Segurei a cortina aberta com dois dedos e ela se inclinou pra ver, concentrada. Ah, o cheiro dela... Senti o perfume de rosas que a Jo estava usando. Cheirar a pele dela sempre me deixava excitado. Era assim desde o dia em que nos conhecemos.

Vez ou outra eu olhava pro lado, pra acompanhar a reação dela. Ela ia ver. Em alguns instantes ela saberia. E eu confirmaria que tinha razão.

— Lá, está vendo, Jo? Ah! Bem que eu disse!

Soltei a cortina e bati palmas. Ela pressionou os lábios, piscou e suspirou, atônita. Aproximou-se pra espiar outra vez pela persiana. Eu fiquei animado. Era muito bom estar certo, essa era uma sensação agradável, ainda que fosse sobre algo tão doentio quanto aquilo.

Assistimos em silêncio à Fig deixando a porta da frente, de tênis de corrida e o cabelo curto preso. Ela se inclinou e fez um nó duplo nos cadarços, então se endireitou e se alongou, com os braços levantados sobre a cabeça. Ela olhou em direção à nossa casa. A Jolene deu um gritinho e nós nos abaixamos e nos afastamos pro lado da parede, até cairmos no tapete na maior gargalhada. Os olhos da Jo brilhavam de alegria ao me encarar. Ficamos ali curtindo e, ao olhar pra ela, pensei... que eu nunca tinha amado tanto assim. Eu sorri, agarrei os dedos dela e os beijei. A Jolene fitava as nossas mãos entrelaçadas com as sobrancelhas arqueadas.

— Então quer dizer que desde que começamos essa merda de desafio do Fitbit ela está determinada a me derrotar? A mim: não a Amanda, ou a Gail, ou você?

— Bem, sim, é o que parece. Ela gosta de vencer, mas você é a pessoa mais importante a ser superada. A Fig está obcecada por tentar te superar. Quero dizer, ela está obcecada por você no geral e superar o objeto de sua obsessão é sem dúvida uma prioridade.

— Isso é esquisito demais. — A Jo desviou o olhar, e dava pra ver o quanto ficara abalada.

A Jolene não estava competindo com ninguém, a não ser consigo mesma. Essa era a característica enervante das pessoas confiantes: elas não entram nos nossos joguinhos.

A Jo virou as costas pra janela. Não havia nada lá fora, só a chuva que caía agora.

— Com que frequência ela faz isso?

— A Fig espera até você registrar os seus passos, que geralmente acontece tarde, lá pelas nove da noite. E daí ela vai pra esteira ou sai para correr. Toda vez.

— É, isso é bem curioso.

Assim que a Fig sumiu de vista, a Jolene saiu da sala.

— Aonde você vai, Jo?

— Não imagina? Vou fazer a Fig comer poeira.

Um minuto depois ouvi a esteira ser acionada e o ritmo regular das passadas da Jolene. Dei risada. A vida é um jogo. E é divertido ser um jogador ativo.

CAPÍTULO TRINTA E UM

METÁLICOS

— NÃO A CONVIDE PARA VIR AQUI AMANHÃ, POR FAVOR! — EU pedi. Nós estávamos no quarto.

A Jolene, diante do espelho, escovando o cabelo, um ritual noturno que ela não dispensava. Fiquei observando a escova percorrer do topo da cabeça até as pontas: escova... escova... escova... Em geral sinto prazer em olhar, mas nesse dia isso estava me irritando. A Jo correra oito quilômetros na esteira, assegurando sua liderança e na certa deixando a Fig furiosa. A Fig sempre me enviava mensagens se queixando da Jolene. Era sempre num leve tom jocoso, suficiente pra não aborrecer um marido, mas o ressentimento represado na amargura dela era visível. Estiquei o lençol, cobrindo meu colo. Já havia tirado a cueca, mas de repente perdi a vontade de transar.

— A Fig está mesmo com problemas. — A Jolene guardou a escova e se virou pra me olhar. — Acho que ela tem tendência suicida. Fica postando fotos de trilhos de trem...

— Ela faz isso pra te manipular.

Meu pênis estava mole. Eu me masturbara duas vezes mais cedo olhando uma foto que a Fig me enviara. Acho que já não tenho mais o mesmo vigor de antigamente.

A Jolene nem contestou nem negou o que eu disse. Começou a arrumar a cômoda dela e me ignorou. Com a Jo era assim: ela compreendia as razões do outro, mesmo que se tratasse de um louco, ela ainda se esforçava num gesto de atenção. Bem-vindo ao mundo do marido de uma facilitadora.

Dei um tapinha no colchão e ela veio se sentar ao meu lado. Seu robe se abriu, deixando as pernas longas e bronzeadas à mostra. Meu pênis se animou. Comecei a correr o dedo pra cima e pra baixo sobre as tatuagens do braço dela e falei mais uma vez:

— Sempre que você a convida pra jantar, ela fica até as três da manhã.

— Omiti a parte de que sou eu que sempre fica com a Fig na sala, enquanto ela vem se deitar, porque a Jolene não gosta que eu fique reclamando.

— Ela não sabe respeitar limites, Jo. Na última vez em que nos reunimos, o Hollis perguntou a que horas a gente costuma ir dormir e a Fig respondeu no meu lugar.

— Está falando sério?! — Ela me encarou, mortificada.

— Ela contou pro Hollis que vamos pra cama entre onze e meia-noite e quando fiz uma cara de espanto a Fig acrescentou que nosso quarto fica de frente pro dela e ela vê quando a gente apaga a luz.

A Jolene balançou a cabeça:

— Ela faz isso comigo também. Principalmente na frente das minhas amigas. Tenho sempre a sensação de que sou o saco de pancadas dela.

— A Fig comprou o seu vestido — contei. — Aquele seu novo. Eu a vi usando um igual, ontem.

— Ai, meu Deus... Que coisa! — ela disse exasperada.

— Você devia falar com ela, se isso te incomoda.

A Jolene sacudiu a cabeça:

— Não. A Fig é mentalmente frágil. Se ela quer me copiar, tudo bem. E tem horas que acho que é a minha imaginação. Pode ser que a gente tenha o gosto parecido, sabe?

Dei risada.

— Posso provar que não é produto da sua imaginação.

— Como? — ela indagou, incrédula.

— Lembra quando falamos sobre pintar a sala de jantar na semana passada, quando todos estavam aqui?

Jolene assentiu e eu continuei:

— A Fig quis saber a cor, mas você acabou não dizendo.

— Sei.

— Poste uma foto no Instagram com uma cor bem diferente, algo difícil de conseguir. Dê a impressão de que você pintou a parede.

Ela fez uma careta, balançando a cabeça.

— Você está sugerindo que eu brinque com ela? E isso por acaso é saudável? Não vai fazer mal pra Fig?

— Quero apenas provar o quanto ela é obcecada para ser como você. — Peguei o celular dela e o coloquei em suas mãos.

— Por que você está fazendo isso? Por que a odeia tanto?

— Não odeio. — Suspirei. — Só estou tentando te proteger.

— Sério? Sou eu mesma que você quer proteger?

Eu me questionei, precisava me reorganizar para convencê-la. Isso não tinha nada a ver com o fato de eu ser pego, e sim com fazer a coisa certa.

— Sou seu marido, essa é a minha função.

— Sei disso. — Ela deu um sorrisinho. — Mas você se casou comigo por eu ser o tipo de mulher que não precisa de proteção. Essa foi a isca.

Eu nunca tinha dito isso a ela, mas era fato. Meu relacionamento anterior terminou por conta da dependência da minha ex-namorada, que me deixava exausto. Às vezes me esqueço do quanto a Jolene presenciou.

— Quer dizer que você prefere que eu não me importe? Não era essa a sua maior queixa em relação ao Rey?

Esse era um golpe baixo e eu bem sabia. Rey é o pai biológico da Mercy. A Jo o deixou antes de a menina nascer e ele praticamente não participa da vida dela, já que mora no Alasca.

— Sim — ela afirmou, simplesmente.

Os olhos da Jo estavam fixos em mim. O que será que ela pescara? Eu conhecia bem aquele olhar.

Então, ela completou:

— Eu te conheço, sei o que você está fazendo: tentando me distrair.

Desconfio de que fiquei pálido. Senti o sangue se esvair da minha cabeça. Por isso eu a amo tanto: ela viu.

— Não entendi.

— Eu te acuso, você me acusa. Estratégia típica do Darius. — A Jolene foi ao banheiro escovar os dentes.

— Quer saber? — falei alto pra ela ouvir. — Pode dar uns malhos nela, se quiser. Façam tatuagens combinando, eu não ligo. A vida é sua. Não dê bola pro psicólogo quando ele diz que sua nova melhor amiga não quer o seu bem.

— E se eu te disser que já sabia disso? — Ela se inclinou pra cuspir na pia.

Tive medo da minha mulher naquele momento. Senti tesão na hora. Quando voltou ao quarto, a Jo me entregou o celular dela.

— Faça o seu joguinho, Darius. Vamos ver se você está certo.

O telefone dela todinho pra mim. E se o filho da puta do Ryan mandar uma mensagem enquanto estou com ele? Será que ela não se importa que eu veja? Talvez não se importasse mesmo. Não era a primeira vez que eu tinha a impressão de que a Jolene não hesitaria em me mandar pra aquele lugar se eu invadisse a privacidade dela. Por outro lado, eu jamais poderia entregar o meu celular pra ela, nem se eu quisesse. Aquilo era uma bomba-relógio incriminatória.

Abri o browser e dei uma busca em cores de tintas até encontrar um tom azul-petróleo metálico cintilante que usamos na nossa primeira casa. A Jolene vira em uma revista e foi um pesadelo encontrar, mas ela decidiu que queria porque queria aquela cor. A foto era de uma parede pintada pela metade e um rolo enroscado em uma escada de madeira. Parecia mesmo da nossa casa. Fiz uma captura de tela, ajustei o tamanho e postei no perfil dela no Instagram com uma bela exclamação: "Pintura nova!"

Devolvi-lhe o celular.

— Nunca uso ponto de exclamação. — Ela arqueou uma sobrancelha.

Peguei o aparelho de volta, deletei o tal ponto enxerido e avisei:

— Espere só pra ver.

Daí, eu a puxei pro meu colo e deixei que me cavalgasse. Afinal, não se pode desperdiçar uma boa ereção, ainda que você tema que sua mulher seja mais doida que você.

CAPÍTULO TRINTA E DOIS

OS LÁBIOS DO RYAN

NO MEU CONSULTÓRIO, EU LIA NO IPAD UMA CONVERSA ENTRE a Fig e a minha mulher. Era como um reality de tv. Não dava pra prever o que iria acontecer, nem quem diria o quê. Elas estavam discutindo as vantagens de ficar com alguém como o Ryan. Como ele tinha ótima percepção. Que era sensível e masculino ao mesmo tempo. Como os lábios dele eram atraentes. Eu olhara algumas fotos do camarada na internet e, pra ser honesto, não conseguia ver nada daquilo.

Tenho de dar um crédito à Jolene, pois ela tentou mudar de assunto diversas vezes. Mas a Fig não desistia. Fiquei assistindo a tudo com um misto de raiva e divertimento. Fig Coxbury investia na minha mulher da mesma forma que investia em mim. Uma manipuladora profissional, isso é o que ela era.

O assunto mudou pra doença do pai da Jolene. O papo começava a ficar chato, quando a Fig deu um jeito de trazer o Ryan de volta:

O que você fará quando o seu pai morrer? O Darius não tem te apoiado. Vai precisar de alguém que te conforte.

A Jolene levou alguns instantes pra responder. Imaginei que ela estaria dobrando a roupa lavada ou preparando um drinque. Ela gostava de beber durante o dia, sozinha, sem ninguém pra julgá-la.

O Darius anda muito envolvido com o trabalho.

Ocupado. Ele não sabe como conversar comigo do jeito que eu preciso. Todos temos uma linguagem amorosa própria, sabe?

Ele é psicólogo, porra! Não deveria conhecer as linguagens amorosas de cor? Desculpa esfarrapada. Imagino como você se sente. Você tem este outro cara tipo ao seu lado o tempo todo e que sabe o que dizer. E ainda por cima é lindo. E mais: acho que o Darius se sente intimidado por você.

A Jolene não respondeu e, depois de um bom tempo, mandou uma mensagem sobre outra coisa. Nenhuma menção ao que a Fig dissera. Isso não me impediu de ficar com raiva... de ela sequer deixar esse assunto rolar. Ela era minha, caramba. Deveria se mostrar leal a mim e ao que construímos juntos.

Embora a Jo tivesse ignorado o comentário da Fig, eu sabia que aquilo estava crescendo. A minha mulher era suscetível a palavras doces. Quando ela se encantava com alguém, deduzia que a recíproca era verdadeira e que a pessoa desejava o melhor pra ela. Uma ingenuidade que eu considerava um charme. Mas a Fig vinha se aproveitando disso, brincando com as emoções da Jolene. Ela nem ao menos conhecia o Ryan e mesmo assim estava semeando dúvidas na cabeça da Jolene, que começavam a germinar. Dava pra ver bem no modo como a Jo passou a me olhar. Antes ela me admirava; agora, eu via desapontamento no olhar dela. Então, ela começou a fazer perguntas quando estávamos juntos: "Por que você nunca pergunta como estou? Você simplesmente deduz que estou bem? Eu me sinto vulnerável, ainda que não diga."

Num outro momento da minha vida, eu demonstrara mais interesse pelas coisas dela. Mas a Jolene tinha razão, eu andava distraído. E, afinal, ela nunca demonstrava fraqueza — mas eu também não procurava saber. Como eu iria supor que a Jo quisesse que eu perguntasse sobre ela? A Fig estava tentando convencer a Jolene de que ela merecia alguém mais adequado pra si do que eu e ao mesmo tempo bancava a amiga sexy e flertava comigo? Ela dizia brincando que a Jolene era uma ditadora e eu não a corrigia — eu gostava. Talvez a Fig fosse mesmo do tipo que podia ser amiga de ambos. Dona de um ponto de vista privilegiado sobre a realidade e sem tomar partido.

Quando sugeri uma viagem a Paris pra me afastar de tudo, a Jolene ficou indecisa. Ela não queria deixar o pai doente como estava.

— Você precisa descansar, Jo. Não pode oferecer o seu melhor pra Mercy e pro seu pai se não tirar umas férias. Serão só cinco dias. Vai ser romântico.

Ela abriu um sorriso e reservamos as passagens naquela mesma noite. Quando a Fig descobriu que viajaríamos, me enviou uma mensagem, louca da vida:

França?! Você vai pra França com ela?! Vocês mal se toleram! Como você vai aguentar?!

Ignorei aquela e as mensagens seguintes — todas tentativas de reconciliação, como se ela não estivesse zangada, e sim brincando. Poucos dias antes da nossa partida, ela veio nos visitar, com um olhar perturbado e rebatendo com sarcasmo tudo o que a Jolene dizia.

Assim que a Fig se mandou, fui confrontar a Jolene no closet dela:

— Por que deixou a Fig falar com você daquele jeito? Se outra pessoa te dissesse aqueles absurdos, você soltaria os cachorros.

Minha mulher pareceu surpresa… Não, espera. Ela ficou encantada. Eu a estava defendendo e ela ficou encantada.

— A Fig é assim mesmo. Trata-se de um mecanismo de defesa, doutor.

Não gostei do tom condescendente dela comigo, insinuando que alguém com a minha formação deveria saber bem.

— Mas ela é cruel com você de verdade. Sarcástica.

Fiquei olhando a Jo remexer a gaveta e pegar uma camisola. Um baby-doll cor-de-rosa minúsculo que eu lhe dei de aniversário de casamento.

A Jolene deu de ombros:

— Tenho casca grossa. Acha mesmo que as farpas que ela atira me atingem? A Fig é extremamente insegura, por isso é tão agressiva às vezes.

Eu não tinha como rebater aquilo, mas ponderei:

— É uma questão de princípios. Todo o mundo sabe que você não engole desaforo.

— Eu engulo os *seus* desaforos, Darius. Está com ciúme porque outra pessoa além de você consegue se safar depois de me sacanear?

Eu me arrepiei. Será que ela sabia? A Jo me olhava como se soubesse de algo. Não, ela estava apenas sendo a Jolene. Brincando com as palavras pra me confundir.

— Não me agrada nada. — Acariciei o rosto dela.

As demonstrações de afeição sempre conquistavam a Jolene. As carícias conseguiam afastar o que ela estava sentindo e abrandá-la. Por isso, quando ela me lançou um olhar penetrante com seus lindos olhos castanhos, fiquei surpreso.

— Então não deixe que ela faça — ela disse.

Afastei a mão e a deixei cair pro lado. A Jo insistiu:

— Se você não gosta do jeito como a Fig fala comigo, diga alguma coisa.

Ela me afastou, abrindo passagem, e foi pro quarto sem olhar pra trás.

Decerto a Jo achava que era o que o Ryan faria — partiria em defesa dela —, por isso aquele comentário. Eu era um mediador natural, um libriano. Gosto de deixar a balança equilibrada, sem colocar mais peso de um lado ou do outro. Elas têm de resolver sem mim, a Jolene e a Fig. Eu não iria me envolver.

Fui até a garagem buscar uma mala. Eu planejara tudo direitinho: estaríamos fora quando a intimação fosse entregue. Eu constituíra um advogado fazia uma semana e planejava contar pra Jolene o que acontecera lá na França. Eu diria tudo: as mentiras da Macey, a transferência dela. A Jo acreditaria em mim, porque ela me ama.

CAPÍTULO TRINTA E TRÊS

PISCA-PISCA

A PRIMEIRA GAROTA QUE EU BEIJEI TINHA HÁLITO DE CAFÉ. A gente se beijou em um almoxarifado na escola, enquanto eu a ajudava a guardar alguns materiais dos alunos. Ela me empurrou contra uma estante vagabunda de plástico e eu olhei os rolos de papel higiênico balançando acima da nossa cabeça, pouco antes de os lábios dela comprimirem os meus. Eu não gostava de café até sentir o gosto daquela boca. Depois de me beijar à vontade, ela me deu uma carona de carro até em casa. Ela era a minha professora de gramática da décima série. Três semanas mais tarde, perdi a virgindade no banco traseiro de um Chevy Suburban. Ela estava tão molhada que cheguei a pensar que tinha feito xixi. Transamos outras três vezes depois daquela: no meu quarto, em casa; no quarto dela, quando o marido e os filhos não estavam; e num parque estadual, tão distante que quase ficamos sem gasolina ao voltarmos.

Um terapeuta certa vez me disse que fui erotizado muito cedo. Como terapeuta, concordo. Se eu fosse meu próprio terapeuta, diria que me mantive em relacionamentos secretos e manipulando as vulneráveis. Nós somos produtos das nossas primeiras experiências, replicando as formas como nos ensinaram a amar, a fazer sexo e interagir com a humanidade. Alguns de nós se libertam do passado; outros não são inteligentes o bastante para isso.

A Jolene me trai com o Ryan. Não fisicamente; o que ela está fazendo é pior — é traição emocional. Há uma diferença. Eu tenho um problema legítimo, uma doença. Ela simplesmente cansou de mim e está se divertindo por aí. Magoa. Cinco meses atrás a Jo mandou uma foto de biquíni pro Ryan. Ela a enviou primeiro pra mim e eu esqueci de responder. Uma hora depois, dei uma olhada no iPad e vi que ela enviara pra ele também. Não falei nada, claro, senão ela saberia que eu bisbilhotara. Eu não queria perder minha janela pra vida secreta dela. E cá estou eu lutando pelo nosso relacionamento, comprando flores, preparando jantares, escrevendo bilhetinhos — e ela por aí se divertindo com outro homem.

Apesar do meu pedido, na noite seguinte, cheguei em casa e encontrei a Fig sentada no balcão da cozinha, vendo a Jolene cozinhar.

— O doutor Sabe-Tudo chegou — ela anunciou.

A Jolene ergueu a cabeça. Estava mexendo no forno e me deu um sorrisinho amarelo. Olhei torto pra Jo, mas ela apenas deu de ombros, tipo "Não pude fazer nada".

Não havia mesmo nada a fazer. A Fig se convidara para um dos nossos encontros anteriores. Ela não tinha semancol.

Começou a tocar uma música e as duas trocaram olhares.

— Que música é esta? — perguntei por acaso, ao me servir um drinque.

Eu sabia o que era. O Ryan a enviara pra Jolene. Óbvio que a Fig sabia; ela passara o dia no pé da Jolene em busca de notícias do Ryan.

— Ah, é uma música que a gente gosta — a Fig disse, rindo pra Jolene.

A minha mulher desviou o olhar, desconcertada.

— É legal — ela comentou.

— Onde você ouviu? — Agora eu só estava sendo chato.

A Jolene se esquivou. A Fig desceu do balcão e pegou a garrafa de gim da minha mão, me encarando, e respondeu:

— Sabe... por aí.

— Ah, é...? — *Suas vadias mentirosas.*

Eu me zanguei. Elas estavam galinhando por aí, passavam o dia todo falando sobre outro homem, ouvindo as músicas que ele enviava. Lamentável.

Depois do jantar, a Fig ajudou a Jolene a arrumar a cozinha, mas a acusou de ter gostos caros. Quando a Jolene negou, dei risada.

— A negação é um caso sério com essa aí — comentei.

— Bem, deixe que ela pense que é uma pessoa fácil de se lidar. — E a Fig piscou pra mim.

A Jolene olhou feio para nós dois.

— Por que um de vocês, seus babacas, não me serve um drinque enquanto dou um banho na minha filha? — E ela foi tirar a Mercy da frente da televisão.

Não me deixa sozinho com ela! Não me deixa!

Nós todos passamos da conta na bebida e a Jolene foi se deitar. Quando a minha mulher se levantou e esticou os braços para se espreguiçar, olhei pra ela com cara de súplica. Seus seios se empinaram e deu pra ver o contorno dos mamilos pelo tecido fino da camiseta. Ela reparou que eu estava olhando e deu uma piscada. Era um joguinho que a gente fazia: quem ficaria sozinho com a Fig no final da noite. Ficamos sem jeito de mandá-la embora, então um dos dois faz sala até que ela decida se mandar. Argumentei que teria de trabalhar cedinho, mas a Jolene pegou a Mercy antes que eu tivesse a chance, o que na maioria das noites resultava em ela ir pra cama mais cedo. Depois que a Jolene subiu, eu fui pra a cozinha e me servi de mais uma dose. Servi uma pra a Fig também e levei até o sofá, onde ela se aninhara, os olhos esbugalhados, sem piscar, a me observar atentamente, como de costume.

O bom com relação à Fig era que ela não precisava falar — ficar perto de outro humano lhe bastava. Eu me encarregava de puxar assunto, o que era uma mudança de ritmo pra mim. Não havia necessidade pra profundidade, como a Jolene exigia em nossos bate-papos. A gente falava dos temas mais bobos, fazia piadas e compartilhava referências sobre filmes, uma espécie de jogo rápido que só ela conseguia acompanhar. Eu falei uma porção de coisas sem sentido, o que me vinha à cabeça, e a Fig ficou lá, ouvindo tudo atentamente. Quando eu começava a falar bobagens pra Jolene, ela me mandava calar a boca, mas a Fig gostava do som da minha voz. Ela gostava do fato de eu ter o que lhe dizer.

Um drinque virou dois e, quando acabamos de tomar o terceiro, estávamos tão bêbados que, quando ela esticou a mão e tocou o meu peito, eu não a detive. Era bom ter alguém me desejando tanto. Eu não tinha de fazer nada pra merecer — mesmo a Fig me querendo porque eu pertencia à Jolene. Eu me perguntava se ela tinha consciência da intensidade da própria obsessão ou se criava justificativas para si num modo narcisista encantador.

A Fig me enlaçou e então começamos a nos beijar, o bafo de álcool dos dois se confundindo, a sua boca molhada e faminta. Ela era pequenininha. Ao acariciar o seu corpo, senti os ossos salientes. A Fig subiu no meu colo sem avisar e começou a se esfregar em mim, e eu só conseguia pensar que ela me contara que tinha uma xoxota bem apertadinha. Ela estava de short e, quando enfiei o dedo pelo cós, descobri que ela estava toda molhada e sem calcinha. Me inclinei pra trás, pra conseguir abaixar o short dela e admirar a vagina estreitinha combinando com aquele corpo delicado e tonificado. Eu a penetrei com o dedo e a Fig se contorceu, como se quisesse cavalgá-lo, o que me levou à loucura. Ergui-lhe a blusa e chupei os mamilos, minha língua circundando as argolas de metal em seus mamilos. Quem diria? A Fig tem piercing nos seios.

A Jolene poderia sair do quarto a qualquer minuto e flagrar a gente se bolinando no sofá. Aquela hipótese deveria ter me apavorado. Mas, em vez disso, eu a tirei do meu colo, baixei ainda mais o short e levantei o quadril dela até a altura da minha boca. Eu queria sentir o gosto da Fig. Quando comecei a chupar, ela pressionou a vagina freneticamente contra o meu rosto e eu caprichei ainda mais, com meus dois dedos entrando e saindo. A Fig ficou em silêncio, ofegante, as mãos apoiadas na parede atrás do sofá, assistindo ao que eu estava fazendo. Nem sinal da timidez repentina que eu esperaria dela. A Fig era sensual, receptiva, e abriu bem as pernas enquanto eu a chupava. Segui em frente até ela gozar. Daí ela deslizou até deitar ao meu lado no sofá e subiu o short.

Nenhum dos dois disse uma palavra sequer. Quando ela calçou os sapatos, eu a acompanhei até a porta. A Fig não me olhou. Estaria envergonhada pelo que acabáramos de fazer? Ou gostara? Eu também não sabia o que pensar de mim. Uma coisa era transar com uma estranha qualquer. Mas com uma amiga da mulher da gente?

— Tchau — ela se despediu.

Respondi com um aceno breve. Aquilo era o que eu era, não? Não havia uma explicação lógica pra ter agido como agi, exceto que o fiz porque quis. Eu poderia ter ido pro quarto que divido com a minha mulher, feito a Jo rolar por cima de mim e transado sem reservas da parte dela. A Jolene era sempre receptiva, nossas transas eram ótimas. Mas em vez disso, fui enfiar os dedos na xoxota da mulher que eu vinha acusando de perseguir a minha mulher até ela ter um orgasmo.

Levei as mãos ao rosto. Os meus dedos estavam com o cheiro dela. Eu sou o maior babaca do planeta.

CAPÍTULO TRINTA E QUATRO

POEMA

— **VOCÊ ME ESCREVEU UM POEMA, DARIUS? PUTA MERDA,** jura?! Não acredito.

O cabelo dela estava preso, e o pescoço, à mostra. Era um belo pescoço, um dos meus favoritos de todos os tempos. Estendi o braço pra acariciar-lhe o joelho e disse:

— Adoro a sua boca suja.

Estávamos no meu carro, que pra Jolene era um carro de velho, principalmente por causa da cor. Seguíamos pra um restaurante em Fremont, ao qual nunca tínhamos ido antes. A gente gostava de experimentar lugares novos e era a nossa noite de sair pra namorar. Eu fizera de tudo pra impressioná-la — roupa nova (para mim), flores (para ela) e sim, eu escrevera um poema. A Jo recitou um trecho em voz alta:

— "A escuridão queria me engolir. Tão próxima que chegava a ferir. Mas você, com sua luz inigualável, veio me banhar e me salvar. Sou pura treva sem você. Meu amor. Minha vida. Meu tudo. Tão próximo da vida desprovida de vida. Mas você, com sua luz inigualável, reacendeu a chama do meu ser…"

A Jolene odiava o que escrevia. A reação dela ao ler qualquer trecho do próprio trabalho me remetia à Bruxa Má do Oeste. *Derreteeeeeendo, estou derreteeeeeendo!* Duas vezes por ano ela precisava aprovar as vozes pra narração dos seus audiolivros, mas desde o princípio se recusou a fazê-lo. A Jo alegava que não conseguia ouvir ninguém lendo o que ela escrevia. Assim, sobrava pra mim essa tarefa. Eu gostava da responsabilidade. Eu mesmo tenho voz de locutor.

— Ficou bom, não ficou? — perguntei. — Passei dias trabalhando nele. Você sabe que ganhei um prêmio de poesia no ensino médio; aliás, de poesia e contos. Escrevi um conto sobre uma colher. Minha professora disse que nunca tinha visto um talento igual.

Quando me virei pra ver a reação dela, a Jo estava me fitando.

— Que foi?

— Nada. — E ela se virou.

— Não, pode ir falando. — Eu a espiei de canto de olho e ela parecia brava.

— Você sempre faz isso. Faz algo que deveria ser pra mim, mas no final fica parecendo que era pra você.

— Como assim?

— No ano passado você me escreveu uma carta de amor. Tudo o que você disse era lindo. Mas, depois de eu ler, você passou vinte minutos se gabando da sua caligrafia.

É verdade, me lembro de ter ficado muito admirado comigo. Eu não conhecia uma caligrafia mais bonita que a minha.

— O que você queria que eu dissesse? Eu já tinha dito como me sentia na carta. Queria que eu repetisse tudo, fosse mais fundo? Está me acusando de ser narcisista, Jo, mas vale o mesmo pra você, por querer continuar sendo o foco da conversa.

— Pode ser. — Ela inclinou a cabeça. — Ou você só me diz as coisas que eu quero que você sinta?

— Que porra você quer dizer com isso?!

A Jolene sorriu. Eu nunca vira tanta frieza nela. Seus olhos não transmitiam nenhuma emoção.

— Não quero dizer coisa alguma, Darius. Nada mesmo. Aliás, você viu a foto que a Kelly postou do bebê dela no Facebook? A coisa mais linda!

Uma troca repentina de assunto. Eu vira a foto. Cabeludo, moreno e cara de duende. Ia fazer um comentário, quando me ocorreu qual estratégia ela estava usando e, então, caí na gargalhada.

— Você é uma sacana, Jo!

E ela me olhou com cara de não entendi, mas deu pra ver que estava segurando a gargalhada. A Jo sempre pegava no meu pé por ficar postando fotos minhas quando bebê no Instagram. "Você nunca posta nada da nossa filha. É óbvio que é obcecado pelas suas fotos de bebê", ela vivia reclamando.

Na verdade, sempre que o assunto era bebê eu dava um jeito de comentar o quanto eu era lindo. Sim, pode parecer um comportamento estranho, mas era fato.

A Jo esticou o braço e acariciou a minha nuca.

— Tudo bem. Narcisismo aqui corre solto — ela brincou.

Eu estava gostando tanto daquelas carícias que nem liguei por ela tirar sarro de mim.

Certo, sou meio narcisista. Nada muito extremo, como muita gente. Mas o bastante pra não poder negar quando a Jolene me acusava. Quem era o psicólogo de verdade aqui, afinal? E prefiro ser narcisista e ter alguma dimensão disso, a ter uma tendência psicopata e não ter nenhuma noção.

Quando nos sentamos pra jantar, eu verifiquei meu celular. Como de costume, fiz de conta que verificava se não havia mensagens sobre a Mercy, mas, na verdade, estava me certificando de que ninguém enviara algo censurável que a minha mulher não pudesse ver. Nem sempre me orgulho de ser como sou, mas todos têm fraquezas. Quando desviei o olhar do meu aparelho, notei a Jolene ocupada com o dela, com um sorrisinho nos lábios.

— Pra quem é a sua mensagem? — perguntei.

— Para quem foi a sua?

Estávamos numa disputa de olhares quando o garçom veio anotar os pedidos. A cara de pau dela de enviar uma mensagem pro Ryan me deixou puto da vida.

— Nós podíamos comprar um filhote pra Mercy, no Natal — ela sugeriu, do nada.

— E que tal uma bicicleta? — Minha atenção continuava no telefone dela. Eu teria de checar o iPad depois, pra saber o que os dois conversaram.

— Darius... — Ela estreitou os olhos, bem-humorada. — Eu e a Mercy gostamos de cachorro. São duas amantes de cachorro contra um que detesta.

— Eu não detesto. Tá, detesto sim.

— Eu quero um husky siberiano — a Jo completou. — Esse é o cachorro dos meus sonhos. Sempre tive cachorro pequeno, mas adoro cachorrões. Sou louca por eles.

Minha reação foi evidente — senti a cabeça girar e a olhei no fundo dos olhos pela primeira vez nos dez minutos em que passamos ali.

— Você já mencionou isso pra mais alguém?

Ela torceu a boca.

— Sim. Acho que sim, por quê?

Suspirei e passei a mão no rosto. Eu poderia dizer pra ela, mas a Jo não me ouvia nunca.

— Quer saber de verdade?

— É sobre a Fig? — Ela desviou o olhar pra mesa e se pôs a brincar com o garfo.

A Jolene estava farta daquilo. Eu parecia um disco riscado, insistindo naquele assunto.

— Deixa pra lá.

— Não. — A Jo esticou a mão e segurou na minha. — É que todo o mundo sempre quer falar da Fig e da obsessão dela. Eu sei, e entendo. Isso já está cansando. A única pessoa que não sabe sobre a fixação dela é a própria Fig.

— Ah, ela sabe, Jo. Em alguma medida ela sabe.

— O que ela fez agora?

— Disse o que você acabou de dizer sobre o husky, palavra por palavra.

— Pra quem?

— Foi na festa de aniversário da Mercy. Eu a ouvi contando pra aquela sua amiga corretora de imóveis.

— Ah... Bem, acho que falei para ela, sim.

Pensei no Ryan de novo, aquele desgraçado. O cara estava bancando o amigo da Jo, fazendo de conta que se importava com ela. Bem, tenho o número de telefone desse miserável.

CAPÍTULO TRINTA E CINCO

MERECE UM OSCAR

OLHA SÓ, ELA SE METENDO NOS NOSSOS COMPROMISSOS DE novo, mandando mensagens sobre suas mazelas, pra Jolene sentir pena dela. Eu estava frustrado, o gelo do meu drinque derretendo na minha frente, intocado. Nós combinamos de ir a Bellevue para tomar uns drinques e jantar, e quem sabe pegar um cineminha depois. Eu vinha tentando convencer a Jolene a assistir a um filme indicado ao Oscar, mas ela detesta o Robert Redford e estava metendo o pau nele. Em geral eu conseguia fazê-la se sentir culpada e ir assistir ao que eu queria; ela não costumava resistir assim por tanto tempo. Tudo ia muito bem, nós estávamos sentados num bar de um dos restaurantes favoritos dela, a Jo esfregava os joelhos nos meus e dava pra sentir seu perfume — o meu preferido. Nós rimos e trocamos beijos, discutindo sobre as indicações ao Oscar do ano, quando a tela do celular dela piscou, indicando que havia uma nova mensagem. Fiquei observando-a ler e vi sua expressão se fechar. Eu conhecia bem aquela cara.

— É a Fig? — perguntei.

Ela assentiu, o sorriso apagado. O clima mudou. Impressionante como essa garota consegue sugar a alegria do ambiente.

— Ela está agindo assim porque nós dois saímos juntos — afirmei. — Acha mesmo uma coincidência ela de repente ficar bêbada e morbidamente deprimida toda vez que a gente sai pra namorar?

— Você sempre pensa o pior sobre as pessoas — ela afirmou, com a testa enrugada e me olhando como se eu fosse o inimigo. — A Fig está triste e venho tentando ajudar. Quero que ela perceba que a vida pode ser melhor. Ela não tem ninguém.

Eu poderia oferecer uma resposta mais amena, mantendo meu tom calmo e a voz baixa, mas já estava de saco cheio de tudo aquilo. De não ser capaz de ter a minha mulher só pra mim na única noite do mês, de não conseguir dizer o que eu realmente gostaria. De não conseguir me controlar.

— Puta que pariu, Jolene, para de bancar a boba! — gritei.

O barman olhou pro nosso lado do outro extremo do bar.

A Jolene me encarou, gélida. Eu exagerara. Ela não gostava de vexame e eu gritara com ela em público.

A Jo se levantou sem dizer uma palavra e saiu, me largando ali sozinho. Soltei outro palavrão, peguei duas notas de vinte na carteira e joguei no balcão. Não era bem assim que eu planejara. Esperava ter uma noite agradável, dando motivos a minha mulher pra ver como é bom ficarmos juntos e assim poder mencionar sobre o processo na volta pra casa. Eu planejara como contar a minha história triste — a tal moça tinha um caso extremo de transferência. Ela deu em cima de mim e, quando eu a rejeitei, decidiu me punir. E era a pura verdade, não é mesmo? A Jolene tinha um talento especial pra estragar as coisas com aquele seu mau humor. Eu me dei ao trabalho de planejar um programa especial pra nós dois e ela resolveu se comportar feito criança, saindo de repente e me deixando lá plantado, sem a menor consideração.

Eu não ia perder o meu tempo indo atrás dela. A Jo devia estar por aí, andando pelos corredores do shopping ou ido a outro lugar tomar um drinque. Eu pegaria um Uber pra voltar pra casa e deixaria o carro com ela.

Parei num bar mais adiante na avenida pra beber algo. Ali ninguém ia ficar me olhando por eu ter gritado com a minha mulher. Tomei dois drinques e, quando saí de lá, já não me lembrava do motivo da briga. Peguei o celular pra mandar uma mensagem pra Jo, mas então eu a vi, sentada no bar do restaurante Schmick, toda encolhida, bebendo um martíni. Fiquei um tempão olhando pra ela antes de abrir a porta e entrar. As coisas não iam bem pra mim. Eu precisava da ajuda dela ou acabaria na rua, sem lugar pra morar e sem a minha licença para exercer a minha profissão.

— Jolene — chamei, chegando por trás dela. — Sinto muito, me desculpa. Você está certa. Eu sou um egoísta. Mas é que quero ter você só pra mim de vez em quando.

Ela girou o banco para me olhar e notei que ela havia chorado.

— Você é um cretino.

— Tem razão, sou sim.

Segurei o rosto dela e a beijei na testa. Ela estava tensa, ressabiada. A Jo sempre dava um pouco de trabalho pra se soltar, era preciso massagear os ombros dela, ficar mexendo em seu cabelo.

— Jo, eu também quero ajudar a Fig, sério. Ando muito cansado e estressado, só isso. Escuta, liga pra Fig e fala pra ela vir encontrar a gente.

Tive a impressão de que ela ia chorar de novo, mas a Jo se acalmou e assentiu.

— Ela está num estacionamento em algum lugar por aí, aos prantos, Darius.

"Que se dane", eu adoraria dizer. Mas, em vez disso, dei de ombros, assenti e acariciei o pescoço dela.

— Confie no que diz o seu coração, meu amor.

Quando me dei conta de que queria ficar com a Jolene, eu ainda namorava a melhor amiga dela. Eu a olhara. Os homens sempre olham, ainda que neguem. Somos assim, fazer o quê? As pernas compridas, o contorno dos mamilos sob o tecido fino, o jeans justo na bunda — olhamos e o pau sobe. Fomos equipados desse modo. Muitos homens mais presunçosos, os malditos puritanos, dizem que não olham. Alegam que evitam a tentação do mal, vulgo, o tipo de mulher que dá tesão. Não são as mulheres que me deixam de pau duro; é a minha capacidade de controlar as emoções delas.

A Jolene representava outra coisa pra mim. Ela transcendia os joguinhos que eu fazia. Quando éramos só amigos e eu mentia, ela era capaz de me olhar nos olhos e me dizer na cara que eu estava mentindo. A Jo se preocupava comigo com um interesse genuíno. Às vezes, ela me enviava uma mensagem do nada, perguntando como andavam os meus sentimentos. Na época, ela dizia algo do tipo "E o seu coração, como vai?", e era inútil mentir, inventar, pois ela sempre descobria. As confissões jorravam feito vômito. A Jolene era o dedo na garganta: enfiava lá no fundo até não ter o que fazer senão botar tudo pra fora. A verdade veio logo, crua, dolorosa. Acho que fiquei dependente do tipo de reação que ela me desperta. Com ela, sou eu mesmo, revelo minhas verdades mais terríveis, sem que ela mexa um cílio sequer. A Jolene é uma terapeuta de verdade; eu só faço de conta. Rompi um relacionamento de dez anos e a cortejei com uma ânsia que foi novidade pra mim. Não me importei por ela estar grávida de outro homem. Não liguei pro fato de minha ex-noiva adorá-la. A gente não escolhe a forma como o amor nasce, apenas aceita que ele existe. E o meu nasceu na forma da gravidíssima e proibidíssima Jolene Wyatt. A garota que ao mesmo tempo viu tudo e absolutamente nada.

PARTE TRÊS

A ESCRITORA

CAPÍTULO TRINTA E SEIS

ENTEDIADA

EU NÃO CONSEGUIA ESCREVER. OLHAVA PRA PAREDE, OLHAVA pro teclado e olhava para as minhas mãos, que em alguns dias eu achava lindas e graciosas, e em outros, judiadas e encarquilhadas. Quando eu parava de olhar as coisas e me concentrava, escrevia uma frase e em seguida a apagava.

Fiquei beliscando a pele do pulso — uma mania que eu tinha desde criança. Quando me perguntavam, eu dizia para todos que estava escrevendo, mas não estava. Eu sentia alívio quando o meu alarme tocava todo dia às três da tarde, pra me avisar que estava na hora de ir buscar a Mercy na creche. Era algo diferente de ficar olhando as paredes.

A verdade nua e crua? Será que o amor me dizimara? Aniquilara a minha criatividade? Um pouquinho, sim. Antes do Darius, a minha veia artística era infinita. Eu não precisava me esforçar pra conseguir as palavras, elas simplesmente jorravam aos borbotões de uma fonte inesgotável de criatividade. A tristeza é lucrativa, amigos. No entanto, eu não estava mais triste, né? Pela primeira vez, me sentia confortável, protegida pela segurança e pelo amor. Um homem que eu amava e admirava acolhera a mim e à minha futura filha e nos dera um lar. Mãos firmes e toque delicado, ficamos enfeitiçadas por ele. E psicólogo! Um psicólogo sempre sabe o que fazer. Eu podia relaxar, aceitar seu amor e confiar. Tem coisa mais encantadora?

Mas eu estava entediada.

Não com a minha vida, a vida era uma merda maravilhosa. E nem um pouco com a minha carreira, que estava no auge. E sem dúvida não com a maternidade, que é tumultuada demais pra causar tédio. Eu estava entediada com o amor.

E o que é o amor, afinal? A maioria de nós não faz a menor ideia, porque nossos pais nos passaram uma droga de exemplo sobre ele: pudico, não verbal, rígido; ou no outro extremo do espectro: caótico, descompromissado, inconsistente. Ou, simplesmente, divorciados. Por isso nos tornamos adultos impacientes e ansiosos, tomando notas ao assistir a comédias românticas... ou filmes pornô. *Amor são flores! Amor são gestos nobres! Amor são viagens a Paris de mãos dadas! Amor é ela abrindo a boca toda vez que você quer enfiar o pau lá dentro.*

Amor é o que a gente decidir que ele seja, mas, caso você tenha uma fresta na janela por onde espiar, se estrepou bonito.

Mas daí a gente vira mãe e tudo muda. Amar é sinônimo de sacrificar a nossa natureza egoísta por alguém com quem estamos mais comprometidas do que com nós mesmas. Tornar-me mãe me transformou numa esposa melhor. A minha personalidade ganhou uma repaginada e o Darius colheu os benefícios.

O Darius não tem nada de entediante. Muito pelo contrário. Mas, passados três anos, acabei convencida de que o nosso relacionamento era uma invenção. Ele não é quem dizia ser. Eu estava fascinada e horrorizada. Meu desapontamento era uma pedra amarga no fundo do estômago. Comecei a procurar artigos na internet sobre sociopatas e estava segura de que meu marido era um. *Você aceita este sociopata como seu marido legítimo...*

Certa vez eu perguntei ao Darius se ele já tinha feito algum tipo de diagnóstico sobre si. Ele caiu na risada e disse que não, mas que achava que eu era sociopata. E esse era um típico comportamento sociopata. Alguém menciona um problema e a pessoa inverte a conversa e acusa a tal pessoa da mesma coisa. Bravo! O Darius manipula a mente dos outros e eu manipulo as palavras; assim, nenhum de nós podia manipular o outro. Um neutraliza o outro.

Eu ainda o amo. Profundamente. Como é possível amar alguém que, na essência, é um infeliz miserável e destrutivo? Temos amor-próprio, certo? Na verdade, somos obcecados por nós mesmos. Não? Também valorizamos o que odiamos. Se duvida disso, experimente cronometrar o seu ódio-próprio. A gente gasta noventa por cento do nosso tempo procurando novos motivos pra nos odiar. Pura obsessão.

Seguindo em frente...

Eu copiei as estratégias pra trazê-lo de volta pra mim: encontros, refeições caseiras (sem glúten), o corpo mais' durinho, depilação íntima total e uma xoxota sempre molhadinha. Nenhuma dessas coisas conseguiu tirar o olhar vago dele. Então, passei a fazer um monte de perguntas. "Por que você traiu a Dani? Foi ela ou foi você?" "Você se sentiu culpado?" "Você alguma vez ficou tentado a me trair?"

Ele dava um jeito de não responder a nenhuma delas. Foi então que me ocorreu: o Darius estava escondendo alguma coisa. Eu me lembrei de que, na semana anterior, quando peguei o celular dele pra ver alguma coisa, o Darius correu pra pegar de volta e puxou até eu soltar. Bastava eu pegar o telefone dele e suas mãos na hora me rodeavam.

Ora, ora, ora.

No entanto, eu estava entediada.

O Darius me dava flores — pelo menos, uma vez por semana. Um gesto romântico, não um sacrifício. E às quintas-feiras ele cozinhava — de alguma forma, ele tinha de comer. Às vezes ele deixava uns cartõezinhos na minha bolsa. Eu mexia na bolsa pra pegar a embalagem de lenço de papel ou a carteira e achava um cartãozinho rosa-choque ou verde. Alguns meio bregas na aparência — um menininho e uma menininha de mãos dadas ou um coração com uma flecha atravessada. Do lado de dentro, uma versão particular de frases de amor. "Antes de te encontrar eu vagava sem rumo pela vida." "Você é a única mulher que eu enxergo." "Quero envelhecer ao seu lado." "Você é a chama da minha alma." "Eu achava que minha mãe era a imagem da mulher perfeita, até te conhecer." Lindas; mas palavras.

Eu me perguntava se alguém com uma chama na alma solta fumaça pela boca.

Não conseguia acreditar nos cartões dele, não engolia as palavras que o Darius escrevia neles, nem as flores que murchavam e morriam nos vasos, com as pétalas espalhadas na superfície ao redor. Eu recolhia as pétalas aveludadas e ressecadas e as segurava, imaginando o que aconteceria conosco. Nenhum dos gestos alcançaram os olhos dele. Eu queria que ele voltasse a ter olhos pra mim. Não queria flores dele, nem cartõezinhos cor-de-rosa ou vieiras servidas sobre a quinoa. O Darius estava me embromando e nós dois sabíamos disso.

CAPÍTULO TRINTA E SETE

ESTRANGULADORA

— EU JÁ TE CONTEI SOBRE O FIGO ESTRANGULADOR? — O Darius perguntou.

Fiquei confusa. O Darius tinha mania de falar sobre fatos curiosos. Na semana anterior eu encarara uma palestra completa sobre gansos. Gansos! Pra ser franca, foi fascinante; aliás, muito mais do que a de quinze dias atrás, quando ele falou sem parar sobre o papado.

— Diga — eu falei. — Sou *quase* toda ouvidos.

Ele deu um tapinha na minha bunda, então se inclinou e beijou a minha nuca, me abraçando por trás.

— Eles são conhecidos como estranguladores porque crescem em árvores hospedeiras, que eles vão sufocando lentamente até matar. — O Darius me apertou e eu resmunguei. — Prova viva de que os oportunistas se dão bem, sejam eles humanos ou plantas. A árvore hospedeira morre quando a figueira já cresceu o bastante e adquiriu força pra se sustentar sozinha, em geral rodeando-se ao corpo oco e sem vida da hospedeira morta.

Eu estava de olhos fechados, recostada nele e me sentindo aconchegada no seu calor.

— Qual é, afinal, a moral dessa história, Darius?

— Dizem que as pessoas fazem jus ao nome que têm — a voz dele soou abafada junto ao meu pescoço.

— Entendi. Fig, a maluca. Fig, a estranguladora da minha vida. Fig…

Ele vivia obcecado pela Fig Coxbury. Sempre me prevenindo sobre ela, observando o seu comportamento estranho. *Não pense que não te conheço, Darius. Sei que você tem tesão por malucas.*

Na semana que se seguiu, tentei manter distância da nossa vizinha mais nova. Eu não estava acostumada a ter uma amiga assim tão próxima, perto o bastante pra eu ter a obrigação de convidá-la pra entrar sempre que a via vagando entre as roseiras no jardim, toda triste. A Fig não me incomodava tanto quanto parecia incomodar todo o mundo, mas eu começava a me cansar de ouvir falar — os avisos de cuidado eram constantes. O que todos viam que eu não via? Gosto das pessoas, quero ajudá-las, mas não se isso me custar os meus relacionamentos. Eles tinham razão sobre algumas coisas — ela se mudara pra casa ao lado fazia seis meses e estava ficando cada vez mais igual a mim. Chegou até a pintar o cabelo de preto como o meu. Eu não ligara muito pra isso, até que o meu cabeleireiro me contou que a Fig tinha ido lá e pedido expressamente pra ele usar a combinação exata de cor que aplicava em mim.

Distância, era disso que eu precisava. Me sentia oprimida tendo alguém me vigiando o tempo todo, fosse olhando pela persiana ou ali perto, na esquina. E então veio o telefonema. Meu pai não estava muito bem. Reservei minha passagem. Nada de pensar na Fig, no Darius e nas árvores estranguladoras.

Meu pai estava morrendo. Ele vinha definhando fazia dois anos e eu perdi a conta de quantas vezes me despedira. Voei pra Phoenix, aluguei um carro no aeroporto e dirigi até o hospital na cidade de Mesa. Câncer é uma coisa horrorosa, um monstro que vai devorando aos poucos. Ele agora era a sombra daquele homem de antigamente. Um quadro triste pra uma filha assistir.

No primeiro dia lá, meu pai agarrou a minha mão entre períodos de sono agitado, e então, de repente, arregalou os olhos e disse:

— O Darius foi um equívoco ruim.

Levei um baque. Meu pai sempre adorou o Darius. Atribui aquilo a um pesadelo. Mas quando a cabeça da gente está assombrada por dúvidas, uma coisa dessas perturba... até parece profecia. Perguntei a ele sobre aquilo quando meu pai, sentindo-se melhor, me deixou dar-lhe sopa.

— O Darius? Quê? O que eu falei?

Parei de dar a sopa, com a colher a meio caminho entre nós.

— Que ele foi um equívoco ruim.

Meu pai arqueou as sobrancelhas.

— Ele tem um problema com sexo, filha. Está estampado na cara dele. Mas é um bom homem. Você me conhece, eu gosto de degenerados.

— Como assim? O que isso quer dizer? — Franzi a testa.

— É, todo o mundo carrega seus próprios demônios, Jojo linda. — Papai estendeu o braço e fez carinho no meu joelho, mas pareceu ficar exausto com esse simples gesto.

— Tudo bem, papai. Tudo bem.

Na hora de eu ir embora, dois dias depois, ele começou a chorar. Não dava pra saber quem soluçava mais. Mas é o que acontece quando a gente não sabe se é a última vez que verá alguém. Eu estava ficando acostumada com essa coisa de despedida. Triste, muito triste.

— Não acho que é ele — meu pai disse quando o beijei.

— Quem papai? — perguntei, confusa.

— O Darius.

— Ah... — Eu não sabia o que dizer. A gente discute com um moribundo ou deixa estar?

— Você vai encontrar outro, mas ele só virá depois que eu morrer.

— Papai! — eu ralhei. — Posso aguentar a parte do "outro", mas deixa a morte pra lá.

— Todo o mundo morre, Jojo — ele afirmou, acabrunhado. — Todos nós, humanos imundos.

No avião de volta pra casa, eu não conseguia parar de pensar no que ele dissera. Meu pai era insano, ninguém discutia isso. Eu creditava minha carreira ao caos emocional em que ele me colocou quando eu era criança. No entanto, ele sempre tinha razão. Meu pai previa as coisas, enxergava o interior das pessoas. Fiquei muito impressionada. Ele não acreditava em sexto sentido e dizia que os sensitivos ganhavam a vida lambendo o saco do demônio, mas sempre achei que ele nascera com o dom da premonição.

Quando o avião pousou e eu fui pegar a minha mala na esteira, já tinha me convencido de que estava tentando criar caso com o Darius. Isso era infantil e ofensivo. Imaginei o quanto ele ficaria magoado. Eu precisava parar com isso. O Darius era o melhor homem que eu conhecia e eu o amava de verdade.

Feito um relógio de ponto, o Ryan enviou uma mensagem.

— Vá se foder, Ryan! — murmurei, sozinha.

Era como se ele adivinhasse a minha montanha-russa emocional. O Ryan me descentralizava. Será que existe essa palavra? Mas ele nunca se intrometia, Deus o abençoasse por isso. O Ryan sabia o que dizer e como dizer. Bem o meu marido terapeuta deveria ser bom nisso, certo? Mas ele não era. Ao menos, não comigo.

E o seu pai?

Direto no ponto fraco.
Respondi:

Morrendo.

Posso fazer alguma coisa? Você está bem?

Não respondi. Verifiquei as mensagens do Darius. Ele não me perguntara nada daquilo. Meu marido não me fizera pergunta alguma nas últimas 48 horas depois da questão de praxe: "Já pousou?" E logo mais tarde: "Onde está a pasta de dente da Mercy?" E ele também não ligara, é claro.

O que você quer de mim?

Alguém poderia dizer que eu estava mandando mensagem de bêbado, e até concordo que o Ryan me deixava um tanto embriagada, mas já estava passando dos limites.

Essa é uma pergunta muito imprópria.

Eu ri. De verdade. Só mesmo o Ryan pra me fazer rir numa situação dessas. Guardei meu celular e saí na friagem.

O Darius me esperava no carro. Ele acionou o porta-malas e guardou a minha bagagem. Em seguida, deu a volta e foi até o lado do passageiro.

— Oi. — Ele se inclinou e me deu um beijo no rosto, embora eu tivesse oferecido os lábios.

Meu marido parecia distraído, sombrio... Evitou olhar pra mim. Fiquei imaginando se ele estava zangado com a minha ida a Phoenix e por ter precisado cancelar algumas consultas pra ficar com a Mercy.

— Algum problema? — perguntei quando pegamos a estrada.

— Nada, só estou cansado. — Ele deu um sorrisinho e voltou a atenção pra pista.

Cerrei os dentes. Não queria discussão. Estava emocionalmente exausta e precisava de alguém que fosse gentil comigo e quem sabe perguntasse como eu estava e se importasse com isso.

— A Mercy ficou com a sua mãe? — eu quis saber.

— Sim.

Peguei meu celular.

Ok, menina durona que não tem sentimentos e não quer que ninguém se preocupe com ela. Sei que você está sofrendo e eu estou bem aqui. E eu me preocupo.

A gente se fala.

Ryan filho da puta.

— Meu pai estava comendo quando vim embora. Só sopa, mas já vale. — Dei uma olhada pra ver a reação dele.

— Bom, isso é bom — o Darius disse.

Ok!

— Quando você levou a Mercy pra sua mãe? — Eu olhava para fora.

O céu estava de um cinza forte, minha tonalidade favorita. Quando fica assim a chuva cai feito garoa, um tipo de spray, a mesma sensação de ficar parado ao pé de uma cachoeira bem volumosa.

— Depois que você saiu — ele respondeu.

Eu me segurei pra não falar nada. Fiquei brava. Por que ele mandou a Mercy pra longe e perdeu a chance de passar um tempo sozinho com a filha? Eu imaginara os dois no sofá assistindo a um filme juntos ou brincando de casinha no quarto dela.

— Então por que perguntou da pasta de dente dela?

— Pra colocar na malinha.

— E o que você ficou fazendo? — Fiz força pra soar bem casual, sem olhar pra ele, apesar dos alarmes disparando na minha cabeça.

— Trabalhando, Jolene. O que você acha?

Mentiroso. Um belo de um mentiroso.

CAPÍTULO TRINTA E OITO

EU QUERO, EU QUERO, EU QUERO

UMA SEMANA APÓS A MINHA CHEGADA, EU ESTAVA ME acomodando no meu escritório, prestes a começar a trabalhar no meu livro, quando recebi uma notificação no celular de que a Fig tinha postado uma foto no Instagram. Cliquei no ícone e a tela de uma música se abriu. Isso era um bom sinal, certo? As pessoas ouvem música quando estão de bom humor. Eu ia fechar a foto quando notei o emoji abaixo dela — era um trenzinho. Ouvi a música. Era triste, um lamento. Pensei que ela na certa gostara da melodia e não tinha nada a ver com a letra, exceto por aquele trenzinho. Mandei uma mensagem pra ela na mesma hora em letras maiúsculas: "ALGUM PROBLEMA?"

Tem coisa demais acontecendo de uma vez. Todos os dias. É um sacrifício levantar. Funcionar. Trabalhar.

Bem, o que está acontecendo, Fig? Conte pra mim.

Olhei pro meu livro. Bem, aquilo ia demorar um bocado.

Ficarei bem. Vou levando. Tentando me tornar um ser humano melhor.

Você postou o emoji de um trem. Dá pra parar de enrolar e me contar o que houve?

Acho que meu marido está tendo um caso.

Fui direto pro armário do hall e vesti o meu suéter. Quando saí e fechei a porta, notei o vapor do meu hálito. Quatro dias, pensei. Quatro dias pra entrega do meu original. Como eu ia terminar a tempo? Meu editor ia ter um treco daqueles se eu não cumprisse o prazo.

Eu nunca batera na porta da Fig antes. Por um motivo ou por outro, ela é que sempre ia à nossa casa. *Eu precisava me esforçar pra ser uma vizinha melhor.* Bati até ela atender, abrindo só uma fresta da porta. Ela havia chorado, estava com os olhos inchados e vermelhos e a máscara pra cílios toda escorrida.

— Vamos, Fig.

Ela esfregou o nariz, deixando um traço molhado nas costas da mão.

— Aonde?

— Pra minha casa. Venha. Vou te preparar um drinque.

Ela deu de ombros e concordou:

— Tá, só me deixa vestir uma calça e vou em seguida.

No caminho até em casa, eu mentalmente reorganizei a minha agenda da semana. Teria de deixar a revisão pra outro dia. Quem sabe se eu chorasse eles me dessem uma semana a mais. A Fig estava precisando de mim e as pessoas são mais importantes que livros, que escrever e tudo o mais.

Quando atravessei minha porta da frente, senti-a-me determinada. Eu daria um jeito. A mãe do Darius, ou a minha, podia ajudar com a Mercy. Aquilo não me agradava, mas enfim... Seria por apenas uma semana.

Fui até o bar e preparei duas cubas-libres. A Fig entrou sem bater dez minutos depois. Ouvi a porta abrindo e fechando. Ela penteara o cabelo e passara um gloss. Reparei no agasalho dela e servi a bebida.

— Agora, conte — ordenei.

Ela riu.

— Você vai direto ao ponto.

— É que não estou a fim de perder tempo com etiqueta.

A Fig provou o coquetel e fez uma careta. Eu fizera bem forte.

— Caramba, você colocou a garrafa toda aqui?

— Sim. Você é uma caixa-forte, precisa de uns drinques pra se abrir. — Terminei de beber a minha e fui fazer mais.

— Já não é de hoje. Ele está sempre bravo comigo. Grita o tempo todo. Ele não gosta que eu venha aqui.

Me virei pra encará-la.

— O quê? Por quê?

Ela deu de ombros.

— Cafajeste... Os homens são uns verdadeiros porcos! — exclamei, fechando o punho como se fosse dar um murro na cara dele.

— Tenho faro pra escolher, não?

— Não acredito que ele foi capaz de fazer isso. Estou muito puta.

— Não fica, não. Homem é isso mesmo. Psicologia de guerra, sabe como é? Eles querem a gente até não quererem mais. Se não agradamos o suficiente, eles se cansam e partem pra outra.

Balancei a cabeça. Não era bem assim. Nem sempre. Veja o meu caso. Quando o Darius entrou na minha vida, ele não tinha nada a ganhar além de uma mulher ferida e uma filha que não era dele. Foi aí que eu notei um inchaço vermelho estranho no braço da Fig, logo abaixo do pulso. Parecia que algo penetrara a pele e a fizera sangrar. Quando viu que eu estava olhando, ela puxou a manga e desviou o olhar.

— Você é minha amiga, Fig. Vou arrumar uma cama no escritório, para você dormir aqui esta noite. Não deve ficar sozinha.

Ela esboçou um protesto, mas não deixei que prosseguisse:

— Nós podemos ver uns filmes e comer um monte de porcarias.

— O mesmo de sempre.

— Vou pedir pro Darius levar Mercy pra casa dos pais dele e passar a noite lá.

— Não, não faça isso! — a Fig disse, apressada. — Gosto quando eles estão por perto. E você não pode expulsá-lo da própria casa.

—Tudo bem — falei, cautelosa. — Posso contar ao Darius o que houve ou você quer que eu mantenha segredo?

Ela foi até o armário de bebidas e começou a mexer nas garrafas:

— Como preferir. Não tenho nada a esconder. — Ela me olhou de canto do olho e por um breve instante tive a impressão de que queria que eu contasse ao Darius.

Passamos horas falando sobre o George, que pelo visto vinha se encontrando com garotas que ele conhecera num desses aplicativos de encontro.

— Foi ele que te contou isso ou você descobriu de outra maneira?

A Fig enrubesceu e desviou o olhar.

— Eu estava bisbilhotando, admito. O George começou a curtir e comentar em todas as fotos do perfil do Instagram de uma garota, então dei uma de detetive e depois o confrontei.

— E ele admitiu isso?

— Sim... não... Ficou dando voltas.

Ela era muito boa em não responder às perguntas. A Fig invertia as coisas, dava uma evasiva. Eu a observei com muita atenção, torcendo pra que Darius chegasse logo e pudesse me ajudar. Ela ficou com aquela expressão, como se seus olhos buscassem um esconderijo: olha rápido, desvia, vagueia, arregala, olha rápido.

Era o dia de o Darius pegar a Mercy na escola. Ouvi os gritinhos dela mesmo antes de a porta da frente se abrir e a Fig sorriu pela primeira vez naquele dia. Sorri junto com ela, contagiada. As crianças têm o dom de iluminar situações sombrias com sua inocência. Quando o Darius viu a Fig sentada no sofá, parou abruptamente. A Mercy correu direto pra ela e Fig a pegou no colo. Olhei pra ele quando a vi distraída e ele meneou a cabeça discretamente, assentindo.

— Oi — ele disse. — Vou começar o jantar enquanto vocês duas conversam.

Agradeci e ele piscou pra mim.

A Fig já estava acordada quando liguei a cafeteira, na manhã seguinte. Ouvi as teclas do computador e o som abafado da música vindo dos fones de ouvido dela. Quando o café ficou pronto, fui levar-lhe uma caneca.

— Obrigada. Onde está seu marido?

— O Darius já vai levantar. Como você está se sentindo?

— Com vontade de enfiar a cabeça no forno. — Ela deu uma risadinha.

— Certo, Sylvia Plath.

A Fig ergueu a manga e me mostrou uma tatuagem que eu ainda não notara... Precisei inclinar a cabeça pro lado pra lê-la.

— "Eu quero."

— Sim, é inspirada numa frase dela do romance *A redoma de vidro*: "Eu sou, eu sou, eu sou." Se tem algo que sempre me ajudou a sair de qualquer situação é a quantidade de experiências que eu ainda tenho pra viver.

Quero viajar, provar alimentos que nunca comi, beijar homens bonitos e comprar roupas boas. Quero viver porque eu ainda desejo muitas coisas.

Esbocei um meio sorriso e lembrei de quantas vezes o Darius afirmou que a Fig queria a minha vida.

— Ei, venha conosco ao parque — sugeri. — Está um dia lindo lá fora.

Pra provar, abri a cortina e deixei a luz do sol inundar a sala de estar. A Fig se encolheu, como se a luz a queimasse.

— Você não pode queimar uma bruxa de manhã, Jolene, é muito cedo ainda.

Quando ela saiu da cama, sua camisa se ergueu. Deu pra contar os ossinhos da espinha dela. Quantos quilos a Fig perdera mesmo? Tentei me lembrar de como ela era quando se mudou.

— Mas primeiro, o café da manhã. — E fui pra cozinha. *Com muita manteiga, bacon e coalhada.*

A Mercy veio correndo de pijama pelo corredor e arrumei uma distração pra ela: lavar as frutas.

Ela hesitou um pouco, mas acabou concordando toda alegre.

CAPÍTULO TRINTA E NOVE

A VELA

EU COSTUMAVA LEVAR A MERCY AO PARQUE DOS TRENS SEMPRE que o Darius trabalhava até mais tarde. Era um lugar pequenininho, no pé de uma montanha, cercado de árvores. A Mercy Moon era muito pequena ainda pra brincar no trepa-trepa ou pra subir nas estruturas coloridas, como as outras crianças. Por enquanto, nós duas nos divertíamos descendo o morrinho rolando no meio dos arbustos e na grama macia. E havia um tanque de areia incrível no qual ela podia passar horas — a maior parte do tempo comendo ou esfregando a areia nos olhos e depois chorando. Era o nosso lugarzinho especial, meu e da Mercy. Descobrimos parques mais próximos desde então, mas aquele era o nosso favorito. Era a primeira vez que eu levava o Darius lá e estava animada pra que ele o conhecesse. Pensando bem agora, não sei ao certo o que eu esperava dele naquele dia. Cair de amores pelo parque que não fazia parte da sua história? Uma reação? Acho que imaginei que serviria pra nos aproximarmos mais, mas justamente por isso eu jamais deveria ter levado a Fig.

— Parque do *tem* — a Mercy disse, animada, no banco de trás.

Senti um arrepio. Os trens tinham adquirido um novo significado pra mim desde que a Fig se mudara. Eu nunca seria capaz de olhar pra eles da mesma maneira.

— Foi legal da sua parte convidá-la. — O Darius me olhou de canto de olho, o dedo batendo na direção, acompanhando o ritmo da música no rádio.

— Mas é que… — tentei explicar.

— Bem, é nosso dia da família. Suponho que devêssemos passar o tempo com a nossa família. Não com gente louca que quer roubar a sua família, certo?

— O que há com você, Darius? — Dei um tapa no peito dele com as costas da mão e ele caiu na risada.

Será que ele falava sério ou aquela se tornara a nossa piada recorrente?

— Eu acho que ela não é tão ruim assim. — Ele olhou no retrovisor pra se certificar de que a Fig ainda nos seguia no seu utilitário branco, chamando atenção da estrada inteira.

— A Fig é meio intrometida — admiti.

— Não tem semancol, analisa tudo em excesso, obsessivamente...

— Tá, ok. Mas ela se preocupa, tem um bom coração.

— E o que você chama de um bom coração?

— Deixa disso. Não somos nós que devemos enxergar além das besteiras dos outros? Reconhecer o lado humano?

— Sim, mas ela usa máscaras o tempo todo. Daqui a anos não teremos descoberto quem de fato é essa mulher, porque ela própria não sabe. E é por isso mesmo que é tão obcecada por você.

O Darius sempre comentou que as mulheres sentem atração por mim porque eu sei quem eu sou e elas querem saber mais sobre isso. É como se eu tivesse uma receita secreta pra lhes dar. Era verdade, eu sabia quem eu era, mas isso não necessariamente significava que eu sabia quem elas eram.

—Tudo bem, Darius, concordo com tudo isso. Mas ainda assim não me importo. A Fig precisa de algo de mim. Gostaria de tentar ajudar.

Ele estendeu a mão e segurou no meu joelho.

— Você é a única pessoa boa que resta no planeta.

— Até parece. — Mas por dentro eu estava toda feliz com o elogio.

Uma hora depois, sentada na grama, eu os olhava jogar. Algo me incomodava... mas o quê? O fato de que o Darius falara um monte pra mim no carro e agora estava lá com a Fig, como se os dois estivessem num encontro? Ou aquela sensação que eu não sabia identificar, como uma coceira difícil de alcançar? Estiquei as pernas no gramado e entreguei pra Mercy a pazinha que ela estava apontando.

— Fale, meu docinho, sem apontar.

— *Bigada* — ela disse.

— Você é muito educada. Mamãe já te disse?

— Sim — ela respondeu sem me olhar, muito ocupada... observando outra coisa...

Meus olhos logo se voltaram para os dois. O Darius arremessava uma bola de beisebol pra Fig. Ele girou o braço, como faziam na televisão, levantando a perna. Ela jogou a cabeça pra trás e deu uma gargalhada. Ele insistira em trazer a droga do taco pra ensinar a Mercy a rebater. No entanto, não tinha sequer olhado pra ela desde que saímos do carro. A química entre os dois era estranha. Observei a Fig se inclinar segurando o bastão no ar. Ela sorria; coisa rara. Assim como o ar de leveza que a cercava. Eu nunca tinha assistido a uma partida de beisebol profissional, mas tenho certeza de que os jogadores não ficavam balançando a bunda como ela estava fazendo.

— Ei, que negócio é esse? — murmurei. — O que está acontecendo?

Não sou do tipo ciumenta. Isso intrigava o Darius. Às vezes ele dava a impressão de querer que eu desse escândalos. Como ele fazia. Pra igualar o jogo, sabe?

— *Ei, qui egócio eesse?* — A Mercy enchia o baldinho de areia, toda concentrada, repetindo várias vezes o que eu dissera e eu caí na risada.

Se o Darius ouvisse a Mercy, não ia parar de me caçoar. Isso *se* ele ouvisse, o que não seria possível, já que estava flertando com a mulher que ele afirmava ser louca. O que *mesmo* o Darius dissera a respeito do dia em família?

E o que significava aquilo tudo, afinal? Que o meu marido amava quem o amava? A maior parte do tempo ele era como um filhotinho carente. O Darius não via isso como uma fraqueza, mas eu sim. Era patético vê-lo se derreter todo ao receber atenção. As pessoas que ele dizia odiar cinco minutos antes viram suas melhores amigas depois que afirmam como ele é inteligente e bonito. E a profissão que o Darius escolheu, de ser o doutor supremo, sabe-tudo, capaz de enxergar a profundeza da alma dos outros? Os pacientes o adoravam e lá ficava ele na poltrona alta cor de vinho que eu comprara pro consultório, apenas saboreando. Cresça, vire homem. Confie no seu instinto e não se deixe levar por um pouco de atenção.

Agora, a Fig... Ah, a Fig era esperta. Ela sacava a necessidade do Darius de ter a preferência. Ela brincava com a lealdade dele pra comigo, se aliava a ele e me pintava como o grande lobo mau. Eu começava a me perguntar quem àquela altura estaria no controle da vida da gente. Com certeza não parecia sermos nós.

O Darius me viu olhando e acenou pra mim.

— Venha jogar! — ele gritou, fazendo um cone ao redor da boca com as mãos.

Dei um sorrisinho e balancei a cabeça, apontando pra Mercy. A Fig olhou de relance e eu mantive o sorriso no rosto. Não daria a ela o gostinho de me ver reagir ao seu comportamento. Nada de demonstrar fraqueza. Que porra era aquela? Dia de família uma ova! O que ele queria que eu fizesse? Que deixasse a menina sozinha na caixa de areia e fosse me juntar a eles pra um *ménage à trois*? Cerrei as pálpebras e respirei fundo algumas vezes. *Você está exagerando*, garanti a mim mesma. Será?

— Esporte não é com a Jolene — ouvi a Fig dizer.

Aquilo quase me fez me levantar e ir marchando até lá, mas não me presto a provar nada a ninguém. No entanto, senti uma dor enorme no coração ao ver o Darius rindo do comentário dela. Eu era o alvo da piada deles. Fiquei arrasada. Eu era do time dele. A gente não faz do parceiro o alvo das piadas.

Eu me esforcei pra não chorar ao sinalizar pra que eles viessem almoçar. Eles estavam jogando beisebol fazia quanto tempo? Quarenta minutos? Uma hora? A Fig parecia um gato que conseguira uma tigela de leite quando veio caminhando. Reparei no quanto a blusinha dela era apertada, com seus seios pequenos espremidos sob o tecido. Ela não estava de sutiã. Será que dava pra rebolar mais? Fiquei remoendo os detalhes ao tirar da cesta de piquenique as coisas que eu trouxera e fui jogando os potinhos espalhados, fazendo de conta que estava tudo bem. Não, isso não era fruto da minha imaginação. Eles ficaram se tocando, conversando e trocando olhares. Era como se estivessem num encontro e eu fosse a vela. Os dois se jogaram no chão e a respiração ofegante deles chamou a atenção dos outros ao nosso redor. Não olhei pra eles; eu me mantive ocupadíssima alimentando a minha filha. Eu precisava conversar com as minhas amigas, ouvir a opinião delas. Na certa iriam me dizer se eu estava exagerando. Milhões de dúvidas me espicaçavam. Quando foi que me transformei numa vela pra eles? Havia quanto tempo eles estavam transando?

CAPÍTULO QUARENTA

A LUZ DO CORPO

— O QUE FOI? — O DARIUS PERGUNTOU ASSIM QUE ENTRAMOS em casa.

Balancei a cabeça, com a Mercy dormindo no meu colo, e resistindo firme à vontade de chorar. Eu me mantivera em silêncio pelo caminho todo, desde o parque, olhando os carros passarem. Muito maduro, eu sei. Quando entrei na cozinha, ele me esperava encostado na pia, de cabeça baixa, fitando os pés. O Darius tem pés pequenos, pensei, amargurada. Então, me deu vontade de rir com a infantilidade dos meus pensamentos. Por exemplo, se a Fig estivesse transando com ele, poderia estar se saindo bem melhor... em largura e profundidade. E afinal, cadê o idiota do George?

— Que porra foi aquilo, Darius?! — gritei.

Eu planejara lidar com calma, sentar com ele e ter uma discussão serena de casal. O tipo de comportamento maduro que os adultos adotam quando têm uma crise. Em vez disso, já estava aos berros e vermelha de raiva. Eu — logo eu. Imaginei a Fig escondida perto de uma das janelas, ouvindo tudo, e maneirei no tom. Meu Deus, como chegamos a esse ponto? Como a minha vida pôde ser tão invadida?

— O quê? — Ele estendeu as mãos, completamente atônito.

— Você e a Fig! A tarde inteira. Vocês passaram o dia todo flertando.

— Você está louca!

O Darius sabia, *sabia* que eu odiava ouvir isso. Era uma indireta. Atirei uma garrafa de água na cabeça dele, mas o Darius se abaixou e a garrafa passou raspando, coisa de dois centímetros. Droga, preciso praticar pontaria...

— Não me chame de louca. Se você me chamar de louca outra vez, eu corto o seu pau fora enquanto você estiver dormindo pra te ensinar o que é loucura.

O queixo dele caiu e eu continuei:

— Não sou cega e o seu comportamento foi totalmente inapropriado. Uma falta de respeito.

— O quê? Ficar zoando com a bola de beisebol? Eu te chamei pra jogar!

— E eu não quis. Mas isso não significa que você podia deixar a nossa família de lado e passar a tarde toda flertando com a mulher que, segundo você insiste, é uma psicótica.

O Darius empalideceu de repente, ficou com uma cor esverdeada horrível. Cor de xoxota podre contadora de lorota.

— Você está certa, Jo. Fiquei muito envolvido jogando. Eu adoro beisebol e não tenho muitas oportunidades de jogar.

Amoleci na hora. Esse era o meu problema — a vida é um micro-ondas e eu sou a droga de um tablete de manteiga.

— Desculpa — falei rápido. — Ela ficou flertando com você. É que... a bagagem do seu passado não é pequena.

— Eu sei. Mas nunca te magoaria. Você é tudo pra mim e eu jamais te trairia, Jolene.

Ele passou os braços ao meu redor e me senti tão culpada que desatei a chorar. O que eu estava pensando? Fazer uma cena daquelas... acusar o Darius?

— Você está cansada, querida. Tem trabalhado demais. Estou feliz porque o seu livro está quase pronto e então você vai poder tirar umas férias.

Sim, ele tinha razão. Eu estava cansada. Vinha me submetendo a uma pressão enorme. Tinha de falar com o pessoal da editora e dizer a eles que eu precisava de uma pausa antes do livro novo. E tirar um tempo pra minha família. Ele massageou as minhas costas, com carinho, até eu parar de chorar.

— Ela está se apaixonando por você, Darius. Se é que ainda não se apaixonou.

— Você não imagina o quanto isso me deixa sem graça. Não vou mais enviar mensagens pra ela, Jo, prometo. É isso. Eu estava sendo gentil com a Fig por sua causa. Porque você gosta dela.

Eu sabia que era verdade. O Darius não era muito sociável. Ele fazia uma concessão por mim, mas no íntimo era caseiro e introvertido. Não fora culpa dele, e sim minha. Eu sempre arrumava essas empreitadas e a minha família é que tinha de arcar. Respirei fundo.

— Não vá magoá-la, nem deixar que ela se sinta abandonada, Darius. Mas sim, as coisas têm de mudar.

Senti um ímpeto de beliscar a pele do meu pulso, mas resisti. Estou bem crescidinha e teria de enfrentar a situação sem me escorar. O Darius me soltou e foi em direção ao quarto.

Liguei a cafeteira e peguei meu laptop de cima do balcão. Fitei o metrônomo que eu comprara em Londres no último verão, que ficava no alto, acima da pia. *Raciocine, Jolene.* Olhei de volta pro computador. O fundo de tela, uma foto da Mercy, estava se movimentando do canto direito superior ao esquerdo inferior. Toquei o mouse e a Mercy deu lugar a uma série de janelas que eu deixara abertas pela manhã. Eu tentara trabalhar, mas foi impossível me concentrar. Meu cérebro agora parecia emperrado, funcionando em marcha forçada, e algo não batia. O que era?

A música que comecei a ouvir pela manhã tinha ficado pausada na metade. Apertei o play e fui pegar uma xícara de café. Foi quando me ocorreu clicar no perfil da Fig. Nós éramos amigas, mas eu nunca tinha olhado, talvez por ser egoísta ou muito ocupada, sei lá. Ou nem uma coisa nem outra. Simplesmente não era o meu hábito. O Darius é que gostava de ficar espionando a Fig. Eu apenas emprestava os meus ouvidos para as lamúrias dele.

A imagem do perfil dela era a mesma que ela usava no Facebook, um Snap dela com uma coroa de flores douradas na cabeça, a pele reluzente como se ela tivesse aplicado um bronzeador. Enquanto eu bisbilhotava o seu perfil com o rosto apoiado na mão e o café esfriando do lado, vi que ela estava tocando uma música, algo da Barbra Streisand que eu não conhecia. A Fig tinha uma porção de playlists, mais de uma dezena. Cliquei nas mais recentes — as que ela compilara depois de se mudar aqui pro lado — e conferi as músicas. Kelly Clarkson! Ela ainda estava por aí? Achei que a Kelly agora era feliz, casada e com filhos rechonchudos. Além da Barbra, a Fig adorava pop, vozes de lamento feminino com batidas sintéticas de fundo. Cheguei a procurar a letra das músicas que eu não conhecia e não faziam o meu estilo. Começava a me cansar quando algumas das letras chamaram a minha atenção. A venda da ingenuidade caiu e o raciocínio finalmente se encaixou. Foi como quando a última cor se alinha num cubo mágico e todas as demais cores se completam no lugar certo. Todas as músicas falavam da mesma coisa. Um tema que não me agradou nem um pouco: "Estou apaixonada por você"; "Não sei o que fazer, pois você pertence a outra pessoa"; "Larga dela, fica comigo"; "Ver você com ela parte o meu coração"; "Quem sabe em outra vida"; etc., etc., etc.

Fechei meu MacBook, peguei o café frio e fiquei ali, com a xícara encostada na boca, sem beber. Imaginei meus olhos arregalados, vagos como as vitrines vazias de um prédio. É como eu os descreveria em um livro na droga daquele momento. Estava alimentando o meu cérebro com uma informação que não sei se eu queria, as peças do quebra-cabeça se encaixando silenciosamente. Eu tinha visto como ela ficava perto dele, não?

Os olhos femininos contam histórias. E se a gente observar bem de pertinho, consegue traduzir: o brilho, o vazio da morte, as piscadas lentas e as longas. Uma história... uma tela de emoções. Os olhos de uma pessoa podem atrair ou repelir a gente. O que mesmo o Darius dissera sobre os olhos da Fig? "Você já viu um psicopata se apaixonar? Há um bocado de idealismo, emoções inebriantes, e eles enxergam o que querem ver."

Analisei o modo como a Fig olhava, falava e ria quando ela sabia que ele estava olhando. Era mais do que encantamento, mas não chegava a ser amor — uma obsessão. Eu me senti culpada. A Fig vivia dizendo o quanto eu era sortuda. Dava pra ver a sinceridade nos olhos dela ao falar aquilo, como se ela tivesse necessidade de me comunicar. Eu me sentia incomodada por ter algo que ela não tinha — amor... e um marido atencioso. A Fig não repetira um milhão de vezes que o George era... sei lá... distante? Eu não queria esfregar a minha felicidade na cara dela, por isso evitava fazer carinho no Darius quando ela estava por perto, nos observando como um falcão. Meu próprio marido. Eu não queria magoá-la — jogar sal na ferida. Ninguém escolhe por quem se apaixonar. A coisa acontece e a gente arca com as consequências.

Se eu contei ao George? Não, eu não o conhecia bem o suficiente. Ele nunca veio aqui, nem mesmo quando o convidamos. E eu não fazia ideia de qual seria a reação dele a algo assim. A Fig raramente falava dele e quando nós o mencionávamos ela logo mudava de assunto. Às vezes eu tinha a impressão de que ela queria manter as coisas em separado. E, de qualquer forma, essa era uma questão entre o Darius e mim. Sim, eu era a esposa com uma imaginação fértil. Dei risada sozinha. Olhos. Não dá pra conhecer a história verdadeira de uma pessoa pelo olhar... Dá?

CAPÍTULO QUARENTA E UM

212

EU ME SENTI MAL SOBRE A MINHA REAÇÃO NO PARQUE. O DARIUS mudou com a Fig. Quando ela vinha aqui, ele saía do cômodo. Com relação ao relacionamento entre eles, o Darius ignorou os meus conselhos e cortou a interação com ela de uma vez... A Fig chegou a me perguntar um dia se fizera algo que o tivesse ofendido.

— Não — eu afirmei. — O Darius anda muito estressado. Está muito acostumado a cuidar do estresse dos outros, mas não sabe como tirar o peso dos próprios ombros.

Eu não queria que ela se sentisse abandonada. Preferia que o meu marido tivesse sido mais diplomático. Na verdade, a Fig precisava aprender a contar com a turma dela, não com a minha.

Numa manhã de quinta-feira, a Fig me convidou pra ir tomar um chá. Chá! Como os típicos britânicos. A Mercy começara a frequentar uma escolinha particular em Queen Anne por meio período e eu estava fazendo a revisão final no meu romance novo. Nunca tinha ido à casa dela e fiquei curiosa. Vesti o meu casaco de lã favorito, cinza e comprido até os joelhos, e saí pela porta dos fundos. Eu estava feliz por poder me distrair. Andava reclusa, na expectativa de um telefonema pra ir ver o meu pai, cuja saúde se deteriorara rapidamente nas últimas semanas. Eu ficava repetindo o tempo todo o que ele me falara, tentando me consolar. Todo o mundo morre. A morte faz parte da vida e temos de enfrentá-la.

O trinco do portão no nosso quintal que levava ao da Fig estava bastante enferrujado. Foi preciso um tranco pra abrir. A porta dos fundos da

Fig era de vidro e eu a observei por uns instantes, antes de ela me ver. Encostada no balcão da cozinha, de braços cruzados, a Fig mantinha os olhos enormes fixos no chão. Pensei por um momento que ela não devia ser humana, e sim algum alienígena se passando por uma, e dei risada. O Darius estava conseguindo me influenciar, com toda a propaganda anti-Fig dele. Fora o próprio Darius que dissera que toda vez que estava comigo a Fig ficava me analisando com os olhos muito arregalados, sem piscar. Só notei isso depois que ele falou, e agora eles me davam arrepios. Era como se o cérebro dela estivesse fazendo o download das informações. Não era certo ficar falando dela pelas costas, tirando sarro. Eu gostava da Fig, mas o Darius fazia uns comentários certeiros muito engraçados. Ela talvez não soubesse o quanto vinha agindo estranho; ou talvez soubesse, sim. Com ela não dava pra ter certeza.

Ela abriu a porta.

— Oi! Esgueirando-se pelo jardim feito uma perseguidora?

Bem, não havia como não rir...

A cozinha dela estava quentinha e eu fui tirando o casaco mesmo antes de ela fechar a porta atrás de mim. Pendurei-o nas costas de uma cadeira. Havia dois jogos de louça do café da manhã na pia, duas canecas, dois pratos e talheres.

— E o George? — perguntei.

— Viajando a trabalho. De novo. — Ela usou frases entrecortadas e eu resolvi deixar pra lá.

Gosto de ouvir as pessoas falando do que apreciam. E o George era um dos pontos fracos da Fig. Em certa medida, ela fazia de conta que o marido não existia. Pensando bem, o Darius fazia a mesma coisa. Toda vez que eu tocava no nome do George, eles olhavam pra mim com surpresa, como se não soubessem a quem eu me referia.

Eu ia começar a perguntar sobre os websites que a Fig vinha criando pra uns amigos meus, mas de repente travei. Foi uma questão de segundos, mas a Fig é muito perspicaz, capaz de detectar uma mínima alteração no vento feito uma raposa. Ela esbugalhou os olhos e ficou mexendo a jarra de leite que segurava.

— Chá de que sabor a gente vai beber? — perguntei, animada, e me virei pra olhá-la.

Seus ombros pequenos salientes se retesaram, enquanto seus olhos escaneavam o meu rosto. *Deixa pra lá.* Sorri e elogiei a mesa dela, que felizmente ficava no extremo oposto da cozinha, longe da...

... minha lata listrada e do meu livro de receitas da Thug Life e dos meus três vasinhos com uma margarida cor-de-rosa em cada um. Coincidência? Ah! Meu coração disparou, mas assenti com a cabeça quando a Fig me convidou pra conhecer a casa, numa visita que revelou:

Minha miniatura brega da Space Needle, na sala dela.

Minha cadeira com estampa de vaca, no hall.

Minha caveira de pedra florida, na estante dela.

Meu cesto de metal lotado de mantas.

Minha manta de pele creme, sobre uma cadeira.

Meu abajur.

Minha cama.

Meu quadro que fica na sala pendurado na parede dela.

Quando chegamos a um dos banheiros, meu estômago revirou. O Darius estava certo sobre a tinta. A Fig pintou a parede do banheiro de hóspedes de azul-petróleo metálica, a mesma da foto falsa que postamos no meu perfil no Instagram. Seria coincidência? Bem, existe um número em que nos baseamos pra sabermos se dá pra acreditar que é coincidência?

Mas o golpe final só veio quando atravessamos o quarto dela e chegamos ao banheiro da suíte. Primeiro, reparei na cortina do boxe: uma réplica fiel da minha. Eu mandara fazer sob encomenda e, até onde eu sabia, não havia outras iguais. O susto de ver a baleia flutuando abaixo da superfície da água, prestes a engolir um navio, só foi amenizado pela visão da colônia do Darius sobre a pia dela. Perdi o ar. A Fig notou os meus olhos, notou o meu rosto pálido, e juro que eu podia ver os pensamentos dela naquele instante fugindo do controle. Fiquei à espera de uma mentira, uma desculpa fabricada — por qualquer coisa —, mas a Fig escolheu se manter em silêncio. Deixamos o banheiro e ela me conduziu pelo corredor até a cozinha outra vez, onde a água na chaleira já havia fervido. Fiquei parada perto do balcão central, sem saber o que fazer. Será que deveria fingir um mal-estar? Ficar e fazer de conta que tudo estava normal? Confrontá-la ali mesmo, naquele exato momento? Sentia-me muito confusa.

Ela, de cabeça baixa do outro lado da cozinha, se ocupava das xícaras e dos saquinhos de chá. Reparei no estalar da porcelana antes de falar:

— Fig, o que a colônia do Darius está fazendo no seu banheiro?

Ela estacou, a mão pairando sobre a chaleira. Então, virou-se com um sorriso artificial no rosto.

— A colônia do Darius?

— Sim, um frasco de 212 que eu vi lá em cima.

Ela tornou a se virar pra preparar o chá.

— Ah, era do meu marido… Nem lembrava que estava aí! Comprei faz muito tempo na Nordstrom. Não sabia que o Darius usava esse.

A Fig continuou mexendo no chá, e eu, digerindo a explicação. Eu sabia que a Nordstrom não vendia aquela colônia. Na verdade, eu a encomendara pro Darius em uma loja on-line que enviava da Europa. Ela estava mentindo, mas por quê?

Senti um arrepio na espinha. Era a colônia do Darius? *Ah, nossa…* Minha mão tremeu ao segurar o chá. Fora eu que comprara pra ele alguns anos atrás. Com certeza não era comum, era bem difícil de encontrar.

— Você está bem? — A Fig inclinou a cabeça pro lado. — Está tremendo como eu depois de uma químio. — Ela riu.

Uma distração, que bom!

— Sim, estou preocupada com o meu pai. Você tem ido ao médico? O que eles dizem?

A Fig agiu como sempre quando alguém falava sobre o câncer dela: evitava contato visual. Ela fitava o chão e fazia de tudo pra se desviar do assunto.

— Sabe como é… o de sempre…

— Mas os resultados dos exames estão normais? Encontraram algo que cause preocupação?

— Sempre tem alguma coisa. Mas estou indo. Vou levando. No geral, não me sinto muito bem, apenas tento sobreviver. Penso bastante na morte…

A voz dela foi baixando, enquanto ela encarava o chá. Se eu já não estivesse acostumada com aquela cena, cairia direitinho. Era uma tática de distração brilhante, que a Fig usava em quase toda situação. A gente se distrai ficando tão preocupada que acaba esquecendo que ela não respondeu a pergunta.

— São tumores benignos? — tentei mais uma vez, sendo mais direta.

— Vou fazer novos exames no mês que vem.

— Pra saber se os tumores são benignos?

Ela deu de ombros. Consultei o relógio.

— Preciso ir. Obrigada pelo chá, Fig.

CAPÍTULO QUARENTA E DOIS

STALKEANDO A STALKER

QUANDO VOLTEI PARA CASA, TRANQUEI A PORTA DA COZINHA.
Eu nunca a trancava e o Darius sempre chamava minha atenção pra isso:
"Alguém pode vir aqui, entrar e…" "E o quê?", eu retrucava. Pois todo o
mundo evita dizer *estuprar* em voz alta. Sei que ele tinha razão, mas eu era
teimosa. Só que não tranquei a porta com medo de estupradores ou ladrões,
mas sim porque não tinha certeza do que estava acontecendo. Do que eu tinha permitido que entrasse na nossa vida.

Quando eu era pequena, tudo me magoava. A minha mãe me chamava
de coração mole e meu pai me pegava no colo quando eu soluçava depois de
ver um mendigo. Nenhum dos dois me isolava, acho que queriam que eu visse. Quando eu lhes perguntava sobre a razão do sofrimento, ambos diziam a
mesma coisa: as pessoas são imperfeitas e nada é justo. A partir daí, passei a
procurar as falhas nos outros, as coisas que faziam do mundo um lugar injusto. Eu queria evitar aquele tipo de gente, pra não me tornar imperfeita e injusta também. E lá estava a minha falha. Eu procurava as falhas dos outros e isso
era injusto, já que eu mesma era cheia de falhas. Aí, passei a procurar o que
havia de bom, adorável e puro. Era possível encontrar, bastava fazer disso o
alvo da busca. Assim, sem mais, a gente olha pra alguém e enxerga o porquê
de valer a pena amá-los. Eu era uma criança com propósitos, e embora tivesse tido vários entre a fase dos seis aos dezesseis anos, um dos que mais me
motivavam eram os sem amigos. "Sim, você pode se sentar comigo." E todos
se sentavam, pois todos querem companhia. Não demorou e as pessoas

estavam se sentando em mim. A coisa fica feia, sabe? Sobretudo quando percebem que você está disposta a carregar o fardo delas.

A melhor forma de lidar com isso foi me tornar alguém sem amigos. "Não, você não pode se sentar aqui, eu prefiro ficar sozinha." E foi o que fiz. Por algum tempo, ao menos. Os seres humanos conseguem identificar a sua bondade, ainda que você se comporte como babaca pra botá-los pra correr. O Darius foi o primeiro a receber a minha permissão pra se sentar. Ele me repreendia pela minha embromação, então foi inevitável. Depois disso, vieram outros, só que agora não tentavam se sentar em mim. De um modo desengonçado, eu voltei à esfera das amizades. Ninguém pareceu notar. Quando a Fig se mudou pra casa ao lado, deixei que a garotinha com um propósito voltasse à tona no meu coração. Permiti que ela se sentasse com a gente. Eu queria aliviar parte do fardo dela e fazê-la entender que estava tudo bem.

Mas aquilo não era normal. O que eu vira na casa vizinha não podia ser normal.

Peguei o celular e liguei pro Darius. Deixei tocar uma, duas vezes, e desliguei. Aquilo tudo podia ser fruto da minha imaginação. Eu era uma autora de ficção; talvez estivesse entediada e acabei exagerando nos detalhes na minha cabeça. Talvez eu estivesse louca, o que seria bem plausível. Mas aí a minha memória me levou de volta àquele dia no parque, as músicas que eu descobri no Spotify dela quando fui investigar. Eram coisas que eu não podia mais ignorar, nem que quisesse.

Abri o perfil dela no Instagram, olhei as imagens procurando por aquilo que o Darius tantas vezes tentou me alertar. Pelo que a Amanda e a Gail tinham me chamado a atenção. Eu ignorei todos eles, não porque não visse as semelhanças, mas porque não me importava. Todos temos mania de copiar uns aos outros, não é mesmo? Vemos uma celebridade usando um jeans de cintura alta e começamos a usar. Os amigos ouvem certas músicas e nós corremos pra fazer download e ficamos doidos por elas. Somos a geração do ver, querer e pegar. Mas isso — isso era diferente. Mais sinistro.

Fui percorrendo até chegar à primeira foto que ela postara, dois anos antes: fotos granuladas, em tons de bege, meio deprimentes. Nada de mais, quase todos têm um começo tímido no Instagram. Mais ou menos na época em que ela se mudou pra cá, o estilo dela nas postagens mudou radicalmente. A Fig modificou o layout pra ficar igual ao meu, com molduras brancas largas ao redor das fotos dela. E copiou os ângulos também — metade da

Ferris Wheel de Seattle aparecendo no canto direito superior da foto, as bancas de frutas do Pike Place Market, um close de um rabanete que eu tirara, pores do sol, uma foto de uma camisa que eu vira numa loja de departamentos, um prédio amarelo que foi cenário pra algumas fotos da nossa família, uma água-viva do aquário. Estavam todas lá, e cada uma das fotos dela foi tirada poucos dias depois das minhas. Mas por quê? Será que a Fig tinha consciência do que estava fazendo?

Quando o Darius chegou em casa à noite, eu lhe contei tudo, começando pelos detalhes na cozinha até chegar à colônia dele.

— Tem certeza de que era a minha colônia?

— Darius, você usa essa porcaria faz quatro anos. Fui eu que a comprei pra você. E olha que pra conseguir tive de encomendar na puta que pariu. Nordstrom uma ova!

Eu andava de um lado pro outro na sala, com as mãos enfiadas nos bolsos traseiros da calça. Eu me virei pra avaliar a reação dele. O Darius estava sentado no sofá, a cabeça baixa e as mãos largadas entre os joelhos.

— Estou tão transtornado que não sei o que dizer — ele confessou olhando para mim, e também me senti mal.

Não era culpa dele. Pensei nas vezes em que o confrontei, brava, fazendo acusações. Foi um erro culpá-lo por algo pro qual eu abrira as portas.

— E vou te deixar ainda pior — eu disse, fazendo sinal pra ele esperar, e fui pegar meu computador. Cliquei na playlist que eu havia compilado. Queria que ele ouvisse todas as músicas, pra que pudesse entender. — Escuta só isso.

O Darius ouviu todas elas sentado ao meu lado, em silêncio.

— Você acha que essas músicas se referem a mim?!

Eu assenti.

— As letras, Darius. São todas sobre estar apaixonada por alguém que ela não pode ter. A Fig acha que eu sou má e que você merece algo melhor: ela. É só somar isso à colônia, o modo como ela age quando você está por perto e veja... — Abri uma captura de tela do perfil dela do Instagram. — A Fig postou quatro fotos suas. De você sozinho. Eu nunca fiz uma aparição especial sozinha no perfil dela, nunquinha. Por que alguém colocaria fotos do marido de outra pessoa no próprio Instagram, meu Deus do céu? Isso é muito suspeito.

Ele não respondeu. Depois de ter insistido durante meses comigo que ela estava me perseguindo, copiando tudo o que eu fazia, essa não era a resposta que eu esperava dele. Tinha alguma coisa errada, dava pra sentir.

— Darius, aconteceu alguma coisa entre vocês dois? Por favor, fala a verdade.

Ele pareceu alarmado. Magoado? Eu acabara de fazer o que prometera cinco minutos antes que nunca mais faria. Meu Deus, eu estava um lixo. Eu me retratei na hora, pedi desculpa. Não podia mais ficar acusando o Darius daquele jeito. Caí no choro.

— Desculpa, Darius, foi um dia daqueles. O seu perfume...

Ele me abraçou e não me deixou dizer mais nada. Escondi o rosto em seu ombro.

— Tudo bem, Jo. Ela é louca, você tem motivo pra ficar abalada. Mas não é comigo. Ela quer o que você tem e eu sou só uma extensão disso.

Balancei a cabeça, sem tirar o rosto de seu pescoço, e inspirei. Adoro o cheiro dele, sem perfume. Só o cheiro dele. Como eu pude duvidar do meu marido? O Darius é tão bom pra mim e a Mercy... Os efeitos da Fig Coxbury foram sutis, mas quando a presença de alguém começa a afetar o seu relacionamento, é hora de abandonar o navio.

— Estou contente por ter acertado sobre a tinta — ele disse com a boca encostada na minha cabeça.

Dei um cutucão na costela dele e o Darius resmungou.

— E lembra quando a cortina do chuveiro chegou pelo correio e ela quis saber o que a gente tinha comprado quando viu o pacote do lado de fora da porta?

Eu fiz que sim.

— Você mandou uma foto pra ela e eu te disse pra não fazer isso, pois ela iria rastrear...

Eu me lembrava vagamente dessa história, mas não tinha dito à Fig onde comprara, só mandei pra ela uma foto da cortina pendurada. Quando depois contei pro Darius, ele sacudiu a cabeça como se eu fosse a maior ingênua.

— Dá pra fazer buscas de imagem pelo Google, Jo. A Fig inseriu sua foto e *voilà*!

— Ela teria feito a mesma coisa ao ver ao vivo — argumentei.

— Verdade.

— É uma loucura, Darius. O site no qual eu comprei tem cinco mil imagens de baleia pra estampar as cortinas de boxe. Por que ela precisava escolher a mesma?

Ele deu de ombros e arriscou:

— Porque você tem? Porque ela não sabe quem é e está usando você como mural de inspiração?

— Um mural de inspiração? Que maluquice!

— Dê um tempo a si mesma, Jo. Que tal não convidá-la pra vir aqui por um tempo? Você está ocupada com as suas coisas. E tem o estado do seu pai. Nós vamos viajar. Esqueça a Fig. Pare de perseguir a perseguidora. Deixe que ela seja louca bem longe de nós.

Ele tomou o meu rosto entre as mãos e eu concordei com a cabeça, calada. O Darius tinha razão. Eu ia me distanciar. Não poderia me permitir ser levada emocionalmente por todo esse absurdo. Era preciso manter o foco.

CAPÍTULO QUARENTA E TRÊS

JOGADORA

ENCONTREI O DARIUS NUMA LOJA DA TARGET NO INTERVALO do almoço dele, naquela tarde chuvosa. Nós íamos escolher um triciclo pra Mercy de presente de Natal. Era algo excitante para nós, pais, e estávamos encantados com o fato de a nossa bebê de repente precisar de rodinhas.

Eu o vi logo que entrei correndo pela porta principal, pois havia esquecido a capa de chuva em casa. O colarinho dele estava erguido ao redor do pescoço, e ele, com as mãos nos bolsos, observava o estacionamento. Senti uma felicidade enorme naquele momento, de tão apaixonada. Nós tínhamos enfrentado muitas tormentas, lutado muito pra ficarmos juntos. Nosso amor era consistente e valioso.

Percorremos a loja enchendo o carrinho com uma porção de coisas das quais não precisávamos. Estávamos nos divertindo, descontraídos. Uma tarde gostosa. Já estávamos no caixa pagando, quando percebemos que ficou faltando o triciclo.

— A culpa é sua — brinquei.

— É, sim. Eu vi as almofadas e me esqueci de todo o resto — ele tirou sarro, balançando as mãos pro alto, e me fazendo rir.

Já estávamos concluindo as compras no caixa, eu pegando as sacolas e arrumando no carrinho e o Darius passando o cartão pra pagar, quando ouvi uma voz atrás de mim, agressiva... emotiva:

— Vocês vão fazer de conta que não me viram?!

Ao me virar, vi a Fig com um carrinho de compras cheio de sacolas. Achei que ela estivesse brincando, mas nada de sorriso no rosto dela. Ela estava sem maquiagem, com o cabelo imundo, na certa sem lavar havia dias.

— Estou te vendo agora — eu disse, sorrindo. — Olá!

Ela não tirou os olhos do Darius. Eu olhei pra ele por sobre o ombro, segurando o meu copo do Starbucks. Será que ele a vira, mas resolvera ignorá-la?

— Você me viu — a Fig afirmou —, e fingiu que não.

Ela, então, me encarou.

— Eu não te vi, sinto muito. — E me virei pro Darius, perguntando. — Você a tinha visto?

Ele se ocupava de arrumar as sacolas no carrinho.

— Darius?

Ele balançou a cabeça.

Quando me virei de novo, a Fig tinha sumido, deixando um vazio na minha frente. Olhei mais adiante a tempo de vê-la saindo pela porta.

— O que foi isso? — perguntei, atônita.

— Ela é louca. — O Darius franziu a testa.

Saímos da loja, ele empurrando o carrinho de compras e eu tentando acompanhar seu passo.

— Você a tinha visto?

— Não — ele garantiu com veemência. — De jeito nenhum.

— Por que ela agiu daquele jeito? Você dois brigaram?

— Não.

— Espera, Darius! Para!

Estávamos no meio da rua; ainda assim, ele parou ali mesmo.

— Que porra aconteceu lá dentro?!

— Olha, não sou eu que vou explicar os atos de uma demente. Você devia perguntar a ela. Só sei que a Fig tem um parafuso a menos.

— Sim, eu acho que sim...

Fiquei remoendo tudo aquilo. As palavras, o pequeno histórico que reuni sobre ela, as opiniões dos outros. Era muita coisa pra ser digerida. No começo eu enxergava agonia nos olhos da Fig. Ela adorava Plath, dizia que se identificava com ela. Quem além de maníacos depressivos se identificam com a Sylvia Plath? Suicidas? Mas conclui que não era agonia de fato. Era tudo autoimposição. O sofrimento dava a ela um senso de importância. Todas as outras feridas da Fig eram cuidadosamente ensaiadas, assim como boa parte da sua personalidade. A Fig dava flores artificiais. Eram tão reais e de cores tão vibrantes que a gente quase acreditava na mentira. Mas ela tirava pequenos detalhes, pequenos roubos que costumavam passar despercebidos: uma causa ou uma playlist — algo sobre você que desse a ela uma forma de se conectar. E não que eu não identificasse os padrões. Todos achavam que eu não via. Mas eu via, sim, e queria assistir. É o que os escritores fazem, ao menos os bons: nós aprendemos observando as indiscrições da natureza humana. Os modos sutis como as pessoas se arruínam, os pequenos desgastes na trama. A Fig agia com delicadeza. As dores de cabeça dela, por exemplo, sempre aconteciam na presença do Darius. Nós podíamos estar rindo e nos divertindo dez minutos antes, mas assim que o Darius cruzava a porta, o rosto dela azedava... e ela sofria como se tivesse levado uma facada na têmpora. O Darius não notava, mas eu comentava com ele mais tarde.

— Jura? — ele dizia. — Por que você acha que ela age assim?

— O terapeuta aqui é você.

Ele coçava a cabeça e sugeria:

— É uma estratégia. A Fig banca a vulnerável pra receber atenção.

— E funciona.

Naquele momento, o Darius franziu a testa.

— Você precisa ser cuidadosa com o que diz à Fig, Jo. Ela...

— Ela o quê? — eu o interrompi, mas na mesma hora me arrependi.

O Darius só queria me ajudar e eu era sempre severa com ele. Sem contar que é psicólogo. Se ele estava dizendo que a Fig levava tudo o que eu dizia longe demais, era com base na verdade. Fiquei arrepiada só de me lembrar de tudo o que contei a ela sobre o Ryan. Será que a Fig vinha me empurrando pra cima do Ryan porque queria ficar com o Darius? Eu via o modo como ela olhava pra ele, o modo como sempre tentava criar uma divisão entre nós toda vez que estávamos todos juntos. Quando jogávamos algum jogo de tabuleiro, mesmo quando o par dela estava lá, a Fig dava um jeito de cair no time do Darius e os dois se agachavam do outro lado da mesa pra combinar a estratégia deles.

No começo eu achava bonitinho. Os dois compartilhavam as piadas, as falas de filmes e o sarcasmo. Cheguei a achar um alívio não ter mais de fazer de conta pro Darius que eu curtia aquilo tudo e parar de espremer o meu cérebro pra me lembrar de alguma citação de um filme que coincidisse com a citação dele. Os gracejos fluíam naturalmente para os dois. Eu, por outro lado, pra me conectar com o Darius, precisava chegar ao nível dele. O Darius não fazia ideia de como chegar ao meu nível.

A Fig era craque em organizar equipes suscetíveis a emoções e depois atiçar os jogadores contra mim. Uma jogadora ardilosa. Até agora isso só me chateava, mas interpretar o comportamento dela sob outra perspectiva — a do Darius — era de embrulhar o estômago. Certa vez, quando fomos jantar com a Amanda e o Hollis, a Fig me elegeu como alvo das suas piadas e colocou até o Darius pra rir de mim — isso até que a Amanda entendeu o meu olhar do outro lado da mesa e mudou de assunto. Depois do jantar, ela me segurou pelo braço e sussurrou no meu ouvido: "Que merda foi aquela?"

Mais tarde, em casa, eu relembrei o dia em que conheci a Fig, aquele em que ela falou com a Mercy no quintal. Ela era uma pessoa totalmente diferente, gorda e de cabelo loiro sem vida — tão cheia de entusiasmo por tudo o que fazia. Eu a convidei pra entrar porque vi algo nos olhos dela.

Assim que o Darius pegou no sono no sofá, como de costume, liguei pra Amanda.

— Jo, eu sempre te disse que a Fig é muito esquisita. Ela tem uma estranha obsessão por você. Até o Darius concorda.

— Eu sei, Amanda. É que achei que ela precisava de uma amiga, sabe como é... — Ouvi as desculpas que eu estava tentando arrumar e torci o nariz.

— A Fig não tem nada de amiga — a Amanda sussurrou.

— O que você quer dizer? Se sabe de alguma coisa, tem de me contar.

Ouvi o suspiro que ela deu ao telefone.

— Olha, eu não quero me envolver. Sei que você gosta de uma empreitada. Mas quando você e o Darius estavam na França, ela veio me visitar.

— Sei... — Eu me recordava vagamente de ter visto fotos deles na orla perto da cada da Amanda. A Fig parecia bêbada, com a Amanda tentando agradá-la.

— Ela falou sobre vocês por horas a fio. Pode perguntar pro Hollis, se quiser. Falou um monte, dizendo que você e o Darius não podiam ficar juntos. Ela estava bêbada, é verdade. Mas depois começou a falar de uma colher que encontrara no píer, que tinha a ver com o Darius e uma história que ele contara pra ela. A Fig achava que a colher era um sinal de que... Sei lá, é tudo muito estranho.

Eu me servi de vinho, enchi a taça até a boca. Estava tão cheia que tive de me inclinar e beber um pouco antes de levantá-la, pra não derrubar.

— A colher era símbolo do que, afinal? — perguntei.

— De que tudo iria dar certo pra ela? Quem sabe? Aquela lá é uma doida varrida.

Exalei um longo suspiro. A Amanda é a minha amiga mais razoável e o Darius é meu marido. Se os dois consideravam a Fig uma doida varrida, imagino que era porque era verdade.

Bebi o meu vinho de um gole só. Uma mulher de classe.

— Jolene, você tem de prometer uma coisa — Amanda pediu, séria.

— O quê?

— De jeito nenhum deixe a Mercy com ela, tá?

Um calafrio me subiu pela espinha. Eu só deixava a Mercy com a minha mãe e com ninguém mais. Mas a Fig vivia insistindo — implorando até. Ela não desistia de querer tomar conta da minha filha.

— Certo — murmurei —, mas a gente não tem certeza de nada, né?

— Jo, ela mostrou um vídeo pra gente. De você e o Darius brigando. Ela gravou vocês dois.

— Como assim?! — gritei ao telefone.

Esfreguei o rosto, me sentindo exausta. Eu teria de acordar o Darius. Ele precisava ouvir aquilo.

— Tenho de contar pro Darius, Amanda. Isso está ficando complicado demais. Eu ligo pra você amanhã, pode ser?

Nós nos despedimos, eu desliguei e fui até a sala. O Darius continuava cochilando no sofá.

— Darius? Darius...

Ele se mexeu, abriu os olhos e sorriu pra mim.

— Precisamos conversar. É sobre a Fig.

CAPÍTULO QUARENTA E QUATRO

COBRAS

EU NÃO SUPORTAVA FICAR EM CASA. ERA SUFOCANTE. EU diminuía a temperatura, abria a janela. O Darius mantinha tudo aquecido demais. Sentir o ar frio na pele ajudava um pouco, mas eu logo ficava ansiosa outra vez e mudava de lugar, indo de cômodo em cômodo, roendo as unhas e esperando que algo acontecesse.

Mas por quê? Eu me sentia incomodada por conta de uma vizinha que levara as coisas longe demais? Isso soava como uma bobagem até mesmo pra uma escritora. Talvez eu precisasse de uma mudança de ares, de ritmo, isso sim. O Darius sugerira que eu tentasse escrever em algum café, então, na quinta-feira peguei meu laptop e dirigi oito quilômetros até o Café Veneza. Peguei um trânsito horrível pra chegar lá, mas eu gostava do revestimento brilhante do piso, assim como do proprietário rígido, que chamava a atenção de quem usasse a terminologia do Starbucks no estabelecimento dele.

Eu costumava ir até lá pra escrever quando o Darius abrira a clínica, pra ficar mais perto dele. Ele vinha até o café no intervalo do almoço e a gente dividia um folhado de maçã, antes de ele voltar para os pacientes do período da tarde. Isso foi no início do nosso relacionamento, antes que eu encontrasse algo mais perto. Eu escrevera um romance inteiro ali, no café, e estava atrás da minha sorte outra vez.

Estacionei no meio-fio e entrei, aguardando encontrar a atmosfera relaxada e o brilho fosco, que sempre me ajudara a escrever. Porém, dei de cara com a Fig levando seu café do balcão pra mesa. Ela também demonstrou a mesma surpresa momentânea ao me ver, mas tratou de não deixar transparecer os sentimentos e me cumprimentou com um "Oi, como vai?" casual.

— O que você faz aqui, Fig?

Ela apontou uma mesa com seu computador aberto.

— Trabalhando. Eles têm o melhor folhado de maçã da cidade.

— Hum, verdade? — Lambi os lábios. — Preciso experimentar, então.

— Falou com o Darius?

Ela soou um pouco insegura ou era a minha imaginação?

— Bem, sim, eu falo com ele o tempo todo, o Darius é meu marido.

— Ele acabou de sair — ela explicou logo. — Levou o café pra viagem.

A Fig ergueu a mão pra tirar um fio de cabelo do rosto e foi aí que notei a pulseira que ela usava. Era um daqueles braceletes pra colocar berloques que tinha virado moda. Mas foi o pingente que me chamou a atenção: uma cobra de prata pronta pra dar o bote.

A Fig não gostava de cobras. Eu a ouvira dizer isso umas cinco, seis, sete vezes. E por quê? Porque o Darius e eu estávamos falando da ex-noiva dele, que morria de medo de animais peçonhentos.

A Fig dizia sobre ela: "Eu não a culpo, também nunca gostei deles."

As palavras dela ficaram ecoando na minha cabeça enquanto eu observava o pendente em seu pulso. No entanto, o Darius adorava cobras. Ele gostava tanto que havia livros de edições esmeradas sobre o tema espalhados pela casa toda. O Darius insistira comigo pra arrumarmos uma cobra de estimação pra Mercy uns meses atrás; uma cobra-do-milho, ele sugerira, me mostrando algumas fotos. Eu tinha uma cobra tatuada, lembrança dos meus dias de fã do Harry Potter, em que eu me declarara pertencer à Sonserina. Foi ela que atraiu a atenção do Darius sobre mim na faculdade, muitos anos atrás. Nós somos aficionados por cobras; a Fig, não. Então por que ela estaria usando uma cobra? A primeira justificativa que me ocorreu foi que ela é uma. Ou, quem sabe, estivesse apaixonada por uma.

Passei a mão sobre os pelos arrepiados do meu braço e olhei pela janela, para o prédio do consultório do Darius. Será que nos enganáramos e a obsessão dela não era por mim, afinal? A Fig sabia que ele trabalhava ali perto. Teria vindo ao café por causa dele?

— Acho que vou passar lá antes. — Eu pendurei a bolsa no ombro.

— O Darius tem consultas até as cinco, não poderá te atender — ela comentou.

Senti um arrepio na espinha.

— Não sabia que você agora era secretária dele, Fig.

A postura dela mudou no mesmo instante. A Fig desviou o olhar e começou a gaguejar.

— Ah... ele só comentou que estava muito ocupado hoje. Foi só um comentário. Na certa o Darius vai cancelar os horários pra ficar com você. Ele estava correndo... — Ela tentou disfarçar, mas deu pra sentir o seu tom possessivo.

Virei-me de costas e saí sem dizer mais nada a ela, atravessei o estacionamento e fui direto pro consultório do meu marido.

Quando entrei, encontrei o Darius ao lado da mesa da recepcionista. Eu segurava um copo descartável de café. Ele ficou surpreso ao me ver, mas logo abriu um sorriso largo. A sala de espera estava vazia, então me aproximei e dei-lhe um beijo. O Darius pareceu hesitar um pouco e apagou o sorriso.

— Veio escrever aqui perto?

— Sim. Mas acabei de encontrar com a Fig. Você contou a ela sobre o café Veneza?

O que a expressão do rosto dele queria dizer?

— Hum, é possível, posso ter mencionado algo, sim. — Ele se virou e entrou em sua sala.

A recepcionista observava tudo, curiosa.

— Deixe eu ver se entendi. Você diz que não gosta dela e que ela é uma desequilibrada que me persegue, mas toma café com ela todos os dias?

O Darius fechou a porta da sala e eu coloquei a bolsa na única cadeira ali além da dele.

— Eu nunca disse que não gostava dela — ele rebateu.

— Pelo visto, não, né? Então você só quer que eu não goste dela. Tem algum motivo específico pra isso?

— Você veio até aqui pra brigar? Precisando de ajuda pra escrever?

É, eu tinha ido sim. Fiquei pensativa olhando pra ele, passando o dedo sobre o lábio, para lá e para cá, para lá e para cá.

— Não, ajuda pra coletar a verdade, coisa pra qual você não tem se empenhado muito pra me oferecer ultimamente, não é?

Darius checou o relógio. Ah, ele não ia me dispensar, não. Eu não deixaria. Fui até a mesa dele e ele foi atrás.

— Achei que você tivesse paciente até as cinco. Foi o que a Fig me contou.

— Alguém cancelou.

Vi o celular dele sobre a mesa. Olhando pro Darius, deslizei o dedo pra ativar a tela, que acendeu. Havia uma lista de mensagens recebidas. Que homem ocupado... Todas de mulheres. Entre elas, o nome da Fig.

— Para quem você tem escrito, Darius? Achei que ia parar de interagir com a Fig.

Ele evitava me encarar.

— Há quanto tempo ela tem vindo aqui pra... trabalhar?

— Eu me recuso a falar com você alterada desse jeito.

— Desse jeito? — Gargalhei. — Você quer dizer quando eu te confronto?

Talvez a minha reação estivesse sendo exagerada; talvez eu quisesse puni-lo por algo. Por não me oferecer apoio suficiente com a situação do meu pai. Ele tentava à moda dele — dava banho na Mercy à noite e me servia uma taça de vinho —, mas não era suficiente pra mim. Nesse aspecto eu era egoísta, quero que as pessoas se desdobrem e me amem do jeito que eu espero, não necessariamente com o amor que elas têm pra oferecer.

— Tudo bem — eu cedi e me dirigi à porta. Mas, sendo como sou, decidi provocá-lo uma vez mais. Dizem que a primeira reação é a mais reveladora, então eu disse: — Qual é mesmo a senha do seu e-mail?

Ele ficou me olhando; foi pego desprevenido.

— Você sabe a senha do meu e-mail...

A expressão dele era impassível, uma máscara de pedra. Deu vontade de atirar alguma coisa naquela cara, só pra ver se ela se moveria. Fiquei louca da vida e me virei rápido, pra ele não ver o meu estado. Não tinha problema ele não me contar, eu descobriria sozinha.

CAPÍTULO QUARENTA E CINCO

O DENTISTA

COISAS QUE NOS OCORREM QUANDO VAMOS AO DENTISTA:

Ele com certeza sabe que eu não usei fio dental desde a minha última consulta.

Droga. Ele vai fazer com que eu me sinta culpada.

Por que ele fica falando comigo quando a minha boca está escancarada?

O que é aquela coisa pontuda? Prometo passar o fio dental todo dia. Eu odeio este lugar! Oba, fio dental de graça! Não vou usar isso nunca.

Foda-se o dentista. Tô falando sério. Alguém por acaso gosta quando outra pessoa fica enfiando os dedos enluvados na sua boca? É até provável — tem gosto pra tudo hoje em dia. Tenho uma regra que diz o seguinte: se alguém quiser enfiar alguma parte do corpo na minha boca, então que eu ao menos tenha um orgasmo em troca.

Aliás, quando fora mesmo a última vez que tive um orgasmo? O Darius e eu não nos falávamos desde aquele confronto no consultório dele. Já era bem tarde e eu tinha ido me deitar quando o ouvi abrir a porta, naquela noite. Abracei bem a Mercy, que dormia — eu a colocara na nossa cama, pra evitar que ele fosse dormir lá. Quando o Darius veio pro quarto, pouco depois, viu que a nossa filha estava ali e saiu. *Já vai tarde*, pensei. Eu precisava de um tempo. Não ia deixar que ele se safasse daquela muito fácil. Eu precisava refletir.

E estou refletindo há dias. E tentando adivinhar a senha do e-mail dele, também. Nada. O Darius se fechara. Mas por quê? Porque estava acontecendo algo; por isso.

O consultório do dentista ficava a vinte minutos de carro de onde eu moro. Quando peguei a rodovia congestionada, pensei no Ryan. Eu não conhecia esse dentista. O Ryan, acredite, tinha marcado a consulta pra mim, depois de eu comentar que havia dois anos que eu não cuidava dos dentes. O Darius teria um treco se ficasse sabendo. Eu e o Ryan éramos amigos fazia anos e nesse tempo todo ele nunca tentara nenhum contato sexual comigo. Mas o Darius se ressentia da figura dele na minha vida. Pra dizer a verdade, o Darius se ressentia da presença de qualquer homem na minha vida. Ele nunca se prontificara a marcar um horário com um dentista pra mim, embora eu desconfiasse de que ele gostaria que eu procurasse um terapeuta.

Eu escrevera numa mensagem pro Ryan, quando vi o endereço:

Por que tão longe? Tem um dentista em cada esquina e você me faz ir até lá!

Eu me sentira inquieta. Ele sabia que odeio dirigir.

Ele é meu amigo. Vá e você estará em boas mãos. Você vai ao dentista só duas vezes por ano. Pare de resmungar.

Então, parei de resmungar. Se o Darius me dissesse pra deixar de reclamar, eu daria a ele um motivo pra resmungar. Com o Ryan, eu simplesmente parei. Droga de vida. Por que tudo isso?

Henry Wu era um jovem asiático, recém-saído da faculdade de odontologia, ou seja lá onde ele estudou. Ele veio me buscar pessoalmente na sala de espera e me conduziu a uma sala assobiando a música tema de *Dexter*. Que sujeito agradável.

Depois de me fazer sentar, ele me contou que era seu primeiro consultório e que o tio lhe emprestara o dinheiro pra começar. Eu me senti mais conformada com o trajeto demorado depois do discurso de abertura dele e decidi que devia um agradecimento ao Ryan.

— De onde você conhece o Ryan? — ele perguntou, ao olhar discretamente pra aliança na minha mão esquerda.

— Da faculdade, mas não tínhamos muito contato naquela época. Ficamos amigos de verdade depois de formados. E você?

— Nós trabalhamos juntos no bar Logan's Roadhouse. Cerveja, amendoim e gorjetas de dois dólares a noite toda.

Tentei imaginar o Ryan como garçom. Não consegui.

— Ele nunca pagava a própria comida, por isso todos o odiávamos — o Henry contou, e caímos na risada. Aquilo dava para imaginar.

Uma hora e nenhuma cárie depois, ele ergueu a minha cadeira e perguntou sobre a minha ocupação.

Hesitei.

— Sou escritora.

Eu ainda ficava extremamente sem graça de admitir. Não gostava de falar de mim mesma. Há um quê de desnudamento quando contamos pra alguém que somos artistas. É como revelar que tínhamos cumprido pena no presídio. Primeiro as pessoas nos olham esquisito, depois querem saber o que fizemos. Daí, então, começam a agir estranho, sem saber se sentem medo da gente ou se estão impressionados.

O doutor Wu tirou a máscara e arqueou as sobrancelhas. Eu não consigo mais arquear as minhas; excesso de botox.

Achei que ele teria a reação natural e talvez fizesse algumas perguntas de praxe sobre o que eu escrevo. No entanto, comentou:

— Você é a minha segunda escritora, quem diria!

— Nesta região? Sério? — perguntei, ao me endireitar.

Dava pra contar nos dedos os autores publicados que viviam em Seattle.

— Ela mora em Seattle, também. E não sei ao certo como ela me descobriu, não perguntei.

— Qual o nome dela?

Fiquei muito intrigada. Talvez fosse alguma conhecida, minha ou do meu alter ego. Poucos autores sabiam qual era o meu nome verdadeiro e eu preferia que fosse assim, pra resguardar a minha privacidade.

Ele sacudiu a cabeça.

— Não posso contar, é a lei do sigilo profissional.

Fiquei desapontada.

— Ela é famosa?

— Não sei. Mas ela disse que ia viajar pra divulgar o livro, então imagino que sim. Ela usa um pseudônimo.

— Mentira! — falei, impressionada.

Fiz uma lista mental das autoras que vivem em Seattle: Sarah Jio, Isaac Marion e também algumas que moram no interior do estado de Washington, como a S. C. Stephens e a S. L. Jennings. Como fui deixar que uma autora local me passasse despercebida?

— Ela deve ter mais idade — especulei.

Devia ser uma autora mais velha, ausente da mídia social. Aí, faria sentido. Quem é atuante na mídia social, acaba encontrando os demais, com pseudônimo e tudo.

— Não, não, ela tem a sua idade. E se parece bastante com você, aliás. — Ele descalçou as luvas e pressionou o pedal com o pé pra abrir a lixeira.

— Parece comigo em que sentido? — Será que estava fazendo frio ou aquele arrepio na espinha se devia a outra coisa?

— Cabelo preto, mesma roupa estilosa... — Ele olhou para as minhas botas. — Ela veio aqui usando uma botina Dr. Martens. Deve ser coisa de escritora, pois isso já nem existe mais.

— Que nada, elas voltarão à moda — eu defendi, rindo. E fiz mais uma tentativa. — Ela é natural de Washington?

Wu sacudiu a cabeça.

— Não, ela me contou que veio do Meio-Oeste.

Foi quando um calafrio correu da ponta dos dedos dos meus pés direto até o meu coração, que de repente disparou. Cumpri o restante do ritual da consulta o mais rápido possível, assinei o cheque, sorri e agendei um retorno. No instante em que entrei no carro, joguei a bolsa no assento do passageiro, peguei meu celular e liguei pra Amanda.

— Fig — ela disse, taxativa, assim que terminei de contar a história.

Respirei aliviada. Era exatamente o que me ocorrera, mas verbalizar isso parecia uma insanidade.

— Isso é uma doideira, Jo. Vou ligar lá e fazer de conta que sou a Fig, pra confirmar se ela é paciente dele mesmo.

Ela desligou antes que eu pudesse protestar. Fiquei ali no carro, sentindo o estômago embrulhar. Por quê? A Fig queria tanto assim viver a minha vida que fazia de conta até pro dentista?

Quando o número da Amanda apareceu no meu visor, eu estava péssima.

— Alô?

— Ela é paciente dele. Marquei uma limpeza pra boca imunda dela. Fui obrigada a parar o carro.

— Você está dizendo que a Fig Coxbury frequenta aquele dentista? O tal do Wu? — Mostrei o dedo, inutilmente, em desabafo.

— Isso mesmo.

— Sei, sei — murmurei ao estacionar. Encostei a testa na direção. — Mas pode ser que seja uma grande coincidência, não? Quer dizer, pode haver uma autora que vai lá também. Seattle é uma cidade grande.

— Não, não é tão grande assim. Olha, você precisa parar de bancar a idiota, entendeu? Ela quer a sua vida. Ela inclusive faz de conta que vive a sua vida pro dentista local. Acorda, Jo!

— Certo. Estou bem acordada. Mas e agora?

— Venda a sua casa. Mude-se de lá. Ela não está bem da cabeça.

— Não posso ir vendendo a minha casa assim. Eu fui morar lá primeiro.

— Ela deve ter comprado a casa vizinha porque já era obcecada por você.

Nós duas ficamos em silêncio. Parecia absurdo pensar, mas já não tinha acontecido aquilo tudo? E se fosse verdade?

— Eu vou... falar com o Darius. Ver o que ele diz. — Desliguei me sentindo mal por mentir, pois eu não tinha a menor intenção de falar com o Darius sobre aquilo. Havia muitas decisões a tomar.

CAPÍTULO QUARENTA E SEIS

SOCIOPATA

DE VEZ EM QUANDO BATE UMA INTUIÇÃO DE QUE TEM ALGO errado. É uma sensação de angústia, um peso no coração. Não dá pra esquecer que ele existe, mas ao mesmo tempo, a gente aprende a conviver com aquilo. Além disso, a gente não quer estar certo. É mais fácil achar que enlouqueceu, virar alcoólatra, chorar até pegar no sono todas as noites. Qualquer coisa a ter de enfrentar a verdade... de que temos razão.

Ele está mesmo me traindo, sabe? Li em algum lugar que enlouquecer dói menos do que sofrer uma traição. É melhor ser doido do que ser mal-amado.

Qual era o motivo das nossas brigas quando minha vida entrou em espiral? Ah, sim — o Ryan. Maldito Ryan. Eu não falava com ele havia semanas. Ele vinha saindo com uma loira e incluía em todas as fotos que postava "#encontro". Um martíni e um copo de uísque com gelo sobre um balcão bonito de bar. Isso era o suficiente pra eu me retrair. Nunca disse a ninguém pra não me enviar mensagens porque eu estava num relacionamento, mas eu pessoalmente evito mandar. Considero demais as mulheres pra me meter com os homens delas. Eu estava na cozinha fazendo café quando o Darius abriu uma foto que o Ryan havia postado no Instagram.

— Ele postou esta pra você? — Com o rosto saturado, avermelhado, como se estivesse febril, o Darius segurou o celular na minha frente e o chacoalhou.

— Isso não é um globo de neve, Darius. — Segurei o punho dele e olhei a imagem mais de perto.

O Ryan estava sentado ao lado da sobrinha bebezinha, na grama.

— Como é que é? Você quer saber se o Ryan postou uma foto dele com um bebê para mim?

— Não se faça de boba, Jolene.

Fiquei atônita. Aquilo estava mesmo acontecendo?

— Acho que vou continuar sendo boba. — E lhe dei as costas.

O Darius me segurou pelo ombro e me virou de frente para ele.

— A moldura branca em volta da foto. É a que você usa nas suas fotos.

— Sim, eu e um milhão de outros usuários do Instagram. Que merda eu tenho a ver com a foto do Ryan? E por que você está xeretando as coisas dele?

— O cara está apaixonado por você. — O Darius enxugou o suor da testa com as costas da mão. Ele estava com uma puta cara de dopado.

— Pergunto de novo: o que isso teria a ver com a sobrinha dele?

O Darius não me impediu quando eu saí de perto. Fiquei ouvindo as passadas dele andando pela cozinha. Pra lá e pra cá, pra lá e pra cá. Ele abria e fechava os armários — sempre fazia isso quando estava ansioso. *Cacete...* Ele ficara assim uma vez, anos atrás, quando terminou com a noiva, que era minha melhor amiga. O Darius agia como um maníaco desvairado. Ele soluçava num minuto e ficava furioso no minuto seguinte; depois, desandava a falar um monte de besteira que eu prefiro nem lembrar. Coisas sem sentido, sem a menor lógica. Bem assim, tipo a foto que o Ryan postou.

Mais tarde, eu dobrava a roupa lavada no nosso quarto. Que horas eram mesmo? Meia-noite? Uma? O Darius abriu a porta e entrou de mansinho, praticamente na ponta dos pés. Ele procurava fazer o mínimo de barulho, pra amenizar o meu estado de humor. Foi cômico.

— Sinto muito, me desculpa — ele foi logo dizendo, antes que eu tivesse a chance de falar. — Esse cara me deixa louco. Eu vi as mensagens de vocês. Tenho acompanhado tudo.

Eu pisquei e pisquei de novo, incrédula. O Darius desviou o olhar.

— Você é quem se deixa louco. Você tem lido as minhas mensagens? Isso não é nem um pouco estranho — falei.

Guardei a roupa íntima dobrada na gaveta e a fechei com força. Fui pro closet. Procurei manter a calma, com movimentos regulares. Mas os meus pensamentos estavam alucinados, como dardos disparados pra todos os lados, acertando em todas as feridas. O Darius tinha todas as minhas senhas, tomou posse do meu tablet, com o meu conhecimento. Eu tomava precaução zero pra evitar que ele visse alguma coisa. Meu marido era tão paranoico que vinha me espionando. E havia quanto tempo? Ainda assim, eu não sabia nenhuma senha dele sequer. Como isso era possível? Será que eu confiava tanto assim ou nunca liguei o bastante pra vigiá-lo? Não que eu não soubesse do que ele era capaz.

Ele veio atrás de mim e eu na mesma hora me arrependi de ter entrado ali. Estava encurralada.

— Não vai dizer nada? Acabei de contar que li tudo o que você disse para ele.

— Eu mantenho o meu comentário inicial: isso é esquisito.

O Darius ficou de queixo caído.

— E isso é tudo?

— Você sabia que a gente trocava mensagens, nunca conversei com ele em segredo. Meu Deus, eu passo a metade do tempo dando fora no cara. O que está querendo dizer especificamente, Darius?

— Você não devia mandar mensagens pra ele, você é casada.

— Eu não envio. Apenas respondo as mensagens que ele me manda. E agora vamos falar sobre quem envia mensagens pra você, Darius. Eu vi uma lista bem grande de remetentes no seu celular, aquele dia no consultório.

— Eu acho que você é uma sociopata.

— Jura? Você deve estar certo. — Eu o empurrei pra passar e voltei pro quarto. Queria que ele fosse embora. Não tinha mais nada pra lhe dizer.

— Por que essa mania de virar tudo o que eu digo contra mim? — ele disse.

Estava difícil disfarçar o meu espanto. Minha calma vinha se esgotando e rápido.

— Segundo você, eu não devo enviar mensagens pra um homem porque sou casada. No entanto, você manda mensagens pra outras mulheres, e não são poucas. Portanto, você está confirmando que é um hipócrita ou um sociopata dos grandes?

— Vou ligar pro Ryan e contar todas as críticas que você faz a ele, sobre ele ser vazio.

— O Ryan é uma boa pessoa. Não faço ideia se ele é apaixonado por mim ou não. Nunca tive interesse em saber, porque eu sou apaixonada por você. Assim, pode ligar pra ele se quiser, mas não faça papel de idiota.

A expressão do Darius se amenizou. Ele colocou o seu celular na cômoda, à minha frente e, ao fazer isso, esbarrou o dedão no botão que carrega o Instagram. Foi sem querer, um deslize no real sentido da palavra. Cheguei a achar que ele estava tentando abrir pra fazer uma média comigo, mas, de repente, o álbum de fotos dele se abriu e eu vi tudo. Peitos, peitos e mais peitos. Tinha um bocado de xoxotas também, mas a maioria era de peitos.

Por um instante, nós ficamos paralisados, olhando um pro outro. Quatro olhos arregalados, dois corações pulsando tão forte que dava quase para ouvir em meio ao silêncio. *Pego no flagra.* Algo do tipo:

Fodeu!

Fodeu!

Fodeu!

Fodeu!

Fodeu!

Fodeu!

Fodeu!

Confirmei naquele momento que todas as minhas suspeitas estavam certas, eram fato. Os peitos não eram meus, a xoxota não era a minha. O Darius andava pulando a cerca.

Buscando o que dizer, ele gesticulava muito, tentando me afastar. Dei um soco na cara dele. Desprevenido, ele caiu pra trás e acertou a cômoda. Meus vidros de perfume rolaram e caíram espatifados pelo chão. Senti o aroma forte de flores e musgo quando o líquido de um deles escorreu pelo vidro quebrado na madeira do piso. Um porta-retratos da Mercy caiu também e se quebrou. O Darius levou a mão ao ponto onde eu o atingi no rosto e me olhou com um certo pavor. A Mercy foi a gota d'água da minha explosão. Pois quando a gente ferra com a nossa vida, acaba ferrando com a vida dos nossos filhos também.

222

— Quem são elas? — E então berrei: — Quem são essas cadelas?!

— Ninguém — ele respondeu. — São ninguém!

— Quantas?

— Não sei.

Eu o ataquei com socos e mais socos, e uma metralhadora de palavras.

Não acorda, Mercy, não acorda, por favor. Eu preciso fazer isso.

Até que parei de repente. Eu estava exausta, mas não fisicamente. Poderia tê-lo surrado a noite toda. Estava cansada da vida. Aquilo era algo que acontecia com os outros, não comigo. O meu marido não tinha dezenas de fotos de mulheres peladas salvas no álbum do celular dele, ao lado das fotos da minha filha. Meu marido sentia desejo só por mim. Ele me amava o bastante pra renegar as falhas dele com potencial de minar o nosso amor. Não amava? Não. Covarde. Senti nojo ao olhar pro Darius.

— Por quê? — eu quis saber.

— Você fez o mesmo. Vi a foto que você enviou pra ele no ano passado. Você tem me traído emocionalmente com esse cara, não adianta negar!

— Ah, então você me traiu por causa de uma foto que eu mandei pro Ryan. Uma foto minha de biquíni. Faz todo o sentido. Quer dizer, pra que conversar comigo a respeito do que eu tinha feito? Teria sido estupidez. Em vez disso você passou a transar com a mulherada?

Ele se limitou a me olhar e nada mais. Ficou ali me fitando.

— Você e eu somos muito bons quando somos bons, mas somos excelentes quando somos horríveis.

— Que monte de merda você está dizendo, seu psicopata?! *Você* me traiu!

— Você faz comentários pavorosos sobre a minha família. É tão culpada por isso tudo quanto eu!

A caneca de café estava ali ao alcance e eu a atirei nele. Droga de pontaria péssima. Ela espatifou em pedacinhos pertinho da cabeça dele.

— Você é uma desequilibrada, Jolene. Uma sociopata.

— Claro. Caia fora minha casa. Eu te dou dez minutos! — E saí dali, costas eretas, olhos encharcados, coração ferido.

CAPÍTULO QUARENTA E SETE

MUDANÇA DE ESTILO

SOU BOA QUANDO O ASSUNTO É LUTO. ALGUNS ESCONDEM O sofrimento, fazendo de conta que estão bem. Esses merecem uma medalha. A postura de bravura. Que nada, eu não. Não tenho cara de corajosa, mas Deus é testemunha de como eu soluço bem. Nasce das minhas entranhas e fico tão compelida que chego a perder o fôlego.

Eu chorava no chuveiro, ou tarde da noite, pra Mercy não ouvir. Quando se tornava incontrolável, eu pedia pra minha mãe vir buscar a Mercy. Até passar para a outra fase: olhar para as paredes. Quantos dias passei olhando as paredes? Dois? Três? Não comia, não bebia nada e não me mexia também. Assisti aos últimos três anos da minha vida passando naquela parede. Os dias de namoro, as mensagens de texto dizendo coisas do tipo: "Quero te dar tudo o que eu nunca tive. Experimentar coisas novas junto com você. Quero te fazer sentir como você me faz sentir." A expectativa do primeiro beijo e a deliciosa vulnerabilidade dos dias que se seguiram. O entusiasmo pelo futuro cheio de esperança.

Eu me lembrei dos primeiros dias às voltas com as fraldas e mamadeiras — um pai e uma mãe estreantes cansados divertindo-se a valer em meio ao caos. Eu me lembrei da ternura, do modo como ele me olhava quando eu chegava em casa depois de uma noite de autógrafos ou de uma viagem — como os olhos dele brilhavam no desembarque do aeroporto e o abraço longo com que me recebia. Eu me sentia segura e bem estabelecida. Encantada com o homem maravilhoso que achara. Na parede, assisti a uma sequência de Dias de Ação de Graça, Natais, aniversários e férias. Cozinhar — ele adorava me ver cozinhar, comer, beber, beijos com os dois bêbados ao pé do fogo, o jeito carinhoso e delicado quando a gente fazia amor. Um, dois, três anos de mentiras. Como pude ser tão estúpida? Será que eu estava tão devastada a ponto de vendar os olhos pra preservar uma fantasia?

Isso é o que acontece quando partem o nosso coração. A gente se lembra primeiro das coisas boas. Aquelas que fazem falta. Depois, quando a raiva toma conta, uma nova sequência entra em ação. As lembranças passam de uma comédia romântica pra um suspense psicológico. Uma troca de estilos. Que piada. Tantas boas recordações entremeadas por fragmentos sombrios: voos, mensagens de texto, dissonância. A gente se lembra de como andava se sentindo só e os fragmentos sombrios ficam ainda mais pronunciados. Eles vão empurrando as boas recordações, até tomarem conta e assumir identidade própria. De repente, a gente conclui: "Ahhh, era por isso que ele estava se distanciando." Teve o dia em que ele não queria acordar, o Dia de Ação de Graças em que ele ficou distraído. As peças finalmente se encaixaram e tudo fez sentido. Uma constatação dolorida de que a vida que você levava não tinha nada de bonito; ao contrário, era cercada de segredos e artimanhas. E a pessoa que você mais amava vinha te desferindo golpes que você ainda estava por sentir.

Ele ligou pra mim durante aqueles dias. Escreveu textos longos implorando pra eu aceitá-lo de volta. Não entendi. Por que implorar pra voltar com alguém que você trata com tamanha indiferença? Depois as súplicas se tornaram algo bem diferente. Ele não me confortou. Tentou transformar o meu pecado mais grave que o dele. O Darius não admitia a verdade nem quando eu a estampava na cara dele. Fiquei sabendo sobre o processo de uma paciente com quem ele havia dormido e ele ficou furioso. O desgraçado vinha transando com todas aquelas garotas desde o momento em que se mudou pra minha casa, desde antes do nascimento da Mercy. Os relatos delas confirmaram tudo. Quando eu o confrontava, ele explodia, começava a me xingar e dizia que eu era muito pior do que ele jamais seria.

— Você está tentando criar justificativas pra compensar o que você fez com o Ryan! — ele gritou comigo ao telefone.

— O que eu fiz com o Ryan, Darius? Nunca toquei naquele homem! E você começou com tudo isso muito antes de o Ryan entrar no circuito.

— Não é preciso tocar na pessoa pra ter um caso com ela! — ele argumentou.

O Darius usava o meu relacionamento com o Ryan como desculpa pra ter feito o que fez. Ele me mandou a foto de biquíni que eu enviara pro Ryan no ano anterior, pra me lembrar do quanto eu era infiel. E quando eu mencionava a coleção de vaginas e peitos no celular dele, o Darius dizia que eu não admitia os meus próprios problemas. Daí, nós passávamos quinze minutos discutindo por causa do Ryan, eu me defendendo e ele atacando. Até eu me dar conta de que era uma estratégia. O Darius procurava se esquivar e eu caia direitinho.

Parei de atender às ligações, parei de telefonar. Parei de comer, também. Perdi cinco quilos em dez dias. Uau, dieta milagrosa... Quando a minha mãe veio trazer a Mercy pra casa, empalideceu ao me ver.

— Vou dar um pulo no mercado pra comprar umas coisinhas pra fazer o jantar — ela disse.

Ouvi quando ela ligou pro meu padrasto, avisando que iria passar alguns dias comigo.

A Mercy chamava por ele, com sua vozinha rouca: "Cadê o papai?" "O papai vem pra casa?" "Por que o papai não me deu tchau?" "O papai me ama?"

E o que eu ia dizer pra ela? Explicar como? Eu a abraçava enquanto ela chorava e maldizia o pai dela, maldizia o Darius, maldizia todos os homens que a magoaram de um modo tão sucinto: "Foi um erro."

Eu estava furiosa. O Darius não errara apenas comigo, errara com a minha filha. Eu falhei em protegê-la. Deixei que aquele monstro entrasse na nossa vida e tomasse as rédeas. Por quê? Por que ele destruíra algo tão bonito? Ele magoou muito a nossa família.

O que aconteceu quando a raiva passou? Eu aguardava a fase da aceitação — essa seria a parte boa. A fase do seguindo-em-frente-e-vai-doer-menos... Pois é, estou esperando até agora.

CAPÍTULO QUARENTA E OITO

PARADA

EU NÃO FALAVA COM A FIG HAVIA MESES. QUANTOS? DOIS?
Três? E por que deixáramos de nos falar? Ah, sim, porque achei que ela estava apaixonada pelo Darius. Aquilo tudo parecia tão insignificante agora... Eu tinha as minhas suspeitas com relação ao Darius — eu sentia. Só estava mirando na pessoa errada. E, no meu caso, eu precisava me afastar, mesmo depois de ter mudado de ideia com relação à paixão da Fig por ele.

Ela era tão esquisita quanto opressiva. Houve uma época em que vinha me visitar cinco dias por semana e aparecia quando bem entendia. Ela trazia uns presentes descabidos pra Mercy e dava doces pra ela sem que eu soubesse. As coisas esfriaram como quando as pessoas se tornam muito ocupadas. A Fig aceitara muitos pedidos pra criar websites pra autores amigos meus. E, com o tempo, ela começou a guardar seu utilitário na garagem, em lugar de estacionar na frente da casa como todos os vizinhos costumam fazer. Assim, hoje em dia nem sei mais dizer quando ela está em casa ou não.

Eu me maquiara pela primeira vez em um mês. Minhas roupas estavam folgadas, porque eu emagrecera mais de cinco quilos desde o fim do meu casamento. Eu já não tinha mais seios.

Aquela noite estava muito agradável, quente, e ainda não escurecera. Eu calcei as botas e fui pelo portão do quintal, segurando-o com cuidado para que não batesse e fizesse barulho. Não sei o que eu temia, mas queria evitar que ela me visse chegar e fingisse que não estava. Eu tinha a impressão de que a Fig vinha se escondendo; talvez porque eu mesma fizera isso tão bem. Quando a gente trabalha em casa, estaciona na garagem, fecha as cortinas e não vê os vizinhos.

Bati na porta dos fundos com força e meus dedos ficaram doloridos. Até levei a mão à boca, enquanto esperava. Fazia mais calor do que nos dias anteriores e reparei nos brotos crescendo nos galhos das árvores. Na certa eu a peguei desprevenida, pois um minuto depois ela apareceu na janela, com cara de espanto. Ouvi o barulho quando a Fig virou a chave, destravou a lingueta e a porta se abriu. Senti um cheiro bem conhecido vindo de dentro — era o cheiro da minha casa. Nenhuma novidade.

— Ei. E aí? — ela disse.

A Fig vestia roupa de ginástica e seu rosto brilhava, como se tivesse acabado de fazer esteira. Meu Deus, como ela estava magra! Bem mais magra que eu, mais magra do que o esperado pra um ser humano normal.

— Você sabia que ele estava me traindo? — perguntei de cara, atenta à expressão dela. — Ele te contou?

Ela ficou branca. Sem mais nem menos, a pele dela perdeu toda a cor e ficou úmida e leitosa.

— O Darius... o quê...?

Desatei a chorar. Achava que tinha superado a choradeira, que estava tudo sob controle, e lá estava eu, derramando milhões de lágrimas na soleira da casa dela.

A Fig logo se afastou e me deixou entrar. Ela puxou uma cadeira da cozinha e eu me sentei e cobri o rosto com as mãos, tentando me recompor.

— Que diabos aconteceu? — Ela me fitava com os olhos arregalados, incrédula.

— Ele a conheceu em uma conferência — eu contei. — Ela é jornalista.

— O quê?! — sua voz soou alterada e ela se sentou tão abruptamente na cadeira ao meu lado que nossos joelhos bateram um no outro. — O quê? Quando?

— Ela se chama Nicole Martin. — Peguei o lenço de papel que a Fig me ofereceu.

Os olhos dela vagavam pelo ambiente e eu achei que talvez a Fig estivesse tentando reconhecer o nome. Ela ficava intrigada com nomes e sempre insistia pra gente repetir, e depois ficava repetindo ela mesma. O Darius brincava que a Fig ia pra casa pra fazer uma busca no Facebook para ver de quem se tratava.

— Ela é freelancer.

— E como você descobriu?

— Qual parte?

— A traição.

— O celular dele — falei, cobrindo a minha boca.

Eu revia as imagens toda vez que fechava os olhos. Um verdadeiro desfile de peitos e vaginas.

— O Darius estava me mostrando algo, então pressionou sem querer e o álbum de fotos se abriu. Aí eu vi um monte de fotos de mulheres.

— Mais de uma? Mais do que da tal... Nicole?

— Sim, mais do que só dela.

A Fig ficou calada por um instante, fitando as mãos, que agarravam a borda do tampo do balcão.

— Minha nossa!

Tive a sensação de que, se não estivesse sentada, ela teria despencado.

— Onde ele está agora?

— Eu o pus pra fora algumas semanas atrás. Não sabia o que fazer.

Será que a Fig já sabia? O carro dele não ficava mais na vaga de costume. Ela era tão observadora.

— E como está a Mercy? — ela quis saber.

— Nada bem.

Era muito mais que isso. A Mercy andava quieta, tristinha, brigando com os coleguinhas de classe. Ela chamava pelo pai todas as noites, queria que ele lesse a historinha pra ela. Pressionei as têmporas, sentindo uma pontada de dor de cabeça.

— Enxaqueca? — ela perguntou. — Espere um pouco...

A Fig foi ao banheiro e voltou com uma aspirina na palma da mão.

— Há quanto tempo estava acontecendo? — ela perguntou, ao me servir um copo d'água.

— Cerca de um ano. — Engoli o comprimido. — Ela não sabia que ele era casado. O Darius mantinha tudo à parte... vidas separadas.

— Como você pode saber? Ela está mentindo.

Imagino que todos pensem assim. A outra mulher sempre acaba sendo mais responsabilizada que o homem infiel.

Essas mulheres não me devem nada, são estranhas pra mim. Talvez devam à própria consciência por terem agido mal. O Darius, no entanto, era quem me prometera fidelidade pra vida toda.

— Eu liguei para ela, Fig. A Nicole estava chorando e me revelou tudo.

Eu procurara por ela no Facebook e enviara uma mensagem — depois de o Darius me dizer o nome dela, a contragosto. A Nicole me enviou o número de seu celular na mesma hora. Quando atendeu à minha ligação, a voz dela estava alterada e nós duas desandamos a chorar por alguns minutos, antes de ela me pedir desculpa. "Eu sinto muito", ela dissera. "No fundo eu desconfiava de que havia algo de errado na versão dele, mas me neguei a ver. Eu devia ter desconfiado." O Darius falou pra ela que era divorciado, e como ele não tem presença na mídia social, como a Nicole poderia adivinhar?

— Você confia demais nas pessoas, Jolene — a Fig afirmou, toda doce.

— Não foi ela que quebrou o juramento que fez pra mim, Fig. Foi ele. Que diferença faz se ela sabia que o Darius era casado e deu em cima dele? Ele tinha obrigação de dizer NÃO a ela, de proteger o nosso casamento e de manter o pau dentro da calça!

A Fig assentiu sem muita convicção.

— Deus, como eu pude ser tão burra?! Todas aquelas noites até tarde no consultório… Ele andava tão distraído. Eu achava que era por causa do meu prazo apertado e por eu não andar muito presente, deixando-o de lado.

Ela foi incisiva:

— Vocês não eram felizes juntos. Quero dizer, não me entenda mal, o que ele fez é deplorável. Mas como o Darius conseguiu manter tudo em segredo por tanto tempo? Não consigo entender. Ele é um mestre do disfarce.

Aquilo foi como uma chicotada. Ela o estava defendendo? E o que era aquele tom na voz dela? Satisfação? Meu estômago embrulhou. Eu cometera um erro indo até lá. Era sempre a mesma coisa: eu me convencia de que estava imaginando coisas com relação à Fig, mas aí era só me aproximar dela para sentir vontade de sair correndo.

— Difícil acreditar que ele saiu de carro e não voltará mais — ela comentou.

Sim, é uma droga. Isso me ocorrera também. Mas é que ele era meu marido. Eu acreditava que a gente ia se separar só quando morresse.

Olhei ao redor da cozinha, buscando por alguma indicação, algo que confirmasse o que eu estava sentindo.

— Tenho de ir buscar a Mercy na escola — eu disse ao me levantar.

Se me apressasse, poderia ainda chorar um pouco antes de sair. Olhei pra pilha de lencinhos que eu deixara na bancada, mas a Fig recolheu tudo antes de mim.

— Vai logo, você precisa ir, Jolene. Deixa que eu levo o jantar mais tarde, assim você não precisa se preocupar.

Eu sorri e saí pro quintal. Nós duas ficamos com os olhos cheios de lágrimas quando nos despedimos com um abraço.

CAPÍTULO QUARENTA E NOVE

WINK1986

EU PASSAVA AS MANHÃS ESCREVENDO. DEVERIA SER UM LIVRO sobre o amor, mas eu não tinha muita certeza sobre o que era. Meus dedos pareciam hesitar pra digitar as palavras, mas as palavras eram a minha obrigação... o meu sustento. Eu me esforçava, escrevendo coisas nas quais não acreditava, criando personagens perfeitos demais pra existirem: homens que lutavam pelas mulheres, homens que sempre diziam a coisa certa. Será que todos os homens são covardes? Será que eu conhecia algum que prestasse? Minhas amigas me incentivavam, diziam pra eu escrever sobre o tipo de amor que eu queria que existisse.

Ao meio-dia, o Ryan me mandou uma mensagem perguntando como eu estava me saindo. Eu não contara nada pra ele, nem uma palavra sequer. Pra todos os efeitos, eu continuava vivendo a minha vidinha de conto de fadas.

Respondi:

Bem. Escrevi a manhã toda.

Como você e o Darius estão indo?

Como ele conseguia? O Ryan sempre me procurava quando eu estava encolhida num canto, no meio de uma briga, ou me sentindo na maior solidão do mundo. Era como se houvesse um elo entre nós e ele sentisse a fricção na outra ponta.

Estreitei os olhos com as palavras dele e busquei, nervosa, por uma caneca de café que não estava lá. Ora, eu não passara uma jarra inteira? O Ryan nunca me perguntara especificamente sobre o Darius. Eu dizia uma coisinha aqui e ali, mas, no geral, a gente não falava da vida pessoal. O porquê dessa regra? Acho que não queríamos saber dos detalhes.

Mandei de volta:

Vamos bem.

Detesto mentir para ele. Se havia alguém pra me dar bons conselhos, era o Ryan.

Estão mesmo?

Fiquei olhando para as palavras um tempão. Eu não sabia responder. Estávamos?

Que diabos, Ryan!

No instante seguinte o meu celular tocou. Vi o número do Ryan acender na tela e senti um calor subindo pelo pescoço. Eu nunca conversara com ele pelo telefone. Nem lembrava como era a sua voz. Pensei em não atender, mas a gente acabara de trocar mensagens, ele ia saber que era embromação.

— Alô? — Onde estava a droga da minha caneca de café?!

— Oi, sou eu — a voz dele era sexy.

Na mesma hora escondi o rosto com o braço.

— Desde quando você me telefona, Ryan?

— Desde hoje. Tudo bem com você?

— Tudo igual há dois minutos, quando trocávamos mensagens — brinquei.

Ele riu e eu tive o ímpeto de ir me sentar num cantinho e ficar me balançando pra frente e pra trás.

— O que está acontecendo, Jolene?

— Eu estou bem. — Deu pra sentir o tom triste na minha voz e tentei me animar. — O mesmo de sempre.

— Não parece.

— Eu falo desse jeito mesmo, é o meu jeito de ser — afirmei, séria.

Queria que a minha voz não tivesse falhado no final. O Ryan tinha um faro apurado pra tristeza, feito um cão de caça.

— O que ele aprontou?

Contei tudo para ele. E, no final da história, o Ryan estava tão mudo que cheguei a achar que a ligação tinha caído.

— Alô?

— Eu estou aqui, Jolene. Você quer ouvir o que eu acho?

— Sim. — E chorei, porque a entonação grave e preocupada dele me fez emocionou.

— O Darius te prometeu coisas demais e prometeu pra alguém que precisava que tudo aquilo fosse verdade. Havia um descompasso no relacionamento de vocês. Não sei dizer qual a origem nem o motivo, mas ele tinha consciência de que dessa vez não podia decepcionar você de jeito algum. E ele não teve desprendimento suficiente pra cuidar disso.

Ora, bolas. Lá vou eu chorar. Aos prantos e ao telefone com o cara que em suma fora a razão de eu ter descoberto que o Darius vinha me traindo.

— Preciso te contar uma coisa muito estranha que me aconteceu na semana passada.

— Estranha como? Você me ligou pra me contar algo estranho?

— Na verdade, sim. E tem a ver com você.

— Comigo?

— Sim, tem sempre você na história.

O QUE ELE QUIS DIZER COM ISSO? MINHA NOSSA, O QUE ELE QUIS DIZER COM ISSO?!

— Sou toda ouvidos.

Notei que o Ryan passou o telefone de um ombro pro outro e tentei adivinhar o que ele estaria fazendo.

— Recebi um e-mail. O endereço era suspeito: wink1986.

— Sei...

Ouvi um assobio e depois o som de metal batendo. Ele estava cozinhando.

— Que estranho... Me dá só um minutinho. — Quando o Ryan retomou a ligação, o assobio parara. — O e-mail trazia alguns vídeos que eu presumo serem do seu marido.

— Do Darius? Que tipo de vídeo?

O Ryan pigarreou, limpando a garganta.

— Vídeos com conteúdo sexual.

Senti o sangue gelar. Apertei bem os olhos e chacoalhei a cabeça, ainda que ninguém me visse.

— Não, não, não, não.

— Olha, eu posso encaminhá-los pra você, mas não sei se vai querer assistir. E eu também não tenho muita certeza do motivo de alguém enviar isso pra mim, nem como conseguiram meu endereço de e-mail.

— Como você sabe que é ele?

— É ele.

— Tudo bem, pode me mandar.

— Você tem...

— Tenho, manda.

Desliguei antes que ele pudesse dizer algo mais. Então fui fuçar todos os perfis dele na mídia social, pra ver se o Ryan divulgara o endereço de e-mail publicamente. E sim, ele o fizera. Mas quem iria querer que ele visse aqueles vídeos? Quem teria algo a ganhar? Com certeza, não o Darius.

Um minuto depois chegou a notificação de recebimento do e-mail enviado por Ryan21. Fui preparar uma bebida antes de abrir. A mensagem trazia três anexos e ele deixara o assunto em branco.

Cliquei pra abrir o primeiro. O Darius — claro feito o dia — sentado ao contrário no vaso sanitário do lavabo, somente com a porção inferior do rosto dele aparente. Meus olhos estavam focados em seu pênis, que se encontrava em primeiro plano. Ele movia os lábios, falando alguma coisa. Aumentei o volume e ouvi: "... a xoxota mais bonita."

A xoxota mais bonita. Minha nossa!

No vídeo seguinte, ele se masturbando. Fechei antes do final. Não aguentei. No último, ele falava com a tal Nicole — ou pra quem quer que fosse que ele enviara o vídeo. Tornei a aumentar o volume. O Darius esfregava o pau pra frente e pra trás, mordendo o lábio inferior. "Ela saiu. Vem para cá", ele dizia na gravação. "Mal posso esperar pra te penetrar de novo."

Já estava previsto. Tudo indicava que sim. Ele era um traidor mulherengo. O Darius violou o juramento profissional, por que não traria seu vício pra dentro de casa? Não havia impedimento, ele não respeitava limites. Meu marido se resumia a usar as mulheres.

Quem teria enviado isso? Quem queria que eu visse? E por que envolver o Ryan?

CAPÍTULO CINQUENTA

MONA, A VADIA

NO COMEÇO DE JUNHO, O TAL MARIDO DA FIG ME ENVIOU UMA mensagem de texto, dizendo que queria tomar um café comigo. Fiquei olhando pra tela por alguns minutos, imaginando como ele teria conseguido o meu número. Mesmo cismada, concordei. Eu estava ocupada e não sabia o que esperar.

No dia em que eu ia encontrá-lo desabava um dilúvio. Vesti uma capa de chuva, calcei as galochas e fui andando, por quase dois quilômetros, até um café meio grunge chamado Tin Pin. Cheguei antes dele, então comprei um chá e fui me sentar a uma mesa no canto, toda riscada. Alguém escrevera "A Mona é uma vadia" na madeira. Mexendo o chá, fiquei olhando a frase. Mais um exemplo do modo deturpado como a sociedade encara as mulheres. Todos os homens que dormiram com a Mona permaneciam intocados; mas a Mona, a mulher, estava aqui sendo difamada. Peguei o canivete que sempre carrego na bolsa e escrevi embaixo: "E todos os homens com quem ela transou são ordinários."

Uma das atendentes me viu e me chamou a atenção:

— Ei, você não pode fazer isso!

— Já estava riscado, só estou corrigindo — expliquei.

Ela fez cara feia e voltou pra trás do balcão.

Liberdade de expressão é bem-vinda. Mas é preciso dizer a coisa certa, seus babacas.

O George chegou pingando, ensopado, dez minutos atrasado. Fiz sinal pra ele da mesa da Mona e arrastei uma cadeira com o pé pra que se sentasse.

— Oi. — O George tirou o casaco.

— Oi pra você também.

Ele foi pegar algo pra beber, enquanto eu terminava o meu chá. Quando voltou com um café na mão, notei o seu aspecto cansado. Ou é possível que aquela fosse mesmo a aparência dele; afinal, eu quase nunca o via.

— A Fig e o Darius estavam tendo um caso, Jolene.

Senti o chá cair como pedra no meu estômago. Eu me inclinei pra frente na cadeira abraçando a cintura.

— Diz alguma coisa — ele pediu. — Deus, que situação!

O George passou a mão pelo cabelo, já despenteado, se remexendo no assento, inquieto feito um garotinho. Vi que ele lia a frase sobre a Mona, enquanto eu digeria as suas palavras.

O que eu haveria de dizer? Será que eu estava mesmo surpresa?

Sim, eu fiquei surpresa, sim.

— Que merda é essa, George?! Você tá de sacanagem comigo!

Ele pareceu aliviado por eu ter dito algo.

— Infelizmente, não estou.

— Quando? Como?!

— Quando você saía. Sei lá. Eles davam um jeito. Gente assim sempre acha uma maneira, não é mesmo?

Eu estava tonta, minha vista focava e desfocava. Minha casa. Ele me traiu na minha própria casa. A mesma pra qual deixei que ele se mudasse, passando a dividi-la comigo. A casa em que ele vivia sem pagar nada, enquanto se enterrava em dívidas e era processado. Desde que flagrara o Darius, meses antes, vinha buscando formas de superação, um modo de perdoar e apagar parte da amargura que se instalara no meu coração. Eu não ia deixar que um homem como ele roubasse a minha esperança. Mas isso — isso era diferente. Ele levara a sujeira pra dentro de casa, pro refúgio que eu criara pra minha filha. E ela, aquela mulher... Eu deixara tudo de lado, os avisos, o meu livro, até a minha filha e os meus amigos, só pra ajudá-la. Que bosta de mundo é esse no qual aqueles que você acha que mais te amam são os traidores?

Olhei pro George. Ele estava magro e abatido. Não conseguia ficar parado. Cortara-se ao fazer a barba e havia ainda um pouquinho de sangue coagulado no seu queixo.

— Quando você descobriu, George? Em que mês?

— Em março do ano passado.

Eu me encolhi. Isso tinha sido uns poucos meses depois dela se mudar pra propriedade vizinha à nossa.

— Na ocasião em que eu fui visitar o meu pai em Denver — falei, com tranquilidade. — E aí...?

— Foi quando eu peguei os dois. — O George esfregou a mão no rosto. — Estava com ela e vi o nome dele no celular dela e achei estranho o Darius enviar uma mensagem tão tarde da noite.

— E o que você encontrou?

Ele balançou a cabeça, os olhos grudados na mesa. O que seria tão terrível que ele não conseguia verbalizar? Isto é, eu sabia, não é mesmo? Eu vira as fotos no telefone do Darius. As partes do corpo da Fig deviam estar naquela coleção que encontrei na noite em que o expulsei de casa. O Darius gostava de remover o rosto delas. Ele não queria olhar pra pessoa, encará-las como pessoas. Quantas vezes eu escrevera a frase "Ela sentiu uma dor lancinante cortar seu coração"? Alguma vez eu me sentira como naquele momento? Não, decerto que não. Era a coisa mais horrorosa.

— Eles estavam transando. Enquanto eu estava fora visitando o meu pai moribundo, o Darius deixou a minha filha com a mãe dele e transou com aquela mulher na minha casa!

O George já nem olhava mais pra mim. Ele fitava o vazio. Tive raiva dele — se ele tivesse me contado naquela ocasião, eu teria confrontado o Darius e me separado logo dele. Eu já estaria me recobrando, em lugar de estar ali, tendo a casca da ferida arrancada e ficando sem respostas. O George era tão covarde quanto aqueles dois. Quando contei à Fig que tinha largado o Darius, me encantei com a empatia dela. Achei que ela estava sofrendo por mim, solidária. Até parece. A ordinária acabara de descobrir que também fora enganada pelo Darius. Ela estava sofrendo por si, junto comigo.

— Você ainda gosta dela, né? Afinal, descobriu a traição da Fig e não contou pra ninguém. Engoliu e tentou consertar.

— Não é tão simples assim, Jolene. A Fig estava querendo se suicidar.

— Ah, claro! Você a viu perto dos trilhos do trem? Ou ela inventou algo especialmente pra você?

Ele me encarou, atônito.

— Não te ocorreu que ela estava usando o suicídio pra te despistar daquilo que você acabara de descobrir? Ela estava te manipulando!

— Não é tão simples assim — ele insistiu.

— Não, seu idiota, é muito simples! Minha nossa, você está me saindo um belo de um bosta! — Eu me levantei arrastando a cadeira, fazendo um barulhão. — Tem mais alguma coisa pra me dizer, George? Acho melhor eu ir embora antes que não resista à tremenda vontade de te dar um belo soco no meio da cara!

O George me olhava, espantado. Cheguei a achar que ele ia rir.

— Acho que isso é tudo — ele respondeu.

Peguei minha bolsa e saí em direção à porta. Mas, daí, me lembrei de mais uma coisa.

— E tem mais, George: você está fedendo igualzinho ao porra do meu ex-marido. Essa colônia que ela comprou para você é a que o Darius usa!

O George ficou branco como giz.

— A Fig testou antes no meu marido.

CAPÍTULO CINQUENTA E UM

ESTRESSE PÓS-TRAUMÁTICO

A MINHA MÃE ME DEU - NOME POR CAUSA DA MÚSICA DA DOLLY Parton. A Dolly bem que poderia ter usado outro nome. Eu poderia me chamar Darlene, ou Cailene, ou Arlene. Em vez disso, sou a Jolene porque foi o que a Dolly escolheu depois que uma caixa de banco ruiva flertou com o seu marido bem na cara dela. E vejam só: alguém tenta roubar o seu marido e você transforma em arte e ganha um dinheirão. Aquela mulher tem muito mais do que peitos enormes, sabe? Gosto do estilo dela.

Já tive amigas daquelas tolas demais pra enxergar a verdade. Meu Deus, que frustração que dá. Está bem na cara delas e elas dão uma de cegas diante da droga da situação. Nunca imaginei que pudesse acontecer comigo, sobretudo porque eu via com tanta clareza quando acontecia com os outros. A hipocrisia da natureza humana… Sempre procurei ver o melhor nas pessoas, sabe? Eu me apaixonava pelo potencial do indivíduo, mas daí algo acontecia no meu cérebro e de repente eu não tinha mais ouvidos nem olhos pra maldade.

E os outros nem sempre escolhiam ser o que poderiam ser. Foi o caso da Fig, acho. Eu estava aprendendo. Devagar, mas com convicção, como um dos trens suicidas da Fig. Seguindo os trilhos, ganhando velocidade. Eu agora enxergava a verdade nas pessoas. O pai da Mercy, por exemplo, era um jumento. Mas ele não vinha com o chapéu característico. Eu preferia que tivesse vindo, teria sido mais fácil de identificar. Ele simplesmente me brindou com um "Foda-se" e saiu da nossa vida. Não fiquei assustada por estar grávida e sozinha. Senti alívio quando ele foi embora, pois eu não teria de encarar esse acontecimento enorme com aquele tremendo idiota. Então, deixei minha bebê crescer dentro de mim e fui escrever meus livros. Mas antes mesmo de a minha barriga começar a aparecer, surge o Darius, um sopro do passado, que chegou dizendo tudo o que eu queria ouvir. Caí de quatro na hora, engoli a isca inteirinha, e ainda deixei que ele colocasse um anel no meu dedo inchado. E aí ela chegou e não tive a menor dúvida de que ele amava a minha garotinha. Ela era nossa, de nós dois. Mas, no final, o Darius não a amava pra valer, não é? Pelo menos não como ele amava a si mesmo. O Darius não ama ninguém mais do que ama a si mesmo. Pode ser que ele não conseguisse evitar seu jeito de ser, mas certamente poderia ter evitado agir daquele jeito. E ela era tão desprezível quanto ele. A Fig gostava de fazer joguinhos, ver até onde podia chegar. Ela não tinha câncer coisa nenhuma e também não tinha tendência suicida. A Fig usava esse tipo de expediente pra controlar a reação dos outros. Ela era o que a gente queria que ela fosse.

Certo dia, no começo do outono do ano seguinte, eu estava em casa, matando o tempo até dar a hora de ir apanhar a Mercy na escolinha. Eu estava ficando craque nisso: tentar me entreter enquanto a minha filhinha estava na escola comendo bolachinhas e aprendendo cantigas infantis. Ela parara de perguntar pelo Darius depois da morte do meu pai. A Mercy não me vira chorar até aquele momento e foi como se ela tivesse entendido a diferença entre alguém que era forçado a partir e outro que escolhera ir embora.

Seja como for, eu vagava de cômodo em cômodo, tirando pó dos livros e mudando a mobília de lugar, sentindo um vazio sem ter o que escrever — quando bateram na porta da frente. Se fosse o rapaz da FedEx ele deixaria o pacote; eu não estava com a menor vontade de falar com ninguém no momento. Mas as batidas prosseguiram — na verdade, foram ficando cada vez mais fortes —, e por fim fui atender, com o espanador na mão. Olhei pelo visor. A Fig estava lá, parada, com um boné preto virado pra trás cobrindo o cabelo. Ela parecia esquálida, o rosto marcado por rugas, as roupas largas, os ossos salientes. Minha intuição dizia pra eu não abrir, mas fiquei curiosa de saber o que ela ia dizer. Àquela altura ela sabia que eu sabia de tudo.

Quando abri a porta, a expressão dela estava composta. Suas primeiras palavras saíram de supetão. Não consegui discernir se o tom era frenético ou agressivo:

— Eu sinto muito, está bem? Não tenho como dizer o quanto lamento.

— Você está se desculpando pelo quê? — eu quis saber.

Talvez aquele fosse um bom momento pra lascar um tapa na cara dela, rogar uma praga e ainda despejar na Fig tudo o que eu penso. Mas, como de costume, acabei me deixando envolver pela loucura dela. Eu queria saber como a Fig vinha processando tudo aquilo.

— Pelo que eu fiz. Não era eu, eu não sou assim. — Ela começou a fazer sons como se estivesse chorando, mas não vi uma lágrima sequer.

A Fig me contara que uma vez, antes de se mudar pra Washington, ela teve um relacionamento com um homem da cidade natal dela enquanto ainda era casada. Portanto, ela era assim, sim. Mentira número um.

— O Darius era o único que conversava comigo. Eu estava tão solitária...

— Eu conversava com você, Fig. Você podia contar comigo.

Senti pena dela. Tão desesperada pra ser alguém que ela não era. Seus olhos esbugalhados lacrimejavam. Imaginei que ela estivesse retrocedendo, bolando uma tática nova. Então, olhei pra ela; isto é, olhei pra ela de verdade. Não como antes, da forma como eu queria enxergá-la, focando só nas qualidades. Mas sim do modo como ela avaliava, espiava, dizia coisas pra provocar uma reação. Se a gente a tratava com bondade, ela agia com bondade. Se a gente acreditasse em salvar o meio ambiente, ela acreditaria também. Uma vez, quando saímos com ela, eu contei sobre uma série de doenças estranhas que tive nos últimos anos. A Fig ficou consternada e logo começou a contar histórias sobre si: disse que pegara a gripe suína e que fora horrível. Eu acreditei nela, até ela fazer uma cara que a entregou. Perguntei: "Quando você teve gripe suína, Fig?" "Você não se lembra? Eu passei semanas de cama..." O Darius sacudiu a cabeça, retrucando: "Não, não me lembro não. Acho que nos lembraríamos de uma coisa dessas." O Darius deu risada no caminho todo até em casa e conversamos sobre se ela teria consciência de que estava mentindo ou se na cabeça dela era verdade.

E ali estava eu, olhando pra ela, vendo-a usar a tática da piedade. Era a jogada mais hábil da Fig, não é mesmo? Doente, frágil, deprimida, solitária — qualquer coisa que desse certo.

— Meu marido me agredia, Jolene. Não quis dizer pra ninguém, mas eu tinha medo dele. Ele não queria que eu confessasse o que eu tinha feito. Ele me ameaçou.

— Com o quê?

— Ahn?

— Ele ameaçou você com o quê? — repeti, esperando que ela me desse uma resposta ao menos plausível, talvez... Mas o quê?

Eu sorri. De que adiantaria tudo isso? Mesmo se eu dissesse à Fig a minha opinião sobre o que ela fizera, ela não me escutaria. De certo modo, a Fig era muito parecida com o Darius: eles só consideravam os aspectos que os afetavam.

— Quando foi que começou? — eu quis saber.

O único lado bom disso, para mim, seria conseguir colocar um ponto-final em tudo. O Darius desaparecera depois que foi embora, aquela noite, trocou até o número do celular.

— Não lembro — ela se apressou em dizer. — Acho que estou sofrendo de transtorno de estresse pós-traumático.

— Você está com TEPT? Por quê?

— Por tudo o que aconteceu. Eu não me lembro...

Quantas mentiras ela já contara até aquele momento? Eu começava a perder a conta.

— Você podia ter transado com algum estranho. Eu o amava.

— Eu sei. Penso nisso o tempo todo. — A Fig olhava para os sapatos, evitando me encarar.

— Você estava apaixonada por ele?

Ela ergueu a cabeça de repente e riu.

— Não! — afirmou, decidida.

A Fig estava fazendo pouco, mas aquela confissão me magoara mais que tudo o que ela dissera até então.

— Teria sido bem melhor se a sua resposta fosse afirmativa, Fig. — Meu coração estava ficando apertado. — Isso significa que você me magoou, magoou a minha filha e todos nós só por algumas horas de sexo. Não significou nada pra você.

— Quer dizer, eu gostava dele, claro, mas como amigo — ela tentou corrigir. — Nós éramos ótimos amigos. O Darius já te traía antes, Jolene. Não fui a primeira nem a única.

— Você não sabia, na época. Não pode usar essa desculpa. Não pode usar nada como desculpa.

— E não estou fazendo isso! Vim pra dizer que sinto muito!

— Sua vinda até aqui não tem nada a ver com as pessoas descobrirem o que você fez? Digamos, os autores cujos websites você cria?

— Não! Como você pode pensar uma coisa dessas?! — ela bancou a indignada.

— Não posso dizer muito sobre você, Fig. Por que não veio se desculpar antes? O Darius já foi embora faz quase um ano.

— Eu te contei. O George estava praticamente me fazendo de prisioneira. Por várias vezes eu quis vir. E aquela história que você contou pra ele sobre a colônia não era verdade. Eu posso ser louca, mas não a esse ponto.

— Eu amava você, Fig. De verdade. Você magoa quem de fato te adora. Não o George, que você diz te reprimir, nem o meu marido, que te usou pra se vingar de mim. Eu gostava de você pelo que você era.

— Você disse que nunca iria me abandonar — ela gaguejou e voltou a fingir que chorava; qualquer um diria que uma atriz desse naipe seria capaz de derramar algumas lágrimas.

— Eu não te abandonei. Foi você que me abandonou.

Naquela hora caiu uma ficha. Claro... Fora ela que enviara os vídeos pro Ryan, a senhora Wink1986.

— Como você conseguiu aqueles vídeos? Aqueles do Darius se masturbando?

Deu pra ver as engrenagens do cérebro dela funcionando a todo o vapor, tentando decidir se deveria assumir ou não.

— O Darius mandou pra mim. Achei que seria melhor que você recebesse do Ryan, porque isso poderia te aproximar dele.

Minha nossa, como foi que eu não deduzi?! Lógico que era a Fig a mulher com quem ele falava no vídeo, dizendo pra ela vir porque eu tinha saído.

Eu cobri o rosto com as mãos, tentando conter a raiva que eu sentia.

— Você estava dando uma de cupido usando os vídeos nojentos da traição do meu marido? Faz ideia do quanto isso é doentio?

— Eu queria ajudar — ela afirmou, depressa, muito pálida. — Não sabia que o Darius tinha ido embora. Queria que você visse quem ele era de verdade.

Senti uma vontade enorme de cravar as unhas naquela cara deslavada e depois enchê-la de tapas. A Fig acreditava de fato em tudo o que estava me dizendo. Era uma vaca demente e psicótica.

— Você estava cuidando só dos seus interesses, Fig. Você queria ficar com o Darius e vinha tentando me tirar do caminho. Ainda que você não soubesse que o Darius tinha ido embora de vez, sabia que ele iria depois que eu assistisse àqueles vídeos.

Ela ficou balançando a cabeça, mas sem convicção. Puta que pariu, isso tudo era uma loucura, uma virada no enredo da vida real.

— Minha terapeuta me garantiu que não sou uma sociopata. Eu perguntei a ela. Ela disse que estava vendo o meu remorso, que eu tenho consideração.

Tive vontade de gargalhar. O Darius, um terapeuta, era um total sociopata.

— Oh, certo. Qualquer bom psicólogo lhe diria que sociopatas e psicopatas conseguem enganar praticamente todos, mesmo a eles, que são profissionais. Você não é uma sociopata, Fig. Você é uma psicopata. É diferente.

Ela piscou, espantada.

— Suas amigas são más. Eu vi o que elas comentaram on-line. Vou consultar um advogado pra tomar alguma medida contra isso. Elas estão fazendo cyber bullying comigo.

— Ah, que beleza, desviando o foco… Tem coragem mesmo de acusar alguém de ser perverso? Você é a garota mais perversa de todos os tempos, Fig. Se as minhas amigas estão zangadas, não é sem motivo.

— Elas estão cegas — ela sibilou. — Todos ficam cegos com relação a você. Mas eu, não. Eu conheço a Jolene de verdade, não sou uma das suas fãs apaixonadas.

— Desculpe, não entendi.

— Todo o mundo te adora — ela disse com despeito. — Você é humana. Todos te acham maravilhosa. Eles te idolatram. Você é uma pessoa igualzinha a nós. É ridículo. Você é só uma pessoa!

— Quem você está tentando convencer, Fig?

Ela enrijeceu.

— Sinto muito se não tenho o gene da idolatria, como os demais, Jolene.

Dei um passo na direção dela.

— Você tem algo pior do que o gene da idolatria, Fig.

Ela encolheu os ombros, olhando para mim.

— É o gene da loucura. Você pode comprar todas as roupas iguais às minhas, comer nos mesmos restaurantes, passar meu perfume atrás da orelha, pode até mesmo transar com o meu marido. Mas, no final das contas, você continua sendo você. E eu não conseguiria imaginar um castigo pior. A pessoa ordinária, desesperada e infeliz de sempre.

Ela estava chocada. Creio que eu ficaria também. Eu passara o ano anterior inteiro tentando ser a melhor amiga que a Fig já tivera. Ela não estava habituada com nenhuma palavra dura vinda de mim.

— Você não merece a Mercy, Jolene. Você a roubou de mim.

No começo eu achei que não ouvira direito. Os dentes dela estavam cerrados e manchas vermelhas surgiram no seu rosto todo. Ela estava falando da minha Mercy ou teria se confundido? Eu a roubei? Ai, meu Deus! A Fig estava sim falando da minha filha!

Eu elaborava o que dizer, ainda sem entender, quando ela continuou a falar:

— Você é uma pessoa má. Você a afastou do pai dela pra se vingar dele. Ele era um bom pai. Você não tem esse direito.

Eu a fitei com os punhos cerrados, estarrecida. A Fig não sabia, não fazia ideia.

— Uau, Fig! Você consegue se rebaixar mais ainda então. Depois de tudo o que ele fez pra nós duas, você ainda o defende. Não sei se sinto nojo ou se dou risada.

— Ele é o pai dela — ela insistiu.

— Não, na verdade, ele não é.

Ela franziu o rosto, desviou o olhar, e tornou a me fitar, sem saber se eu tentava enganá-la.

— Eu deixei que o Darius entrasse na nossa vida, do mesmo modo que fiz com você. Nenhum dos dois são merecedores. Sobretudo não para estar próximos da Mercy. E não vou deixar nenhum de vocês chegar perto da minha filha outra vez. Fui clara?

— Você está louca! É por isso que se esconde atrás do seu pseudônimo, pra que ninguém possa ver quem você é de verdade!

Eu peguei o celular e comecei a digitar sem tirar os olhos dela.

— Estou ligando pra polícia. Quero que você vá embora agora.

A Fig se virou e se foi, depressa, sem dizer uma só palavra. Uma cena de fuga inédita pra mim: uma retirada por conta do peso na consciência.

Fiquei olhando até ela se refugiar na própria casa, imaginando que tivesse trancado bem a porta, assombrada, com os olhos arregalados. O que será que ela ia fazer agora? Pensei na linha do trem e meu coração disparou. E se a Fig atentasse contra si mesma? Será que eu fora cruel demais? Eu não sabia o que fazer, pra quem ligar. Ela precisava de...

Mordi o lábio, dizendo a mim mesma pra parar com aquilo. A Fig Coxbury não era mais problema meu. Eu precisava largar a mão. Eu precisava largar a mão.

Quando a polícia chegou eu tremia tanto que o policial colocou um cobertor nas minhas costas. Eu me senti uma fraca, patética. Não é assim que eu queria reagir. Eu era uma pessoa forte, mas aquele com certeza não fora o melhor ano da minha vida.

Eu estava sofrendo, curando as feridas. E as palavras dela ficaram ecoando nos meus ouvidos: "Você a roubou de mim. Você a roubou... de mim."

Ela comentara sobre os abortos que sofrera, sua luta para engravidar. Será que a Fig tinha raiva de mim por eu ter uma filha e ela desejar desesperadamente ser mãe e não conseguir? Será que ela acreditava que a Mercy era filha dela? Só agora me ocorreu que a Fig, em algum momento, passara a delirar. Eu não conseguia entender. Como ela conseguiu esconder uma coisa dessas por tanto tempo? Nós éramos amigas. Ao menos na minha cabeça. Eu passara meses a fio transando com um inimigo e tentando salvar uma inimiga. Minha vida virara um completo show de horrores.

— Quero registrar um pedido de medida cautelar — comuniquei ao oficial de polícia.

Ele assentiu, mostrando que tinha entendido.

— Pois não, estou aqui pra ajudá-la — ele disse.

— Será contra duas pessoas. Dois doidos varridos.

CAPÍTULO CINQUENTA E DOIS

CAPÍTULO UM

COLOQUEI A CASA À VENDA EM AGOSTO. PRA RESGUARDAR minha privacidade, solicitei que não colocassem a habitual placa de "Vende-se" na frente do imóvel e que ela não fosse divulgada ao público. Pedi que a mostrassem apenas a casais que o corretor tivesse certeza de que poderiam se interessar de fato por ela e com potencial de compra. O primeiro casal a visitá-la era recém-casado e fez uma oferta uma semana depois. E, passados trinta dias, os Boyer assinaram a escritura. Agendei para que o caminhão de mudanças viesse numa quinta-feira à noite, quando eu sabia que a Fig estaria fora da cidade, visitando a irmã. Não fiquei triste de vê-lo partir, foi mais um alívio. Eu adorava aquela casa, mas, no final, ela passou a ser o lugar onde o meu marido me decepcionou, transou com a vizinha e de onde ele enviou fotos do seu pau pra dezenas de mulheres do lavabo no térreo. Carma ruim demais. Eu queria um lugar em que eu e a Mercy pudéssemos recomeçar do zero.

Comprei um sobrado em um bairro tranquilo nos arredores de Seattle, uma casa cinza e azul-neblina com uma ampla varanda na frente. Ela é espaçosa até demais e tem uma vista espetacular dos picos nevados da cordilheira. A vizinhança tem uma calma que refuta a cidade. Não é a vida dos meus sonhos, mas é a melhor opção pra Mercy, que fez amizade com sete crianças do quarteirão logo no nosso primeiro dia lá. A casa fica numa rua sem saída e passamos nossas tardes do lado de fora, interagindo com os vizinhos, fazendo hambúrguer e assando marshmallow. Dependemos do carro pra ir às compras, por causa da distância. Trata-se de um lugar tão sossegado que chega a dar tédio. Eu não gostei muito disso, mas só até me lembrar da vizinha que eu tinha antes.

Não fazia nem dois meses quando um imóvel na minha rua foi colocado à venda. Era uma casa térrea com fachada de tijolo aparente com uma porta azul e um quintal enorme, todo cercado. Uma pena, o casal que morava lá antes tinha uma filha da mesma idade da Mercy. Certo dia, quando eu e a Mercy passeávamos com nosso novo cachorro, um filhote de husky siberiano chamado Sherbet, eu parei pra apanhar um folheto descritivo, que estava junto à placa de "Vende-se". Foi por pura curiosidade, eu queria saber que tipo de melhorias eles tinham feito e como seria o quintal. O folheto ficou no nosso hall de entrada por algum tempo. Então, a Mercy o pegou pra fazer uma dobradura de aviãozinho e ele acabou passando um tempão no balcão da cozinha, e acabou ficando cheio de marcas circulares de café. Só o joguei no lixo semanas depois, quando a casa fora vendida.

Mais um mês se passou, até que eu vi um caminhão pequeno de mudanças parado diante dela e os homens de uniforme azul carregando a mobília cor de petróleo pela porta da frente. Não dei a menor bola até que, decorrido mais um mês, eu saí correndo debaixo de chuva pra pegar o meu carro e vi uma movimentação qualquer no pátio. Virei o rosto pra olhar e avistei uma mulher parada sob o toldo, me observando. Ela ergueu o braço pra levar o cigarro à boca e tragou. Eu não a reconheci de pronto, seu cabelo estava mais comprido — quase do comprimento do meu — e ela engordara.

Eu devia ter tido uma reação mais exacerbada — quem sabe raiva ou medo. Fazia um mês que a medida cautelar expirara. E ela não perdera tempo.

Fiquei ali parada sob a tempestade, a minha camisa branca ensopada, fitando admirada a Fig Coxbury. Lógico que ela estava fumando a marca de cigarros que eu fumo e trazia o aroma do meu perfume no seu pescoço. Dentro da casa dela estavam todas as outras coisas que eu escolhera a dedo pra minha, móveis e objetos que, ela insistia, já eram dela antes. E se alguém achasse estranho a Fig comprar outra casa vizinha da minha, ela rolaria os olhos esbugalhados e diria: "Ora, que nada, é que eu adorei a casa, o bairro, o tamanho. Uma coincidência! Não tem nada a ver com a Jolene Avery. Ela é uma psicopata e uma narcisista." Porém, eu sabia que a história era outra... todo o mundo sabia. Até a própria Fig. Fazer o quê? A vida é estranha e as pessoas são depravadas. A gente tem de tentar tirar o melhor proveito dela ou virar pro lado e morrer. Dá pra tricotar, montar álbuns de fotos ou malhar feito louco na academia. A minha forma de expressão foi escrever a respeito...

Eu me sentei à minha escrivaninha com vista pro jardim, os dedos postados sobre o teclado, ansiosos pra começar a digitar. Mas não sabia como começar. Eu me mantivera quieta sobre as coisas que tinha visto, mas eu as tinha visto. Lembrei-me do Michelangelo e da Capela Sistina. Eu estivera lá uma vez. Fiquei ali parada, olhando pra cima, admirando uma das maravilhas do mundo, com o pesçoço virado pra trás e a mente bem aberta.

Nosso guia contou que o Michelangelo era conhecido por seu mau humor e que ele vivia se metendo em brigas, que inclusive lhe custaram um nariz quebrado certa vez. O apelido dele era "O Terrível", ou "La Terribilità", em italiano. Durante os quatro anos que levou pra concluir um dos trabalhos mais incríveis da humanidade, Michelangelo sofreu uma grande oposição por conta da presença de nudez nos afrescos. Ele argumentou dizendo que os corpos nus são uma beleza natural, uma criação divina. O maior crítico de Michelangelo foi Biagio da Cesena, o mestre de cerimônias papal. Ele chegou a intervir com o papa, sugerindo que o trabalho de pintura da Capela Sistina fosse suspenso por completo. Nem o papa, que era amante da arte, nem o próprio Michelangelo deram atenção a Biagio. Mas Michelangelo, ainda inconformado, resolveu incluir um retrato de Biagio em sua obra-prima.

Eu já conhecia essa história desde o ensino médio. Minha professora de língua inglesa a contou ao falar sobre as virtudes da vingança através da arte. Achei que Michelangelo fora tolo por oferecer um palco pra seu inimigo — um palco lindíssimo e famoso pra toda a eternidade. Não teria sido melhor ignorar o tal homem, deixar que entrasse pra história como um fraco, um ninguém que falhou em sua tentativa de suspender a pintura da Capela Sistina? Quando comentei sobre isso com a minha professora, ela riu de mim e me disse pra encontrar o Biagio nos afrescos e depois contar a ela o que eu achara. Depois da aula, fui direto pra biblioteca e me sentei num canto empoeirado pra procurar pelo retrato do Biagio no meio das imagens. Quando o encontrei, ri tanto que a bibliotecária até chamou a minha atenção. Michelangelo pintou Biagio na figura mitológica de Minos, um dos juízes do inferno, e deu a ele orelhas de burro e uma serpente enrolada no torso. A melhor parte: a serpente está mordendo o pênis minúsculo dele. Pensei nos milhares de pessoas que visitam a Capela Sistina todo ano. Cada uma tem a oportunidade de ver o inimigo do artista retratado em um dos afrescos mais famosos do mundo como um idiota nu. Compreendi por que O Terrível optou por uma forma de vingança inusitada. Algo que durasse bem mais que um hematoma no olho. Ou seja: "Eu posso fazer com que você se torne parte de algo bonito e grandioso e ainda assim retratar fielmente a feiura que você representa."

Mantive os dedos pousados no teclado, deixando a mente livre para formar as frases. Foi isso que planejei desde o princípio. Talvez não exatamente dessa forma. Porém, desde o momento em que notei os segredos escondidos nos olhos da Fig Coxbury, senti que renderiam uma história. Ela é uma escuridão caótica disfarçada de luz. Uma enganadora. O tiro saíra pela culatra, é verdade. Eu a assisti destruir a minha vida, mas não seria em troca de nada. Eu iria escrever contando a história toda, como aconteceu — a Fig, o Darius... até mesmo o Ryan. Provavelmente ninguém iria acreditar que fora verídica, porque foi insana demais para acontecer na vida real. Eu já conseguia inclusive antever as críticas, uma porção de gente reclamando sobre como a Fig era inverossímil. Só rindo. Sem contar que haveria ainda a inevitável comparação com um clássico do cinema, *Mulher solteira procura*.

Coisas assim não acontecem só nos filmes; aconteceu comigo e com a Mercy. Foi fato e destroçou o meu coração. Eu precisava contar ao mundo sobre a Fig. A Fig e seu coração frívolo e invejoso. Fig, a eterna vítima, mesmo quando ela trai a gente. Fig, a que se odeia com todas as forças e por isso magoa os outros. E que nome eu atribuiria a mim mesma, a autora? A garota que amou tanto uma psicopata quanto um sociopata? Sempre me agradou muito o nome Tarryn...

AGRADECIMENTOS

Lori Sabin, O Coração da Operação.
Amy Holloway, O Olho Que Tudo Vê.
Serena Knautz, A Gângster Sulista.
Jenn Sterling, A Que Não Dá a Mínima.
Colleen Hoover, O Yoda.
Claribel Contreras, A Generosa.
Beth Ehemann, O Chantili.
Christine Brae, A Presença.
Jovana Shirley, A Formatadora.
Kristy Garner, A Intimidadora Sarcástica.
Traci Finlay, A Garota Má.
Rebecca Donovan, A Leal.
Murphy Rae Hopkins, A Garota da Capa.
Cynthia Capshaw, A Mãe.
Simone Schneider, A Cuidadora.
Christine Estevez, A Apoiadora.
Lyndsay Matteo, A Brilhante.
Shannon Wylie, A Especialista.
Melissa Perea, A Cristã.
Andrea Miles, A Lógica.
Kathleen Tucker, A Adulta.
Luisa Hansen, A Terapeuta.
Joshua Norman, O Salvador.
Papai.

LEIA TAMBÉM O ROMANCE DE TARRYN FISHER

LOUCO AMOR

> *Algumas vezes, o seu pior inimigo, será você.*
> *Outras, alguém para quem você abriu o coração.*

Você pode pensar que já viu histórias parecidas, mas nunca tão genuínas como essa. Tarryn, a escritora apaixonada por personagens reais, heroínas imperfeitas, mais uma vez entrega algo forte, pulsante, que nos faz sofrer mas também nos vicia. Depois dela, todas as outras histórias começam a parecer como contos de fadas.

AMOR & MENTIRAS DE TARRYN FISHER:

"UMA SÉRIE SOBRE AMOR MUITO REALISTA, NA QUAL NÃO EXISTEM MOCINHOS, CAPAZ DE SURPREENDER A CADA NOVA PÁGINA."

Conheça a história sob o ponto de vista de três pessoas lutando pelo amor de suas vidas, Olivia Kaspen, Leah Smith e Caleb Drake.
Reviravoltas, tramas encobertas e fatos surpreendentes... Cada um tem a chance de apresentar a sua versão.

UMA GAROTA INOCENTE INJUSTIÇADA OU UMA ASSASSINA FRIA E MANIPULADORA?

O destino de Grace Sebold toma um rumo inesperado e trágico, durante uma tranquila viagem com o namorado. O rapaz é assassinado... e todos os sinais apontam para Grace.

Condenada por um crime surreal, ela embarca num pesadelo que parece não ter fim.

Dez anos na prisão e Grace conhece a cineasta Sidney Ryan. Surge, então, a chance de provar sua inocência. Sidney acredita na versão de Grace, mergulha em pesquisas e descobre evidências surpreendentes. Com tantas falhas no inquérito, a cineasta questiona se a condenação injusta foi fruto de incompetência policial ou se a jovem foi vítima de uma grande conspiração.

Então, os primeiros episódios do documentário vão ao ar e rapidamente o programa se torna um dos mais assistidos da história da televisão.

Antes do término das filmagens, o clamor popular leva o caso a ser reaberto. Finalmente, a sorte de Grace parece ter mudado.

Mas um novo fato provoca uma reviravolta: Sidney recebe uma carta anônima, com outras pistas, afirmando que ela está sendo enganada pela assassina.

A cineasta começa a investigar **o passado de Grace** e as descobertas trazem um dilema. Quanto mais se aprofunda na história, mais dúvidas aparecem. No entanto, agora, o que está em jogo não é apenas a repentina fama e carreira, mas sua própria vida.

ASSINE NOSSA NEWSLETTER E RECEBA
INFORMAÇÕES DE TODOS OS LANÇAMENTOS

www.faroeditorial.com.br

Há um grande número de portadores do vírus HIV e de hepatite que não se trata. Gratuito e sigiloso, fazer o teste de HIV e hepatite é mais rápido do que ler um livro.

FAÇA O TESTE. NÃO FIQUE NA DÚVIDA!

FARO EDITORIAL

ESTA OBRA FOI IMPRESSA EM
JANEIRO DE 2023